行星凱倫

春&夏推理事件簿
ハルチカシリーズ

初野晴 著

惑星カロン
ハルチカシリーズ

目錄

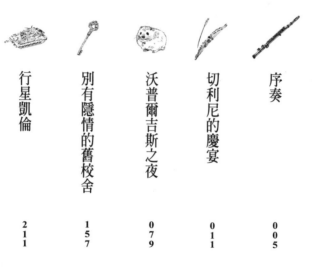

序奏

世上有一種小說類型，叫框架小說。雖然名為「框架」，但並非畫框之意，所以不是專門談論繪畫或藝術的專門小說，而是一種特定形式。比如，一開始先描述敘事者現在的狀況，接下來進入正篇，最後又回到敘事者身上。

一直以來，我述說的清水南高中管樂社的故事，其實也符合框架小說的定義。

每當千萬櫻花馨香飛舞的季節到來，這段時光便逐漸化為淡淡的馬賽克，在腦中復甦。

沒有所謂歡樂的青春時代。

不過——我身邊充滿努力活得有趣的人。

管樂是以管樂器為中心的合奏樂，最大的魅力在於利用自身的呼吸，讓情感乘著音符，全員同心協力演奏出一首樂曲。

趁著升上高中，我毅然告別宛如全年無休、一天二十四小時營業的日本企業般的女子排球社，敲開私心憧憬的管樂社大門。跟古典樂相比，管樂的門檻沒那麼高，無論是爵士樂或流行歌曲，都能盡情吹奏。即使從高中才開始學，應該也能吹出個名堂，我覺得為時未晚。

然而，我剛要提出入社申請，就遇上悲劇。該年度只有三個社員，顧問老師又調職，管樂社瀕臨廢社的危機。

請各位想像一下，一名新生一手拿著不屈不撓向父母求來的長笛，活像日本古墳泥偶般張大嘴巴的傻相。之後大夥憋著笑指出盲點，但當時我並不曉得，加入管樂社，不代表能編入希望的樂器部門。

就在這時，有人伸出援手。

對方是學校的新任教師，草壁信二郎。他是難得一見的年輕音樂男教師，爽快接下無人眷顧的管樂社顧問一職。學生時代，他曾拿下東京國際音樂大賽指揮部門的第二名，眾人都期望他成爲國際指揮大師。然而，留學回國的他，拋棄一切經歷，消失幾年後，竟到我們就讀的高中任教。理由不明，本人也不願提起。唯一清楚的是，他一直是管樂社溫柔的好顧問。儘管過去如此輝煌，他卻毫不自命不凡，與我們平起平坐地溝通。

另外，還有一個絕不能遺忘的人。

就是決定與我一同入社的法國號演奏者上条春太。我都叫他春太，他則叫我小千。我們是青梅竹馬，直到六歲都是鄰居，高中才重逢。春太非常在意自己的娃娃臉和矮個子，但他頭髮柔順、皮膚細緻，雙眼皮帶著長長的睫毛，天生擁有身爲女生的我渴望的外貌。加上他有顆金頭腦，陸續解決許多校內發生的問題。怎麼說，總之他的存在，簡直就是在挑釁我這個青春少女。

不過，感覺一輩子都不愁沒女朋友的春太，其實有著不可告人的祕密。

我和春太都單戀草壁老師，形成詭異的三角關係（♀→♂←♂）。儘管春太不願傷害我這個摯友的心，但與其失去心上人，寧願將好友大卸八塊也在所不惜，他正爲如此驚悚的念頭煩惱不已。咦，這番剖白讓我心靈嚴重受創了好嗎？

成爲可恨情敵的春太，與我擁有相同的夢想。

那就是讓甘於蟄伏的草壁老師，再次活躍在舞台上。讓老師拿起指揮棒，參加比賽。

然後有一天，如果真能實現——帶他一起站上普門館黑亮的石板舞台。普門館是熱愛管樂的高中生嚮往的聖地，也是全日本管樂比賽高中部門的全國大賽舞台。

重建瀕臨廢社的管樂社，比想像中辛苦太多。

包括確保樂器和練習場所等等，要解決的問題堆積如山，最令人頭疼的還是招募社員。我們招募的對象有兩種，錯失報名時機、沒參加任何社團的學生，及礙於某些理由放棄管樂的有經驗者。我拋下羞恥心，一個個上門招攬，但不論哪一種類型都讓我切身體會到什麼是「不屑一顧」。

我都快氣餒了，煩躁和不安也不斷累積。

可是……我仔細思考過，會遭遇困難一定有理由。至今爲止，我不斷受到考驗。

當時僅有五名社員，就算在腦中列出壞事清單也沒用。反正情況不可能比現在更糟，我能夠做的，只有奮力向上爬。如今我明白，世上有些事再怎麼努力也不會獲得回報，有些人即使犧牲奉獻，仍無法見證夢想成真，因此很清楚幾乎一無所有的青少年時代，其實是一段非常幸福的時光。

既然如此，付出努力是天經地義。當時的我們，比其他學生胡來兩成左右。咦，你說又不是電影或戲劇，遙不可及的夢想怎麼可能實現？但有誰知道呢？不管在哪一個世界，相較於機靈聰明、自信十足的人，傻瓜和蠻幹的傢伙才是最強的。

所以，再也沒人能夠阻止我和春太。雖然跟管樂絲毫沾不上邊的稀奇古怪問題及難關接連出現，像是六面全白的魔術方塊之謎、與戲劇社進行即興劇對決等等，但我們順利克服，獲得優秀的夥伴——雙簧管演奏者成島美代子，和薩克斯風手馬倫．清。

兩人都有一段空白時期，但成島國中時期曾登上普門館，而中裔美國人馬倫從小就吹薩克斯風，資歷豐富。這兩股即戰力的投入，對後來的社員招攬發揮極大的影響力。

升上二年級的四月，在結業式前認識的低音長號演奏者後藤朱里帶來新生；五月，眾所期盼的打擊樂演奏者、關在家裡拒絕上學而留級一年的檜山界雄加入我們。

就像這樣，歷經一波三四五六折，南高管樂社總算度過廢社危機，社員從原本的五名增加爲二十四名，成長到足以報名管樂比賽小型編制B部門的規模。

隨著爲我們加油打氣、支持我們的人，及重要夥伴愈來愈多，我和春太的夢想一步步朝著實現前進。爲了能夠不斷進行挑戰，在草壁老師的指導下，我們增加練習時間，也每天晨練。

尤其是我，爲了不拖累大家，必須比別人更努力練習。我愈來愈常在學校賴到最後一刻才回家，惹老師生氣，赫然發現這樣根本違背初衷。想逃離女排時代嘗到的辛苦，於是選擇投奔管樂社的懷抱，不知不覺間，卻又過著全年無休、成天練習的日子。宛如換新籠子，仍不停在滾輪上奔跑的小動物。

據春太的評論：「這就是小千的宿命」……

接下來我要說的，是高二文化祭落幕後的故事。

社員本來就少，三年級又得退出社團，這是轉換心情的重要時期。

我們僅存的一、二年級生能夠以新體制度過難關，多虧夏季大賽最後一天決定入社的芹澤直子，及接下教練一職的山邊眞琴。兩人從小接受嚴苛的音樂英才教育，深知競爭社會的毒害，她們的毒舌——不，寶貴的意見，大大震撼還不識何謂眞正挫折的我們。

我有個決心。

日後講起高中時代時，絕不會提當年有多辛苦、付出哪些努力。以前多麼美好、大家都很拚命之類，不過是對年少的自己的鄉愁，是老化的徵兆，只會讓人聽了生厭，而且我在高中時代的辛苦和努力，是屬於我一個人的珍寶。

比起自賣自誇，我更想傳達的是，不論處境再艱困，我仍在摸索前進的途中看見不少特別的風景。縱使環境艱難，稍微繞了點遠路，我依舊活得精彩快樂。

當然不會沒有失敗，但不管是誰，都擁有一段能盡情揮灑的有限時光——

切利尼的慶宴

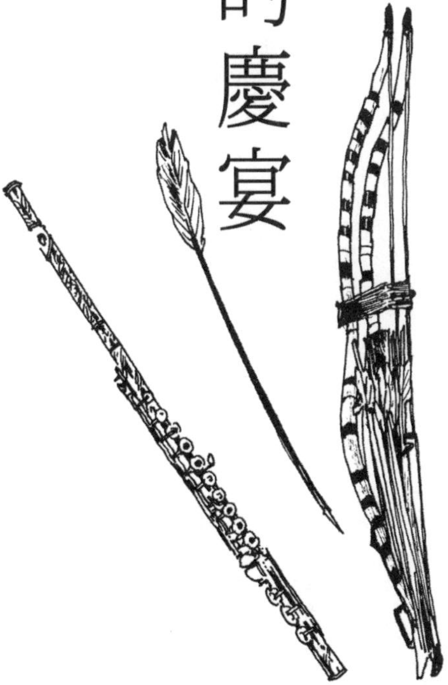

1

網路諮商室　WAHOO！智囊團（註一）
標題：「女兒吵著要買樂器」
網路代號／小千媽

我有個高二的女兒。
希望有人能給我一些意見。
女兒參加管樂社，吵著要買新的樂器。
她想買長笛，我問多少錢，居然要二十萬圓左右！
我理解她熱心參與社團活動，但她搬出「我只剩下讓樂器升級一條路」這種話，實在說服不了人。我總覺得，她只是想用衝的逃避撞牆期。
我該買給她嗎？
還是該勸她忍耐？

P.S.
二十萬圓對我們家來說是一大筆錢。
我自暴自棄地想過，乾脆彩色影印二十萬圓鈔票，浮水印換成武田鐵矢（註二），拿給女兒去買長笛，當成學習社會經驗算了。我這樣跟女兒商量，她哭著說：「印假鈔是犯罪，會上頭條新聞的！」

看著回答蜂擁而至的電腦畫面，我渾身虛脫。

星期六早上九點到傍晚五點的社團活動結束，我待在即將染上暮色的校舍電腦室。由於社團活動前還有晨練，我簡直是精疲力盡。

「啊，不難想像。」坐在椅子上撐著臉頰，喀嚓喀嚓地按壓滑鼠的，是昨天深夜發現家母投稿的上条春太。放在鍵盤上的左手拇指和小指長著法國號繭，看起來很痛。

窗影拉得長長的室內，籠罩著有些倦怠的時間，聽到的聲音非常細微。滑鼠的按壓聲，喀嚓喀嚓、喀嚓喀嚓……

我站在春太背後，上身前彎，苦澀地看著網友的各種回答：「妳們母女一起進軍搞笑圈應該不錯」、「請先一起做個深呼吸，冷靜下來」。

「我懂妳的心情。」春太從椅子上站起，揹著附背帶的法國號盒繼續道：「不過妳長笛才吹不到兩年，換樂器太快了吧？」

關機的電腦畫面瞬間綻放光彩，伴隨「噗吱」一聲，被吸入黑海般的螢幕。春太的話

註一：影射日本YAHOO！提供的服務「YAHOO！知惠袋」，類似台灣的「YAHOO！知識」。
註二：武田鐵矢（一九四九～），日本演員、歌手。電視劇《三年B班金八老師》、《一〇一次求婚》等為代表作。

聽起來像在責備：「妳吹得太爛，卻怪樂器不夠好？」管樂社眾人也異口同聲地說：「小千要努力的是別的地方吧？換長笛太浪費了。」當務之急，一是練習、二是練習、三、四仍是練習，最後依然只有練習。跨越練習的門檻，等待我的是更辛苦的練習。

「繼瘋狂練習後，是瘋狂特訓嗎？」

我癟著嘴嘀咕。讓我埋怨一下吧，就算是我，人生路上多少也會激起一些漣漪。

「唔，退讓一百步，如果妳高中畢業後會繼續吹，就另當別論。」

「我會繼續吹。」

我重新揹好長笛盒，追上準備關門窗的春太。

來到走廊，他歪著頭，目不轉睛地看著我。「可是……」

「可是什麼？」

「愈是初學者，或者說愈是凡夫俗子，往往愈想要高級貨。」

「我本來就是凡夫俗子！」

我本來就是凡夫俗子子子子子子……！丟臉的吶喊聲化爲回音，響徹傍晚的校舍。春太厭煩地摀住耳朵，步下樓梯。

「現在這隻長笛不好嗎？音色很亮，聽起來十分明朗，我滿喜歡的。」

我連忙跟著下樓，衝得太快，差點跌倒。「也、也不是不好，只是……」

我肩上的長笛，是請奶奶買給我的高中入學禮，是入門基本款。管樂社裡，自備樂器的社員約只占一半，我算是相當幸運，所以一直很珍惜。然而，或許是夏季大賽的高峰期間吹得太凶，右手無名指的Fis鍵彈簧和笛頭軟木塞都磨損了，我決定送修。相信長笛肯定會煥然一新，讓我更愛不釋手。

不料，上週與藤咲高中管樂社的聯合練習，卻改變我的想法。

藤咲高中管樂社歷史悠久，自創社以來，曾十一次打入東海五縣僅有三校入圍的普門館大賽，規模與南高截然不同。聯合練習開始前，我好奇藤咲二年級女生的長笛，要春太拿全新的樂器專用超細纖維清潔布當誘餌，請對方讓我試吹一下。要和女生進行交涉時，春太總是超乎期待地活躍。

理所當然，起初不太習慣，斷音有些模糊，在出借長笛的女生提心吊膽守望下，我調整呼吸，試著愈往高音，愈減少吹氣的量。如今回想，這或許打開了潘朵拉的盒子。剛加入社團時，我的耳朵甚至分辨不出雙簧管和低音管的差異，程度低到不行，如今可不一樣。吹過她的長笛，我不禁覺得自己的長笛聲音有所「不足」。只是，不曉得這是我進步的證明，或者純粹是「外國的月亮比較圓」的心態。

我到底爲什麼煩惱不已？就讓我來說個清楚吧。我極度渴望讓自己的長笛水準更上層樓，在這種狀態下，我爲時已晚——不，恰巧親身體驗到不同的樂器，吹出來的聲音居然差這麼多。甚至湧現一股奇妙的錯覺，認爲樂器能提升演奏者的實力。雖然吹雙簧管的成島告誡我「少天眞了，從五萬圓升級到二十萬圓的長笛，也不會有戲劇性的轉變」——

從此以後，市內便流傳著有個可憐的女高中生，逛遍樂器行試吹根本買不起的長笛。

一想起就忍不住嘆氣。將電腦室的鑰匙歸還職員室，我們像雙人步哨般垂頭喪氣地走向樓梯口。正値制服換季的過渡期，我穿著西裝外套，底下仍是短袖上衣。比較涼爽舒適，也可享受到外套的觸感。

見春太沒前往停車場，我疑惑地問：

「咦，你今天不是騎自行車來的？」

「嗯。煞車線斷裂，我搭公車。」

「哦……」

「妳也搭公車吧？」

「呃，是啦……」

除了長笛以外，自行車也使用過度，只得送去修理。平常我騎得太粗魯才會壞掉，總覺得就算沒撞到人，哪天也可能撞上野貓。提到野貓，我想起完全無關的事。還沒上小學時，我瞞著母親拿牛奶餵流浪貓。一天，那隻小貓一路跟著我回家，不管抱回原地多少次，都會跟來家裡。

啊～啊。

都怪我年紀小不懂事亂餵，那隻小貓……

我搖搖頭，仰望天空。南高近海，夕陽西下後，天色遲遲不轉暗，容易讓人賴在校園不回家。漫長一天累積的疲累，彷彿逐漸融入朦朧的黃昏餘暉中。

管樂社成員早就拋下我們回家。走出大門，經過第一個斑馬線時，春太側身問：「公車站不是在這邊嗎？」

「我想去個地方，拜。」

我揮揮手道別，穿過岔路，鑽進小巷，爬上一段平緩的坡道，背後傳來腳步聲。我一停步，對方跟著停下。我假裝在找東西，提心吊膽地回頭一看，竟是春太。

「我也一起去。」

「咦？」

「妳要去的地方。」春太揚起一邊眉毛，「妳要和誰碰面，還是有什麼約定嗎？」

「沒有。」

「那我陪妳。很晚了，我送妳回家。」

我不停眨眼，回望春太。「我從來不害怕走夜路。」

「可是妳剛剛嚇到了吧？」

一語戳到痛處，我嘴巴噘得像章魚，不想吭聲。

「別鬧彆扭。」春太從制服口袋掏出手機，舉高給我看。「其實，網路代號『小千媽』傳簡訊邀我吃晚飯。」

春太明明是高中生，卻在外獨居，過著自炊的生活，晚上偶爾會來我家蹭飯。現在似乎是跳過我，直接獲得邀請。

「看來妳不知道，今天的晚餐是薑燒豬肉，搭配卡通《漫畫日本民間故事》（註）裡出現的那種盛得高高的白飯。」

「哦……」

「擔心寶貝女兒一個人走夜路，是天經地義的父母心啊。」

媽，謝謝妳。我在內心道謝，然後問：「那你有什麼目的？」

註：まんが日本昔ばなし，日本一九七五年開始播放的電視卡通節目，蒐羅日本各地的民間傳說故事。

「經過努力不懈地談判，我以明天的便當和一公升自製優格為報酬，接下保鑣的任務。」

我目瞪口呆地看著寄生穗村家的青梅竹馬。所以，他才會喊住本來要和成島她們一起回家的我，匆匆把我拉去電腦教室嗎？

我快步前進，發出「噓、噓」聲，揮手驅趕。

「起碼週末該回你家吧。」

「我才不要，會捲入姊姊她們的酒宴。」

春太立即反駁，死纏爛打地追上來。

三個年紀與春太相差甚遠的姊姊，對他的人格形成有著複雜的影響，也是導致他對女性絕望的原因。目前大姊在東京都內獨居，二姊和三姊住在家裡，據說每個月的酒錢超過十萬圓。附帶一提，春太父母的工作常需出差，難得在家。

「出社會的姊姊們替你出房租和生活費，偶爾回去幫忙倒個酒也不會少塊肉吧？」

「問題是……她們在常去的居酒屋認識山邊教練，會邀她來開什麼『居家品紅酒女子會』。」

容我先介紹一下山邊教練。她是草壁老師恩師的孫女，曾被譽為天才鋼琴少女，如今卻以口風琴手的身分出現在我們面前，是個相當奇特的人。

我不由得想像起今晚的酒宴。雖然不太清楚詳情，但絕不會是優雅的品酒會，搞不好會一路喝到早上。

「你就那麼排斥嗎？」

「我聽到山邊教練興奮地說『今晚上条家將化爲戰場』，而且姊姊她們喝到一半會脫到剩內衣褲。啊，受不了，女人的裸體眞噁心！」

春太完全沒發現，他的最後一句害我渾身發毛。

腳下的路變成下坡，爲了一口氣拉開距離，我愈走愈快。不料，春太突然抓住我的胳臂，一把將我扳過身。「欸，等等……」面對難得強勢的春太，我一陣慌亂。突然間，前方巷道竄出一輛沒開燈的自行車，看到我們也不煞車，疾馳離去。

春太鬆開手。我臭著臉，放慢腳步。

走到一半，春太的肚子叫了起來，我從書包挖出奶油麵包遞給他：「拿去。」他打開袋子，掰一半還我。

「不要，社團結束後我就刷牙了。」

「那我先收著。」像是料到會有什麼發展，春太的側臉咧嘴一笑，把剩下的奶油麵包塞進法國號盒的雜物袋。

我要去的樂器行位在商店街邊緣。自從附近的大型購物商城開張後，商店街許多行號紛紛歇業。那是一棟改建老車庫而成的大樓，玻璃帷幕的二樓展示著各種吉他。店名以片假名寫著「倉澤樂器行」。

地點冷僻、外觀寒酸，店門又在二樓，對生客來說，進入門檻有點高。

「吉他專門店？妳什麼社的啊？」

「三樓也有賣長笛和薩克斯風啦！有人告訴我，這家中古樂器的品項很豐富，是行家才知道的好地方，我三不五時就會來瞧瞧。」

是喔？春太佩服地望著三層高的車庫大樓。春太是上高中才搬回來，約莫沒能掌握街上的每一個角落。我們居住的靜岡縣聚集許多大型樂器廠商，作爲當地產業，自然有不少販賣中古管樂器的商店。光是市內，大大小小加起來就有八家。

原來妳還沒死心啊？我感受到春太教人刺痛的眼神。

「終於……得避開絕對會遇到熟人的店啦？」

「討厭，不要講出來！」

我羞得雙手摀住臉。不管大夥說什麼，我都想試吹長笛到滿意爲止嘛，讓我試一下會怎樣？

春太身體一晃，朝地面大嘆一口氣。「最後，流落到這裡嗎？」

「每家店員都露出慈愛的眼神，暗示『下次和爸媽一起來吧』，教人難堪得不得了……」

「怎麼不早點開口跟爸媽討？」

我放開摀住臉的雙手，瞪大眼反駁：「我討啦，結局就是你看到的『WAHOO！智囊團』騷動。」

「看來是不可能買給妳。」

「我這麼想要，四處尋尋覓覓，你不覺得差不多該讓活得如此認眞努力的女高中生，遇上一把中古出清的好長笛了嗎？」

「出清品？依穗村家的財政狀況，即使是瑕疵品或長期庫存品，恐怕還是買不起。除非是遭到詛咒的樂器，否則沒辦法吧。」

「詛咒……」春太居然說到這種地步，我整個人傻住。

「來歷可疑的樂器傳說，古今中外到處都有。不過，僅限於弦樂器。」

最後一句引起我的興趣：「弦樂器？爲什麼？」

「妳沒在電影或動畫中看過嗎？咒術師會拿弓當下咒的道具。這是狩獵文化的遺緒，而弓是弦樂器的起源。就是這個由來。」

哦，搞什麼，原來是這樣啊。

「你要失望了，長笛沒有弦。」

春太露出打心底受不了的表情：「我是在比喻，沒有妳想要的東西。」

遲鈍地發現是在虧我，頓時意氣消沉：「我是眞的很煩惱好嗎？」

「爲這種事煩惱，只是浪費時間。」

「那是什麼話！」我終於動怒。「算了，我自己的事，只有我清楚。」

「妳曉得『傍目八目』這個成語嗎？」

「咦，沒聽過。」

「是來自圍棋的成語。意思是旁觀者清，旁人比對奕的當事人更冷靜，可看出八步以後的棋路。」

「所以呢？我是吹管樂，又不是下棋。」

「心理學的實驗也證明，一個人對自我的認識，遠遠比不上別人的觀察。」

春太裝模作樣地說，智力不足以繼續反駁的我，只能氣呼呼地踩他的腳。

「聽著，這家店的老闆隨和又健談，我去逛過好幾次，他總是熱情地歡迎我。要是你沒禮貌，我饒不了你。」

「樂器行本來就應該歡迎客人逛。」

「這裡不一樣！」

我率先衝上狹窄的樓梯，站在燈光流瀉的玻璃門前。不好，都怪春太，害我緊張起來。我在掌心寫三次「草壁」吞下去（註一）。

可是漢字筆畫太多，還沒寫完，春太已追上來推開玻璃門。電子音門鈴響起，樂器行獨特的漆味刺激鼻腔。

天花板角落的小型喇叭，播放著小號吹奏的抒情爵士樂。

「店裡放音樂會妨礙試奏耶。」

春太確定店內無人後挑剔地說，我眞想要他滾出去。才不告訴他店裡設有隔音試奏室。

話說回來……

我環顧四周。咦，年約五十、穿西裝繫黑圍裙的店長，不是通常都會在嗎？店內散發出這個時段特有的空虛氛圍。裡面的樓梯通往三樓，愼重起見，我上去一探究竟，應該守著展示中古樂器樓層的店長太太也不在。明明是營業時間，怎麼會唱空城計？

我沮喪地回到二樓，春太無奈地嘆口氣：

「或許今天只有一個人看店，湊巧去上廁所。」

「我剛瞄過一眼，廁所是暗的。」

「那麼，使出絕招吧。念出山邊教練教我們的咒語就行。」

「什麼咒語？」

山邊教練經營一家專賣口風琴的「山邊鍵盤堂」。春太把手圍在嘴邊，以響徹店內的聲量大喊：

「不好意思，我們是JASRAC（註二）的人。店內播放的音樂是市面上賣的CD，對不對？」

我一頭霧水，但據說自營業的人聽到這番話，都會驚慌失措地衝出來，是真的嗎？沒想到是真的。樓上傳來「磅」一聲，鐵門粗魯地打開，伴隨著彷彿慌張喊著「不得了啦」的腳步聲。

「喂喂喂，店裡放的CD是我們自己錄音的！」

非常適合留長髮和小鬍子的店長，幾乎是連滾帶爬地衝下來。一看到穿制服的我們，他無力地趴倒在櫃檯上，虛脫地說：「歡迎光臨……」

2

「要支撐一家樂器行，應該租下五層的大樓，一樓賣電吉他、電貝斯、效果器、音

註一：日本俗信，在掌心寫三次「人」吞下去，即可解除緊張。

註二：正式名稱為「社團法人日本音樂著作權協會」，管理日本各種音樂的著作權。由於壟斷，並無限上綱式地索求各種音樂使用費，備受詬病。

箱；二樓賣合成器、混音器；三樓賣鼓、打擊樂器，及音樂相關雜誌；四樓賣銅管和木管樂器；五樓賣中古樂器，這樣的配置最好。啊，這完全是理想狀況，我們沒辦法實現。」

為了掩飾剛才的窘態，店長口沫橫飛地拚命遮掩，似乎忘記我預約試奏。他的臉色頗糟，大嘆好幾次氣，彷彿要把體內的氣吐光，教人不禁擔心發生什麼事？

「老闆不是會熱情地歡迎妳嗎？」

旁邊的春太低聲咕噥，我用手肘撞他。重新將長笛盒抱到胸前，我抬眼瞅著老闆：

「那個……」

「啊，對了，穗村同學有預約吧？」

老闆忽然想起般露出笑容。

這家樂器行是由一對夫婦經營。太太以前是長笛和短笛的職業演奏家，在自家開設私人教室，每星期教授兩堂課。店長領我們上樓。三樓一半的空間是出租用和中古管樂器的賣場。

往裡走是修理室，店長打開鐵門。

「老婆忙著準備發表會，拋下店面不顧，這幾天只有我留守。」

霉臭撲鼻而來，害我倒彈三尺。雖然待在學校的音樂準備室已有點習慣，但瀰漫修理室的氣味更勝一籌。室內擺滿像貝殼一樣打開的樂器盒、變成綠色的小號、拆開的長號，幾乎沒地方落腳。

「業務範圍挺大的……」春太注意到管樂器上附的鐵絲和紙標，「是附近國中的嗎？」

「個人委託也滿多的。客人把鮮少使用的樂器送來調整，但保養狀況都很差。」

使用過程中不可避免會泛黑，不過從發霉的情況，便看得出物主的性格和對樂器的不重視。我切身感受到形同遭到丟棄的管樂器的怨恨，或者說，猶如怨念的腐臭。

老闆發出「嘿咻」一聲，挪開樂器。「抱歉剛才那麼慌張。門鈴有點故障，在樓上沒聽見。今天妳要試奏的長笛，再一下就能調整好。」

難不成是擺在這裡的東西？我忍不住擔心。

「賣場有椅子，你們能不能先在那邊坐坐？」

奇妙的是，修理室的味道聞了一陣，漸漸沒什麼感覺。用隔板分開的一區放著工作桌，店長坐上折疊椅，繼續作業。看到快組合完成的長笛散發高雅的銀光，我鬆一口氣。

「啊，呃，我可以幫忙。」

「不能麻煩客人做這種事。」

也對。老闆以鑷子夾起氈片，爲按鈕進行最後的調整。那謹愼的工作態度，讓我感受到一股強烈的壓力，不曉得自己能不能成爲好顧客。

「小千的可疑舉動，看著眞有趣。」春太走近，在我耳邊細語。

「你很吵耶。」

「那是初次脫手的中古品嗎？」

「嗯。因爲有刮痕，得調降價格，但這點刮痕根本不算什麼。」

最後，我和春太一起留下參觀老闆的處理過程。雖然擔心會造成妨礙，但老闆似乎頗樂在其中，逐一爲我們介紹零件。我們聽得愈專注，他說得愈起勁，我漸漸被他的直率吸引。

「我女兒上小學五年級時，暑假的自由研究選的是拆解長笛。」

「確實是個好主題。」春太探頭盯著長笛。

「我們禁止她玩電動遊戲，沒想到她明明是女孩，竟迷上做模型，甚至玩起長笛。眞的不能小看模型，不僅能訓練孩子變得手巧，也會發現按部就班的重要性。」

「小千做過模型嗎？」

「才沒有呢。」我搖搖手。

「一般女孩果然不會想玩模型。」店長轉向我，壓得折疊椅嘎吱作響。「對了，我有個問題。妳有自己的長笛，也十分珍惜，爲什麼想換？」

突然問我購買動機，我頓時不知所措。「什、什麼爲、爲什麼？」

「我看過不少購買多支長笛的客人，但妳不一樣。或許我能提供一些建議。」

「這這這這、這個理由挺複雜的……」

要我解釋，可能會講到天荒地老，春太幫忙濃縮成一句：

「她要參加合奏。睽違四年，南高要再次出賽。」

老闆瞪大眼，恍然大悟般狀似拍手，然後指向我，以手勢詢問：妳要參賽？我用力點頭回應。

全日本管樂合奏比賽，會在每年一月舉行預賽。在去年之前，我們都沒報名，今年在山邊教練的鼓勵下決定參賽。演奏時間五分鐘，以三人到八人爲限，南高報名兩組：新社長馬倫率領的木管五重奏，及一年級生後藤率領的長號四重奏。在打擊樂較有利的合奏比賽中，兩組的編制可說都屬於激戰區。

附帶一提，木管五重奏的編制爲長笛、單簧管、雙簧管、法國號，低音管則由馬倫的上低音薩克斯風取代。當然，包含春太在內，參賽成員的技術都足以擔綱獨奏，只有我領的是凡人認證標章。凡人還好，甚至有人形容我是開發中國家。哼，沒想到南高管樂社內居然分成先進國家和開發中國家。儘管我有自知之明，但難道沒更像樣一點的說法嗎？

負責雙簧管的成島，還吐出教人啞口無言的話：

「爲什麼呢？穗村無法立刻拿出成果，但有時又會突然如有神助。啊，眞是奇妙。」

依我的情況，技術必須經過一番熟成。說得像發酵食品，卻是事實，沒辦法。應該也是有這種例子的。全國煩惱著無法突破瓶頸的國高中生，一定會大大贊同。

因此，我需要一個能在有限時間內進步的契機，不管是什麼都好。倘若樂器能促使演奏者更上一層樓，我想投入這條路。

老闆垂下眉毛，思索該怎麼對我說。

「距離比賽只剩不到四個月吧？」

「啊，對。」

「用熟悉的長笛練習就好啦。」

太直接了。「我有啊。」我急忙從書包取出世界壘球聯盟理事宇津木妙子寫的名著《努力必有回報》。

「從書名可清楚看出妳前進的方向。」

「老闆你懂！」

交談過程中，老闆仍沒停下手，不到五分鐘後，他便說「完成，讓妳久等了」，將剛組好的長笛遞給我。

我恭敬地接下，小心翼翼地拿好，立刻向春太炫耀：

「這是限量款，幾乎全新，只要六萬圓多一點。」

「跟妳原本的不是沒什麼差？」

「才～不～一～樣～！首先，這是限量款，讓人覺得能做出超～越～極～限～的演奏！」

「嗳、嗳，」老闆居中調解，「要不要直接在這裡試吹，別去試奏室了？」

我們移動到中古樂器賣場，老闆關掉店內的音樂，我隨即進行調音。

輕吹幾次長音後，我試吹起暗記的分部譜，霍爾斯特（Gustav Theodore Holst）的第一號組曲的一部分。草壁老師推薦這首曲子，給高中才學管樂的學生。我擺好指頭，總之先吹氣，沒想到發出紮實的低音Do。大致吹完，將長笛輕輕移開下唇，忍不住瞪大眼：

「果然不一樣！就是這款，這就是我在尋找的！假如是這款長笛，一定能打破眼前的障礙！」

春太和店長在稍遠處竊竊私語。

（聽到她那些貧乏的詞彙，老闆有什麼看法？）

（我來猜猜，她是你們社團的開心果吧？）

（當然。跟表面裝傻、心機畢露的女生天差地遠。她是比起炫耀，更會選擇自爆的溝通高手。）

春太大步走近，搭上我的肩：

「欸，高音很悠揚，不過妳平常用的長笛，低音的輪廓更清楚。」

這番評語與我的感想完全相反，我頓時退縮。原來吹的人和聽的人感受差這麼多？

「外、外行人就是這樣，傷腦筋。」

「外行人代表的小千，妳的話太好笑。反正妳也買不起吧？」春太的口吻像在教訓賴在玩具店前不走的小學生。「妳現在用的長笛就夠好了，請老闆幫忙保養一下吧。」

「這樣比較好。」老闆也走上前。「國高中生用的管樂器，只要音準正確就行，而且喜歡自己的樂器、珍惜使用，才會進步。」

「不要，不要！我絕對不接受那種抽象的建議。」

「撞牆期嚴重到這種地步，眞有看頭……」

春太喃喃自語。老闆雙手交抱，點點頭：

「那麼，給妳一點具體的建議吧。依我觀察，妳習慣用力按住音孔。大概是妳平常用的長笛反射板移位，右手的鍵又全鬆了，才會養成這種習慣。只要調整一下，就會改善許多。」

「她本來是體育社團的，很難注意到這類纖細的變化。」春太解釋。

「本來是體育社團的嗎？」老闆一臉意外。

「她國中時是女排社強校的自由球員。」

「原來如此，這樣我就懂了。」

「好不容易擺脫沒日沒夜練到中暑昏倒的生活，又投入管樂社，簡直像困在瘋狂的地下迷宮裡。」

你們未免太口無遮攔，尤其是春太！既然如此，我絕不空手而歸，於是小心翼翼抱著長笛，走到中古賣場。

「小千，妳在幹麼？」

「我氣到了，搞不好能挖出別的寶。」

「妳還不死心啊。」

「不要管我！」

凡事從不全力以赴、總是高高在上地冷眼旁觀的春太，才不可能懂我走投無路的心情。只要得到喜歡的樂器，一定能吹得更好。原本不會吹的曲子，也一定能成功駕馭。

老闆快步走來，從放特價品的玻璃櫃取出一支老舊的長笛。以爲他要給我看，沒想到他迅速撕下標價，匆匆拿進裡面的器材室。

「呃，不好意思，那是……？」我靠上去問。

「這有點……」

「純銀的？」

我第一次見到實物。春太也越過我的肩膀窺望。

「哇，全新的要五十萬圓以上吧？」

再近前一看，我大吃一驚。散發銀光的頭部管和主管布滿美麗的花紋，像萬花筒的世界般規則，似乎是藤蔓的圖案。好、好可愛……

老闆感覺不太想給我看，一臉不情願地回答：

「德國製的。雖然不是大廠，不過富有研究精神，風評頗佳。這款音色不錯，而且充滿玩心。國內應該只進兩支。」

「只有兩支？」我倏地抬起頭。

「稀罕不一定好。」

「老闆是推薦，還是不推薦？」春太問。

老闆避不作答：「德國產品重視合理性，多半是閉鍵、曲列式和E鍵的組合……」

「這樣啊。我看過有雕刻的小號，但沒這麼華麗。」春太似乎察覺什麼，觀察著主管的花紋，立刻敬而遠之，接著望向我。

我看得十分入神。

「欸，春太，你覺得世上有一見鍾情這種事嗎？」

「小千，妳品味眞糟！」

「我覺得有耶。有有有，絕對有。」

「沒辦法啦。憑穗村家的經濟狀況，根本買不起。」

我一把推開反對的春太，夢遊般走近老闆：

「可以讓我試吹嗎？拜託，吹長音就好。」

唔……老闆目光落在純銀長笛上，停頓一拍，陷入沉思。那不像是生意人的眼神，而是由衷喜歡接觸樂器的人。

「雖然需要比剛剛那支吹得重一些，不過熟悉後，音色相當不錯。這一款可吹出穩重的聲音。」

老闆遞給我，「喏，妳吹吹看吧。」

我從書包取出瓶裝水喝幾口，充分滋潤乾涸的喉嚨黏膜後，將長笛抵在下唇。不出所料，一開始吹不太出聲音。我想起與藤咲高中聯合練習的經驗，調整呼吸，再次挑戰。好不容易吹出的音色非常冶豔，尾骨湧來難以言喻的情感。啊，這就是令人起雞皮疙瘩的瞬間！

「哈……呼……剛才……厚重的高牆……轉眼……消失了……」

店長和春太在一旁悄聲交頭接耳。

（這樣的女孩，希望每家都擺一個呢。家電量販店有沒有賣？）

（性能令人感動。）

我興奮得雙頰發燙，甚至聽不見兩人的對話，兀自問店長：

「這支多少錢？」

「抱歉、抱歉，這把不能標價。」

「騙人，我剛才瞄到你撕掉特價標籤。」

「那是……呃……」老闆的目光左右游移，顯得十分狼狽。「那麼，妳能嚴肅聽我說嗎？」

「好。」

「不會笑我？」

「不會。」

然而，老闆仍猶豫著要不要說，最後認命般開口：

「其實，這是一支受到詛咒的長笛。」

3

哇哈哈哈！春太笑得東倒西歪。不久後，笑聲變成連聽都沒聽過的怪聲：「哈……噫……嘩……嘿……噗咕噗咕……」

「該說是不出所料還是怎樣，也只能笑了。」老闆手指插進髮際，語帶自嘲。

「呃……」我蹙眉擺出正經八百的表情。「老闆提到詛咒，難不成有人死掉？」

「不不不，沒那麼恐怖。只是，情況古怪又奇特，不曉得你們會不會相信。這樣你們還是要聽嗎？」

老闆的說明簡要如下：

第一任主人是日本的業餘音樂家。她留下意義深遠的一句「這支長笛有不可思議的魅力」，毅然賣出。

↓

第二任主人是音樂大學的學生。她得到這支長笛後，與從小認識的姊妹淘發生一場幾乎絕交的大爭吵，覺得很不吉利，連忙脫手。

↓

第三任主人是平凡的主婦。獲得這支長笛，不僅是每次練習，連演奏會上台都莫名腹瀉，十分苦惱。只能包紙尿布或放棄長笛，她選擇後者。

←第四任主人是高三男生。得到這把長笛後，腳的小趾踹到家具的次數增加，最後搞到骨折。壓力累積過大，沒考上音大而重考，於是賣掉長笛。

←第五任主人是私立國中的二年級女生。吹這支長笛時被拍下的照片中，她雙眼翻白，整張臉像隻吉娃娃，自信全失，還遭單戀的對象嘲笑，因此放棄長笛。

←第六任主人是五十多歲的男子。擁有這支長笛後，每晚夢見寶貝獨生女帶來潦倒的樂團成員說想結婚；每天早上丟垃圾都晚一步，沒趕上時間。他請教認識的算命師，對方指出原因在於最近新買的樂器，只好依依不捨地賣掉。

「有夠小家子氣的詛咒！」

春太捧腹大笑，沉浸在小趾踹到家具的恐懼中的我赫然回神。

「小千，還是不要吧。如果妳變成這支長笛的主人，可能會受到詛咒，只要吹到三的倍數Mi和Ra，就會變成白痴。」

我擰住春太的耳朵，恐嚇他再繼續亂吵，就沒晚飯吃。

「唉……」老闆重重嘆氣，「坦白講，歷代主人全是這家店的顧客，實在教人沮喪。不過，與其說是詛咒，更接近不合理的現象或運氣不佳。我價格降得很低，希望有人來破除這支長笛的霉運……」

「老闆……」

「什麼？」

「請務必將這個重責大任交給我。」

老闆從圍裙口袋掏出揉成一團的標籤攤開。看到超過十萬圓的金額，我的喉嚨咕嚕一響。我抱著一絲希望，用手機傳簡訊給母親，馬上收到回覆：「武田鐵矢和河村隆一（註）浮水印的鈔票可以嗎？／小千媽」

春太不理會兀自慌亂的我，出聲：「別再說了吧。」見他歪著頭，露骨地皺起鼻子，老闆苦笑：

「妳的男朋友似乎壓根不信。」

「我姓上条，才不是她的男朋友。」春太一臉嚴肅地訂正。「即使退讓一百步，眞的有受詛咒的樂器，通常也會是弦樂器。要是連長笛都會受詛咒，不就會有受詛咒的響板、受詛咒的鈴鼓，甚至是受詛咒的哨子，包山包海了嗎？」

「原來你是在懷疑這一點。」老闆佩服地點點頭。「畢竟從神話時代，弓弦就是廣爲人知的詛咒道具。啊，對了，你們是高中生，所以是在講述日本史的《日本書紀》裡學到的吧。是第一卷的天照大御神那邊嗎？」

老闆一頓，突然變了個人般開朗地說：

註：河村隆一，日本音樂家，樂團「月之海」的主唱。

「哈哈哈，別看我這樣，以前我在補習班打過工。我同時打很多工，是在補習班認識老婆的。喏，墜入愛河的人，不是都會比喻成遭愛神的箭射中心房嗎？那也是源自一種咒術，射出箭的就是弓弦。」

爲何會用箭射中愛心的圖案？總算解開我長年以來的疑惑。瞄過「櫥櫃裡發現印刷機玩具／小千媽」的簡訊，我收起手機問：

「只有弦樂器才會受詛咒嗎？」

「意外地，全世界都有受詛咒的樂器傳說，但依我所知，全是弦樂器。最有名的，是直到一五五九年都眞實存在的切利尼（Benvenuto Cellini）的小提琴。還有電影以此爲題材，應該不少人知道。每個演奏者都陷入不幸的小提琴傳說，傳遍歐洲大陸。」

我第一次聽聞。「你說眞實存在，那麼……」

「沒人能斷定。傳說本身有各種版本，或許是將有關小提琴的不幸故事彙集而成。實際上，好幾個名人剛好都牽涉其中，眞相猶如羅生門。」

春太從剛才就毫無興趣地泛淚忍住哈欠，老闆望向他，眼神別有深意。

「對了，上条同學。」

「什麼？」

「說點能刺激你好奇心的事吧，這支長笛也有弦。」

春太眨眨眼，「咦，怎麼可能？」

「仔細瞧瞧上面雕刻的線條。」

我注視手上的純銀長笛，春太湊過來。頭部管和主管刻著花紋，但凝目細看，每一條粗線都由四條極細的線構成。

「這些線條嗎？換個觀點，也可說是模仿低音提琴的弦……」春太露出無法釋然的表情。

「確實，小提琴類是四弦。」老闆補充。

「老闆指的是這個嗎？」

「可惜，差得遠。」

「咦？」

「這不是兩、三下就能參透的。除非成爲長笛的主人，否則看不出玄機。原本在德國當地就有奇妙的傳聞。」

春太納悶地回望老闆。接著，他拿起我手中的長笛，仔細觀察純銀的笛身。「所以，老闆知道答案？」

「知道。歷代主人都異口同聲這麼說，我本來半信半疑，但經老婆提示，我總算發現。」

「到底是什麼？」

春太一問，老闆扶著下巴，作勢沉思。

「給個提示，裡頭似乎有機關。」

「似乎？」

「說得這麼模糊，其實是我還沒有確切的證據。畢竟這家公司富有玩心，也不是官方宣傳的規格。」

「那第一任主人評論的『不可思議的魅力』是……」

「約莫就是指這個機關。我只看過一次的弦，並不危險，也不是什麼嚇人的裝置。」

究竟是怎樣的弦？我專注聆聽兩人交談，制服口袋忽然傳來震動。調成靜音的手機收到簡訊：「印刷機玩具壞了，眞可惜。／小千媽」。這位母親究竟要玩到什麼時候？我忍不住氣惱。

我仰望天花板，然後閉上眼，維持相同的姿勢，等待決心慢慢凝聚。

「我決定了。」

「咦！」春太回頭。

「我要當這支長笛的主人。」

「欸，咦？」

「我要拿零用錢，及壓歲錢的存款，分期付款買下。」

春太和老闆面面相覷。很快地，春太拍拍胸膛，示意「交給我」，將純銀長笛遞給店長，雙手抓住我的肩膀，前後搖晃：

「哈囉？小千，妳還正常嗎？聽到我們剛才的談話沒？」

「嗯，我都聽到了。可是，樂器是無辜的。」

春太怔住，轉頭看老闆。老闆嘆一口氣：

「如果是以妳父母的名義，也不是不能分期付款……這麼一來，就是妳每個月還錢給父母。」

「那、那也沒關係。」

「眞的沒辦法說服妳放棄呢。」

老闆雙手交抱，沉默片刻，瞥窗戶一眼。窗外一片漆黑。那眼神像是在評估，側臉也像在後悔不小心說太多。我忽然想起夏季大賽時，遇到一個態度很差，卻能不著痕跡爲人設想的大人。

「零用錢和存款，最好更珍惜著使用。」

「可是……」

「我明白妳想說什麼。我也認爲錢應該用在屬於自己的世界，有些事必須自己付出金錢才能獲得。畢竟情感豐富的青少年時期，一輩子只有一次。」

「既然如此……」

「但這超出妳能負擔的限度。雖然我覺得，現在的妳應該能夠說服父母。」

這次換我沉默。制服口袋第四次震動，是母親傳來的簡訊。時機巧到彷彿猜中此刻的狀況，我有些激動，忍不住期待。「媽懷著斷腸之痛向單身外派的小千爸商量！……騙妳的、騙妳的～明明沒那個意思，妳就別勉強啦～♪／小千媽」

我「啪」一聲闔上手機，以布滿血絲的雙眼向老闆傾訴：

「現在的我還有比長笛更重要的東西嗎？」

「有啊，很多。」

「咦？」

「當我敗給妳的熱忱吧。若不介意是短期，就借給妳。要請妳辦個租借手續，但這支長笛來歷特別，所以免費借妳。不過，期限是平常的一半，兩週如何？可以比較純銀長笛豐富的音色，和初學者用的平衡性良好易吹的長笛音色，我覺得是不錯的機會。」

「真的嗎！」我頓時滿面欣喜。居然可以免費吹到飽！身體擅自反應，蹦蹦跳跳起來。「好開心，太開心了！」

「喂，小千……」傳來柔聲的勸阻，是春太。老闆微微聳肩，虛脫般吐出嘆息：「這也算是一種促銷活動。」

「居然免費出租……真的不要緊嗎？」春太問。

「其實，我有點感興趣。」

「感興趣？」

「嗯。不只是音樂，任何一個領域都一樣，愈是職業高手，愈容易在專精的領域犯錯。她還在半路上，看著這樣的年輕人，讓我頗期待。」

「恕我反駁，我覺得老闆是過度評價了。」

「技術全部足以獨挑大梁的合奏比賽成員中有她，我認爲是有意義的。」

「老闆是說烤肉定律嗎？不是吃肉接著吃蔬菜，而是享受烤肉的五人定義。直接說結論就是，烤肉需要一個像笨機器人一樣的傻大個。」

說到這種地步，我幾乎要懷疑春太是以朋友的身分在告誡、責備輕易就想依賴樂器的我。

老闆放聲大笑，「究竟結果會如何？我想去看看明年一月的預賽了。」

春太啞口無言地望向我，間隔幾拍才開口：「眞是的，妳就會像這樣拉攏人，我都沒半個同伴。」

他單手搔亂頭髮，轉向老闆：「呃，可以回到剛剛的詛咒話題嗎？」

「發生在長笛主人身上的神祕——古怪的不幸事件嗎？」

「對。對於這類詛咒的傳說，我一向抱持疑問。」

「什麼疑問？」

「這次的案例也一樣，老闆怎會曉得那些主人的遭遇？每一任主人都那麼大嘴巴嗎？」

「原來如此。《中古貨營業法》規定，收購中古樂器時，必須向物主本人進行確認。我會盡可能閒聊，打聽背景資訊，當成維修的參考。出售的理由也是其中之一，而且不同的使用方法和習慣，會影響長笛的狀態。」

「所以，老闆是直接聽本人說的？」

「當然。」老闆點點頭。「我不會告訴高中生捕風捉影的不負責任傳聞。」

春太彎起食指抵住鼻頭，挑釁地望著老闆。

「像老闆這樣的人，對天真的小千說什麼『詛咒』，不算不負責任嗎？」

「問題就在這裡。」

「咦？」

「詛咒、倒楣這種說法很不確實，沒有科學根據，我的看法和你一樣。然而，我卻用了這些字眼。是什麼讓我這麼做？我強烈感覺到，詛咒的眞相隱藏在其中。」

「詛咒的眞相？」

春太露出意外的表情。

「對。追根究柢，這支長笛的詛咒究竟是什麼？我認爲應該有可用邏輯解釋，或是我忽略的細節。抱歉講得這麼複雜。」

「不會……」

「要是擔心，我不會強迫她租下。」

春太望向我，我學捕手拍打手套表示：詛咒？放馬過來！

老闆露齒一笑：

「稍微訂正上条同學剛剛的話，時間就是你們年輕人的同伴。不過，既然有毒舌但腦袋異常靈光的他陪在身邊，應該不會有事。」

接著，老闆向我招手，打開三樓賣場的大櫃子抽屜，取出硬盒，放入濕度調節劑和防止銀器變色的紙。老闆建議可用稀釋五倍的消毒酒精進行保養，並爲我備註在樂譜背面。

「這是我的名片，有什麼問題就聯絡我。」

望向店裡的時鐘，將近晚上八點。我接過純銀長笛，再三道謝。

「借走要賣的商品，眞的太不好意思了。」

春太按住我的腦袋，要我道歉。這回就忍耐一下吧。

「哈哈哈，別在意。我一直想賣給對詛咒一笑置之，認爲那只是迷信的人。唔，就像工作資歷和人生經驗豐富的女性。最好是會說『或許可以治便祕，借我吧』的類型。」

要是有這樣的女生，我還眞想見見……「那我們差不多該走了。」我瞄身旁一眼，發現春太仰望上方，手掌抵著下巴。

「我似乎認識這種人……」

「咦，騙人！你有這種朋友嗎？」

「詛咒這點小事，對方會拿來當下酒菜。」

「下酒菜？太可靠了，以毒攻毒！」

注意到話題轉往奇怪的方向，我揪住春太的制服一扯：快回家吧！

4

〈詛咒長笛主人的履歷——最新版〉

第七任臨時主人，是高二的管樂社女生，穗村千夏。得到長笛後約十多天，旋即遭逢下列不幸：

①早上睡過頭，拿洗面乳刷牙，痛苦欲絕。

②嘴巴同一個地方破了三個洞，痛到快昏倒。

③忘記帶便當的筷子，拆開老師給的衛生筷時，被袋子裡附的牙籤刺到手。

④上體育課時，遭籃球迎面擊中，送往保健室。

⑤發生④的慘劇後，躺在保健室的床上，覺得自己的生命線看起來有點短，深陷不安，廣發簡訊昭告親友。↑最新狀況。

「跟平常的小千沒兩樣啊。」

春太在保健室目瞪口呆地說，我依然穿著體育服，想慢慢從床上爬起。一隻手制止我，是和春太一起來的成島。她的胳臂十分纖細，力氣卻大得讓人意外。

「今天社團活動妳最好休息。」

成島亮出手表，已是放學後的時間。體育課是午休結束的第五節，所以我不小心——或者說渾然不覺，在保健室睡掉第六節課。床邊的書包和折好的制服，是剛才同學替我拿來的。

我四周隔著簾子的床上憋住一個大哈欠，彎起食指拭去眼角滲出的淚水。

「最近穗村是不是累積太多疲勞？」

看著成島徵詢春太的意見，我心想：啊，這就是所謂的「傍目八目」。要是她直接問我，我一定會立刻回答：我沒事！

「有風聲說，她上課都在打瞌睡。大概是得到純銀長笛的隔天開始吧。」春太應道。你跟風互通消息喔？

「那支租來的德國長笛？」

「對。據說受到詛咒，妳聽了哈哈大笑的那支長笛。」

「不能怪我忍不住……」

成島烏溜溜的瞳眸覷我一眼，表情帶著抱歉。

「依小千的個性，她八成回家後會吹到很晚。可以吹到純銀長笛的機會，也只有現在了。」

「在家練習到很晚？會吵到鄰居吧？」

我拉起被單遮住一半臉，插進兩人的對話：「在我媽的車裡吹……」車子可當成簡易隔音室。

成島轉向我：「眞的嗎？」

「眞的。注意到時，我每天都吹到凌晨兩點多……」

「我的天啊。」

這時，有人敲保健室的拉門，我和成島一僵。有人進來，在隔簾外活動的影子靜靜呼喚：「裡面是穗村同學嗎？」聽到那令人怦然心動的嗓音，我應一聲「是」，撐起上半身，並藏起禁止帶來學校的手機。

拉開隔簾走進來的，是管樂社的顧問草壁老師。格紋襯衫配領帶，還有黑框眼鏡都極適合他。沒想到居然能在社團活動前見到老師，我開心得坐不住。

草壁老師輪流看著春太和成島，「裡面傳來話聲，我以爲是誰，原來是上条同學和成島同學。」

「老師怎麼會來？」成島問。

「我在職員室聽級任導師提起，過來看看。」草壁老師的視線移向在床上縮得小小的我。「妳還好嗎？」

「呃，那個……呃……」

雀躍的心情頓時萎靡。管樂社每天都在校舍留到很晚，搞不好身爲顧問的老師，在職員室被追究責任了。

成島輕扯草壁老師的袖子，附耳低語。老師瞪大雙眼，嘆一口氣：「原來是這樣。」

成島到底是怎麼說的？我做好挨罵的心理準備。

我和成島對望。她吃吃一笑，用力往我的背一拍，離開保健室。

草壁老師在床邊的折疊椅坐下，一手掩住臉，全身微微搖晃，彷彿在克制從丹田湧起的咯咯笑意。

「我沒生氣。實在很有妳的作風，簡直像拿到新玩具的小孩。」

我的耳朵發燙，「對、對不起。」

草壁老師抬起頭，「跟老師約定，以後不會在家裡練習。」

「咦？」

「拜託。之前我提過，社團活動或許很重要，但畢業後的前途更重要。希望妳多看看各種領域的書，好好用功。」

一陣沉默。

保健室的空調馬達聲在遠處作響。

「好的……」

聽著老師的話，我覺得有些寂寞。他大可和其他老師一樣嚴令「不准在家練習」，卻說「拜託」。我似乎窺見曾背負成爲國際指揮大師期望的老師，尚未完全遭教職滲透的陰暗面。

雖然想樂觀地相信，但有時我會強烈感到不安，草壁老師似乎就要離開學校。儘管是可笑的預感，不過最近我益發投入練習，只是想挽留老師。

「我對那支長笛很好奇。」

草壁老師的話聲靜靜傳來，我不由得應道：「長笛？」

「嗯。有花紋的長笛相當罕見，眞琴參加倫敦的樂團時看過一次。」

眞琴是山邊教練的名字，山邊眞琴。

「那麼罕見嗎？」

「我來解說一下吧。妳今天也帶來學校了嗎？」

「啊，對。因爲是借來的，鎖在音樂準備室的置物櫃。」我探出上身，從書包底層掏出小鑰匙。

這麼一提……我曾向從草壁老師進保健室後，就一語不發的春太。不出所料，他緊張萬分。就算是平常的社團活動，他那不願引起老師猜疑，卻又挖空心思設法黏住老師的模樣，簡直是我的惡夢。

春太突然一動，一把搶過鑰匙。

「我也非常好奇，能不能一起聽？我去拿長笛。」

由於成島離開，春太無論如何都需要一個繼續賴在保健室的藉口。拉門猛力關上，春太奔馳而去。

不願讓老師和我獨處，以春太難以置信的速度，衝向校舍四樓的音樂準備室，再回到一樓的保健室。只見他腋下夾著長笛硬盒，氣喘如牛。

「謝、謝謝。不、不必這麼趕也沒關係啊……」草壁老師狼狽接下，取出拆解後的純銀長笛。銀光閃閃的頭部管和主管上，形狀相同的花紋規則並排。

「那像不像蔓藤花紋？」

「會嗎？」草壁老師調整鏡框，神情嚴肅地觀察。

我和春太也用力伸長脖子，大飽難得的眼福。

「你們臉靠太近了。」

啊，對不起。我們恢復原本的姿勢，草壁老師解釋：

「除了音色，純銀長笛還有其他的特性。雖然是一種感覺，但純銀和鋼琴鍵難得使用的象牙一樣，會產生適度的磨擦。許多職業長笛演奏家都喜歡那種磨擦感，有些銅管演奏者也會特地將嘴唇接觸的部分鍍銀。」

這樣啊。我點點頭，對仍有許多未知事物的世界微微湧出好奇心。

「還有一點。純銀的光反射率高，看起來亮白生輝。然而，若是疏忽保養，會與空氣中的硫磺成分結合，逐漸泛黑，變成暗灰色。」

春太理解得很快：「換句話說，平常不會在純銀的樂器上雕刻嗎？」

「沒錯。即使如此，還是要雕刻，表示有設計以外的目的。」

草壁老師望向我。我回溯記憶，盡量詳細轉述倉澤樂器行老闆告訴我的事。

「原來如此，受詛咒的長笛啊……」

「老師不會笑嗎？」

聽完我說的詭異內容，草壁老師甚至沒流露一絲困惑。

「相不相信暫且不論，我很感興趣。比方，老闆提到的『詛咒的真相』。依妳的敘述，老闆似乎不是迷信的人。」

這麼說來，倉澤樂器行的老闆提過，他可能漏掉一些可用邏輯解釋的事。草壁老師接著道：

「何況，這支長笛的詛咒，究竟是什麼？」

「咦……不是有隱藏的弦，會讓每一個主人都變得不幸嗎？」

「妳看到那隱藏的弦了嗎？」

「看到了。」

春太露出「我怎麼沒聽說」的表情，於是我舉起純銀的長笛主管。一移動，花紋便跟著扭曲。

「哪邊？」春太一臉詫異。

「記得是這裡。」我指向一處。

「沒有啊……」

「咦？眞奇怪。有時看得到，有時看不到。」我變換拿長笛的角度。

「我也沒看到，是怎樣的形狀？」

草壁老師拿出記事本和原子筆遞給我，我打開空白頁，畫了個「☽」的記號。

「弦月形狀？」春太說。

「也可看成弓弦。」草壁老師補充。

「其他還有這樣的記號，散布在各種地方。」

我加上「⊙」和「♆」的記號。草壁老師和春太蹙起眉，歪著頭。原來他們也有不知道的事啊，我有些沉浸在優越感中。

「其實，我在超商翻雜誌時，在占卜專欄看過類似的記號。」

我告訴兩人這些是什麼記號。

「原來是占星術的天文符號嗎？」草壁老師十分驚訝。「看到這叉子般的三叉長槍形狀，我忽然想到，第一個是月亮，第二個是太陽，最後一個是海王星。既然有太陽和海王星，或許還隱藏著中間的行星。」

「沒錯、沒錯，我覺得可能有冥王星的『♇』，或許找到幸運的木星『♃』，就會遇上幸運的事……」

春太接過話：「難怪妳會沉迷到熬夜。」

「對啊……」我羞愧得雙手摀住臉。這是練習期間的祕密樂趣。

春太湊近純銀長笛的主管，凝目細看。花紋的粗線，是以極細的四條線束構成，也有一些變換角度就會浮現的波浪線條。

「我完全看不出來，也不清楚到底有沒有。」

「只要成為這支長笛的主人，實際接觸就會知道。」

「真的嗎？」

「你這麼一問，我也沒自信了。」

春太沉默片刻，轉向草壁老師：「除了視覺上的錯覺以外，這種現象還有不同的稱呼，對不對？」

「原來你記得啊，我只在夏季大賽演奏柴可夫斯基第六號交響曲《悲愴》時，稍微提過而已。」

「那是什麼？」

當時我只能勉強跟上大家的演奏，不懂他們在說什麼。

「你們演奏的是第一樂章，不過，最有趣的地方在最終樂章的開頭。最終樂章的開頭，不管哪一個分部的譜，都找不到主旋律，然而，聽眾卻能找到明確的主旋律。」

像變魔術一樣。春太小聲告訴我：

「我們一直用到東海大賽的樂譜，也納入第四樂章的特徵。」

「咦，主旋律不是成島的雙簧管嗎？」我悄聲回應。

「除了獨奏以外，雙簧管都是副旋律。其實是音高和音色相同的分部，透過編曲，演奏出主旋律的各個部分。長笛分部不也是這樣嗎？」

我倒退幾步，彷彿遭到看不見的空氣推壓。我猛烈地反省，當時我眞的整顆心繃得緊緊的，根本沒看見周圍情況。我想起夏季大賽遇到的自由記者曾說：「實際上最大的關鍵，是顧問草壁信二郎寫的樂譜。憑著那份樂譜，你們才能勉強塡補與其他參賽學校之間的落差。」如今我總算明白那段話眞正的意義。

草壁老師告訴我：「這叫『完形崩壞』。生活中充滿五花八門的聲音，像是電視機、音樂、小孩的玩鬧聲、汽車行駛聲等等。我們可從這些聲音的大雜燴裡聽出特定的音，抽出有意義的訊息。原本這是指視覺資訊方面引發的現象，舉個例子……內心恐懼時，連牆壁上的污垢都會看成人臉。月球殞石坑上有人臉、人面魚、靈異照片等，也相當於這種現象。」

我目不轉睛地看著純銀長笛的主管。聽完老師的話，我發現複雜的花紋就像視覺陷阱畫。

「穗村同學看到的天文符號是不是眞的存在，我直接去問廠商吧。眞琴會說德語，在德國也有朋友。」

山邊教練居然會說德語，我十分意外。

「全世界想成爲音樂家的年輕人，都會前往德國讀音樂大學，眞琴也是其中之一。」草壁老師的袖口露出手表，「日本和德國的時差是七小時。請她今天下午六點左右打電話剛好。」

「咦，今天就要幫我們問嗎？」

「愈快愈好。」草壁老師不知爲何急著下結論。「剛才我不是提到，眞琴在倫敦看過一次相同的長笛嗎？假如我聽聞的事是眞的，這支長笛恐怕已爲穗村同學帶來不太好的影響。」

我在床上不停眨眼，望向手中的純銀長笛。

不好的影響……

跟歷代主人遭遇的奇妙不幸有關嗎？

連成島和草壁老師都勸阻，於是我乖乖休息，沒參加社團活動。

但我沒立刻回家，占據保健室的病床，不知不覺睡著。醒來時已是晚上七點多，我從床上彈起，茫然望著漆黑的窗外，察覺自己嚴重睡眠不足。

出入口的拉門，傳來一陣敲門聲。

「請進。」我應道，發現是春太一個人。社團活動似乎已結束，他揹著看起來不怎麼沉重的書包。

「小千，妳起來了？」

我穿著體育服，「唰」一聲拉上圍著床的隔簾。

「我要換衣服，不准偷看。」

「誰要偷看啊！」

噢，也對。我應一聲，坐在床上換回制服。

隔簾另一頭的影子說：「詛咒的長笛有新進展。接下來，我要和草壁老師回家。」

「騙人，要去老師家？」我探出圍簾。

「不，是我家。山邊教練從傍晚就泡在我家。」

「山邊教練？爲什麼？」

「簡要地說，傍晚草壁老師打電話給山邊教練，不曉得爲什麼是姊姊接的。老師陷入混亂，發現山邊教練在我家喝酒。山邊教練總算接聽後，老師耐心說明來龍去脈，山邊教練回答：『好，我打國際電話去德國詢問，不過你下班來一趟。』妳要不要來觀摩大人怎麼喝酒，累積社會經驗？」

我需要一點時間整理思緒。換衣服費了我一番工夫，拉鍊卡到裙子的收邊線。

「好啊。要去接喝得爛醉的山邊教練嗎？」

「雖然她那副德行，好歹是老師恩師的孫女。還不到七點，她們就喝光五合（註）日本酒和三瓶紅酒。」

註：日本傳統容積單位，常用來計算日本酒，一合約為一．八公升。

我大概可以想像那異常的光景。

「上上週不是才喝過，又喝？」

「我實在不敢告訴老師，今天是每月的第二個星期五，所以是舉行『巴克斯之宴』的日子。」

「巴克斯？」

我在電視上聽過這個西洋名字，記得是啤酒廣告。腦海掠過身上裹著白布、十分適合花圈頭冠的神明形象。巴克斯似乎是羅馬神話裡的酒神……

春太的臉彷彿罩上厭煩的陰影。

「是笨蛋與人渣（註）聚集，爛透的日子。」

巴克斯之宴不是笨蛋與人渣的聚會，是上条家每個月舉辦一次，感謝酒神巴克斯，並淑女地品酒的宴會。據說在上条家，動不動就會找理由酒聚，好比上上週的「居家品紅酒女子會」。

我想起那酒豪三姊妹，感覺長笛受詛咒的眞相破解任務，似乎正朝意外的方向發展，不禁嚥下一口口水。

「難、難不成你的姊姊，打算把我一起拖下水？」

「不不不，幸好今天只有南風姊在家。她特地請有薪假，回來與山邊教練共飲。她從之前就非常期待。」

以俳句的夏季季語「南風」爲名，她是上条家的長女，任職於東京都內的建築事務所。今年八月，春太遭房東趕出公寓時，她來拜訪學校，結識草壁老師。

接著，春太吐出令人驚愕的話：

「山邊教練和南風姊眞的把詛咒的長笛傳說當下酒菜，五分鐘就解開眞相，還嫌謎題太簡單。」

春太深深嘆息，說著「眞是有夠討厭」，往折疊椅一坐。

5

路燈下，上条家浮現在黑暗中。草壁老師、春太和我來到大門口。

地點在閑靜的住宅區一隅，是運用木紋特色設計的雙層透天厝。迷你玫瑰盆栽並排在大門到玄關的通道兩側，外觀反映出姊妹的非凡品味。停車場停著我看過的白色跑車，是南風姊的愛車，本田CIVIC TYPE R。今年夏天，我搭過這輛車，體驗何謂「飆車」。

草壁老師望向客廳的照明。

「眞琴視力減退後，酒量增加不少。」

我和春太默默看著草壁老師。

「上条同學。」

「啊，是。」

「抱歉給你家添麻煩了。」

註：笨蛋（バカ，baka）與人渣（カス，kasu）合起來，與巴克斯（バッカス，bakkasu）發音相近。

「這、這是哪裡的話……」

春太搖搖頭，走到玄關，急忙想開鎖。「等一下。」我跟上去。鏘！咚！屋內傳來拿東西用力敲桌的聲響，我們渾身一顫。咦，這是什麼聲響？家裡發生什麼事？

「王八蛋，母音a段開頭的單字根本沒一個好的。Power spot（能量景點）、Power stone（能量石）、Minus ion（負離子）、Macrobiotic（長壽飲食）。最近流行的Pancake（鬆餅）也一樣（註）。然後，還有……kawaii（好可愛）、daisuki（最喜歡）、sasugadesu（太佩服），我都快吐了。」

傳來熟悉的話聲，是南風姊。

「說得好！」

這回是山邊教練的話聲。「讓我為褪下虛榮鎧甲的南風小姐吹奏一首，請欣賞……小泉今日子的〈溫柔的雨〉。」

口風琴克拉比耶塔（Clavietta）的樂聲高亢地響起，流瀉出從尖銳的漸強音開始的旋律。

接著，是南風姊走調的歌聲：

溫柔的雨～滴落我心頭的空隙～

輕輕地～打濕我疲倦的背～

這就是笨蛋與人渣的聚會——不不不，巴克斯之宴嗎？我硬生生嚥下口水。「裡、裡裡面的人，沒事吧？」我緊張地咕噥，旁邊的春太沒反應。我納悶地望去，發現他慘白著臉顫抖。這裡也有個快不行的人。光是面對長女就一敗塗地，要是三姊妹到齊，他會變成怎樣？

對方有兩人，我們有三人。可能是數目上占優勢，春太毅然抬頭，奮勇打開玄關的門。

「姊，適可而止，會吵到鄰居！」

上条家苦命的么兒脫下鞋子，衝進家中。歌聲停歇，換成粗魯踹東西和牆壁的震動聲。我提心吊膽地窺看，只見春太癱平在客廳前的走廊上。

南風姊一身橄欖色系長褲套裝配砂糖粉紅襯衫，叉開腳站在春太旁邊。她的臉蛋小巧，八頭身，宛如美女模特兒範本，五官和春太有些相似。今年她應該是二十八歲，單單放下一頭長髮就明豔動人。

「擋路。」

南風姊踹開春太。

爲了援救春太，我急忙脫鞋進屋：「呃，我是穗村，來、來找山邊教練……」南風姊露出溫柔的微笑：

「哦，是小千啊。還沒吃飯吧？我打電話跟伯母說一聲，妳留下吃個便飯再走吧。喂，春太，立刻去買碳水化合物。」

南風姊從套裝口袋掏出整齊折成三折的萬圓鈔票，往地上一扔。目睹這一幕，便能明白春太痛恨女性的理由。

註：以上的外來語單字以日語發音時，第一個音的母音皆為 a。

「咦，這不是穗村嗎？」

注意到騷動的山邊教練，從客廳探出頭。那短到接近男生頭的褐髮，相當有特色。即使在屋內，頭上也繫著黃絲巾。她把克拉比耶塔口風琴夾在腋下，吁一口氣，背靠在走廊牆上。

「我聽說了。那支受詛咒的口笛在妳身上嗎？」

「長笛我帶來了。」

我委婉訂正山邊教練的口誤。

「我一定能幫上妳的忙。」

「眞的嗎？」

「是長笛啦。」

「受詛咒的大海螺……這玩意頗棘手。」

「抱歉、抱歉，等一下。」大概是神智有些不清，山邊教練按住太陽穴。「不是受詛咒的……汽笛？」

「是長笛！」

我尖聲抗議。山邊教練和南風姊都喝醉了，但兩人都老於世故，看不出她們的眞心話或本性，不管說什麼或做什麼，都能把人耍得團團轉。像我這樣的小角色，她們根本就當成孩童玩。

玄關傳來聲響。山邊教練轉頭，警戒地說「一點玩笑都開不得的老古板來了」，南風姊順著她的目光望去。

「我是管樂社顧問草壁，抱歉在夜裡打擾。」

我內心湧起一股衝動，恨不得躲到老師背後。

「大概是兌冰紅酒喝太多，我們的胃也慘遭詛咒。」

南風姊和山邊教練肩並著肩，垂頭喪氣地坐在客廳的北歐風矮桌旁，對面的草壁老師不禁抱住頭。

桌上喝光的日本酒空瓶七零八落，就算她們真的拿長笛的詛咒傳說當下酒菜，是否真的五分鐘就識破眞相，也變得可疑萬分。我的嘴巴似乎不小心洩漏心聲。

「妳說可疑？」山邊教練反問。

「不不不不不！怎麼說，呃……」我坐在草壁老師旁邊，緊緊抱住懷裡的純銀長笛硬盒。

「穗村的擔心不無道理。如同你們看到的，我們兩個老廢物，不曉得能不能派上用場……」

「事到如今，說這是什麼話？」

演變成這種狀況，只能等出去採買的春太回來。希望他好好發揮上条家沙包的本領。

「喂……」南風姊皺起眉，口氣依然不讓鬚眉。

看看看，終於來了。「什、什麼？」我提心吊膽地應聲。

「從剛才起，少女的眼神就教人不舒服。」

「哪、哪裡，沒有的事。」

「坦白講，我好羨慕年輕的小千……」南風姊雙手交握抵著額頭，垂下臉吸吸鼻子，彷彿隨時都會啜泣起來。

「呃，那個，我……」

「嘴唇和大腦都平滑沒有半點皺紋。妳會像不曉得哪來的無腦饒舌歌手，吐出『夢想不是拿來說的，而是拿來實現』的屁話，對吧？」

「南風姊眞是差勁透頂的大人。」

「要是有人問妳現在狀況如何，即使撒謊，妳還是會回答『太讚了！』不是嗎？」

「我哪會那麼白痴？」

「眞意外。」南風姊誇張地笑，一手拄著臉頰。「妳怎麼不太有精神？我知道了，肚子很餓吧？來人啊，賞這位姑娘一碗熱騰騰的飯。」

「抗議，別以為每一個青少年都饑腸轆轆。我才意外哩！」

「呵呵，就像春太說的。管樂的本領沒長進，吐槽的工夫倒是又升一級。」

「哇啊啊！」

草壁老師不理會我和南風姊沒營養的對話，總算抬起頭，問一臉事不關己的山邊教練：

「眞琴，妳聯絡德國的廠商後，對方怎麼回答？」

草壁老師眼鏡底下的銳利目光一瞪，山邊教練搔著臉回應：

「我瞭解長笛的祕密了，那對穗村還太早。」

「咦，知道了嗎？」我不理會又往杯裡倒滿日本酒的南風姊，傾身向前。

草壁老師看了看手表。「上条同學似乎也想知道，等他回來吧。」

原來老師記得春太在保健室的請求……我著迷地望著善良的老師側臉。

「聽到受詛咒的樂器，就會想起切利尼的小提琴。」

山邊教練搓揉著劉海咕噥，我忍不住問：

「那個傳說的結局是什麼？」

「一場慈善演奏會解開詛咒。透過爲窮人演奏，小提琴擺脫詛咒。殺害一堆人的小提琴，最後像繪本一樣，迎接方便主義的美好結局。」

聽到這番話，草壁老師接著開口：「妳的歸納根本是在撩撥聽眾的不安。古今東西，每一個關於詛咒的傳說都是這麼收尾。」

「是嗎？」

我打心底驚訝，南風姊冷笑著自嘲：

「說穿了，詛咒不過是拼湊起來的故事。跟能量景點、能量石的傳聞一樣。」然後，她不屑地補一句：「退票還錢！」

「呃，這人在都市遇到什麼挫折嗎？」

我悄聲問山邊教練，她默默搖頭，約莫是不可觸碰的傷痕。南風姊壞心眼地望向我：

「小千，妳就是想依靠別的法寶抄捷徑才不行。妳等於是想花錢掩飾不成熟的自己，和宗教、靈異、相親聯誼沒兩樣。」她又不屑地補一句：「啐，教人噁心。」

「現在是在找我碴嗎？」

「像小千這種笨拙的丫頭，只有練習一條路。」南風姊繼續道。

「我每天都在練習，拚命練習，練習到快死了。」我撇開臉，噘著嘴反駁。

另一方面，草壁老師和山邊教練小聲討論著管樂指導和編曲的事，毫無遭詛咒牽連的危機感。這樣可以嗎！

「我回來了。」萬眾期待的春太提著超商袋子出現在客廳門口。他放下限時特賣的鹹麵包和飯糰，拉開我旁邊的椅子坐下，感覺有些虛脫。

「腦袋一冷靜下來，我想出詛咒的眞相和受到詛咒的是誰了。」

「咚」一聲，他的額頭撞上桌面趴倒。

我差點放過春太剛剛的話。

……受到詛咒的是誰？

爲什麼會這樣說？受到詛咒的不是第一任至第六任的主人和我嗎？意思是這七個人中，有人受到詛咒、有人沒受到詛咒嗎？

我拚命翻找記憶的書頁，重新回想倉澤樂器行老闆告訴我的第一任主人的遭遇。

（第一任主人是日本的業餘女音樂家。她留下意義深遠的一句：「這支長笛有不可思議的魅力」，毅然賣出。）

至少就我得知的資訊，她應該沒受到詛咒……

思緒漫無邊際地空轉。我忍不住坐正，望向上条家客廳裡的每一個人。長笛受詛咒的眞相即將揭曉。

「如同信二郎的推測，長笛上有兩個機關。」山邊教練托著臉頰，像是喝太多反胃般

「嗚」一聲，掩住嘴巴。「請南風小姐確認比較快。」

咦，馬上把問題丟給別人？爲什麼是南風姊？

草壁老師正在組合放在盒裡的純銀長笛。老師將長笛交給春太，春太再交給南風姊。

「南風姊醉了吧？」我有些嘔氣，南風姊應道：「剛才只是隨手逗弄一下有趣的東西罷了。」那就是我，對吧？

她拿筆型手電筒照射長笛，湊上前細看。「材質是銀吧？反射率在金屬裡是最高的。」她不斷變換角度，有模有樣地觀察。筆型手電筒看起來很正式，似乎是職業人士用的工具。

這引起草壁老師的興趣：「妳平常都隨身攜帶嗎？」

「發生大地震後，我覺得帶著比較方便。工作上也用得著，拿來檢查外牆裝飾材料的反射程度恰恰好。」南風姊瞇著眼，我想起她是一級建築師。「雕刻是菱形和葉紋的重複，和波斯地毯的渦紋圖案十分相似。由於經過曲面加工，指頭細微的動作和光線的不規則反射，導致花紋彷彿在動。」

啃著鮭魚飯糰的春太插話：「南風姊，妳怎麼想？」

「什麼怎麼想？」

「很久以前，妳不是提過詛咒的房屋嗎？」

「你目前住的公寓嗎？那眞是傑作。」

「不是啦。」

「哦，那個啊。你是指位在都心的成屋，結構扭曲的房子吧？」

雖然腦袋有點混亂，我還是伸手拿梅子飯糰。「扭曲？」

「在缺陷住宅中頗常見。比方，支撐屋頂的木材是用地板鋪剩的拼湊而成，或地板下支撐房屋的水泥基座是牆磚堆成。這類歪曲累積起來，有些會在住戶毫無自覺的情況下，影響視覺或三半規管。視覺眞的很容易遭到欺瞞。」

我眨著眼認眞聆聽，卻愈來愈難理解。即使想虛心求教，也不是能請對方解釋的氛圍。

「有的花紋會讓人陷入催眠或興奮狀態。以數學來說，就是平面鑲嵌或密鋪；依心理學的觀點，就是心理學花紋——幾何學花紋。」

「哦……」

「複雜的細節略過不提，直接說山邊小姐向德國廠商詢問的結果吧。」

「請開門見山。」

「小千吹了十天左右的長笛，上面的花紋是以賭場的地毯爲藍本。」

我差點「噗」地噴出飯粒。

「賭場？」

聽到實在無法置若罔聞的單字，我不由得發出怪叫。我想起在電視上看過的、擺滿華麗的吃角子老虎機和輪盤賭桌的場景。坐在我旁邊的春太也頗爲驚訝：「咦，原來是這樣嗎？」

「賭場的地毯，是心理學家和設計師精密計算製作出的萬花筒圖案。這些容易聯想到非日常的華麗圖案，是爲了刺激腎上腺素分泌，讓客人陷入興奮狀態，無法入眠。」

我有經驗——我差點脫口而出。

「聽說，這種圖案會應用在民生用品上，但樂器是頭一次看到。」南風姊轉動著純銀長笛，兀自佩服。「樂器不能塗成五顏六色，才透過雕刻設計圖案，並活用銀的反射特性，試圖重現嗎？」

「那不是太危險了嗎！」

我差點要拍桌。

「廠商負責人說爲了避免危險，刻意選擇沒有色素的銀，危險程度可想而知。」山邊教練聳聳肩，不當一回事地繼續道：「賭場具備三個能夠讓賭客忘記時間的環境要素：霓虹燈、喧囂、無窗。要是這支長笛有相同作用，也要看人。」

「咦，看人？」

「我特別問過廠商，怎樣的人容易受到視覺暗示和催眠的影響。」

「懇請指點。」

「容易相信別人、經常不安、缺乏堅定意志的人。」

聽起來彷彿在說最近的自己，我的胸口陣陣抽痛。

「類似提升初學者幹勁的推進裝置嗎？」春太這麼比喻，山邊教練點點頭表示「唔，接近吧」。「對於遭遇撞牆期的演奏者可能有效，不過，畢竟是騙小孩的機關，只是算妳走運的程度。」

我轉頭望向草壁老師，他深深嘆息。

「這類產品有段時期大量出現在海外，如今已停止製造。」

嗚嗚嗚，我忍不住頹喪，像縮進殼裡的烏龜般蜷成一團。我滿喜歡這支純銀長笛，總覺得無地自容，沒臉正視。

南風姊舉杯喝酒：「那是富有研究精神和玩心的廠商出產的長笛吧？」

「我、我是這麼聽說的。」

「眞的做出這種東西，不是很風雅嗎？」

「就、就是啊。」

「跟物品的邂逅也十分重要。」

「是、是的。」

「穗村，妳從沮喪中振作起來的速度眞是無與倫比。」山邊教練不知是佩服還是嘆息，滔滔不絕：「另一個機關比較有趣，是倉澤樂器行的老闆認爲有弦的根據。」

草壁老師興味盎然：「是隱藏在長笛花紋裡的天文符號嗎？」

「對。接下來的內容有點複雜，穗村和上条隨便聽聽就好。這支長笛是在銀底上又鍍銀，雕刻的部分就是刻在銀底。等於是在賭場地毯圖案上又雕上天文符號，但鍍了銀，只有天文符號不見。」

我聽不懂，但沒插話。

「然後，鍍銀看似完全包覆底下的金屬，其實透過電子顯微鏡觀察，有細微的洞孔。這叫多孔構造，有些人感覺得到洞孔帶來的適度磨擦，相當受歡迎。」

我想起草壁老師提過類似的事。

「可是，在使用過程中，手汗會滲入底下的金屬，造成泛黑，而鍍銀本身也會漸漸脫落。換句話說，隨著時間過去，天文符號的一部分會隱約浮現。依照明的光線和角度調整，會若隱若現，如同信二郎指出的，近似完形崩壞。然後，在三、四年一次的維修中重新鍍銀，恢復原狀，如此周而復始。」

難以形容的呻吟聲籠罩客廳。當然，是草壁老師和南風姊，我和春太都呆掉了。

沉思半晌，草壁老師開口：

「那麼，為何穗村同學看得到，我和上条同學看不到？」

「看得到天文符號的角度，是演奏者的嘴放在唇片上的角度。」

「原來是這樣。」

草壁老師恍然大悟。春太想開口，又吞回去。但他似乎還是很好奇，問山邊教練：

「為何要隱藏天文符號的刻紋？」

「有一首大家都聽過的曲子，〈向星星許願〉（*When You Wish upon a Star*）。」

山邊教練提起完全不同的話題，我馬上想到：啊，是迪士尼動畫《木偶奇遇記》的曲子。我用長笛吹過，所以也能用Do Re Mi唱出旋律。不過，只有一開始的幾節。

草壁老師以食指推推眼鏡，開口：

「歌詞翻譯過來，是『當你對著星星許願，不論你是誰，內心懷抱的願望，都能夠成真』，對吧？」

「對。」山邊教練點點頭。「之前在特教學校舉辦石井由香里（註）的作品朗讀會，

註：石井ゆかり，日本占星術師，作家。

有一段令人印象深刻的文字——星星只是由物質構成，月亮表面為沙塵湮沒，火星是旋風盤旋的鏽紅荒野。但縱然明白這些，面對星星美麗的光輝，我們仍會領略到神祕的感動與敬畏。」

兩人閉上眼，進行著只有他們才懂的詩意對話。

這是什麼感覺……？

他們以前究竟是怎樣的關係？難不成學生時代是男女朋友？我不由得猜想，頓時心情煩亂。

山邊教練接下來的話也令人印象深刻：

「等你們長大，有機會出國旅遊，應該會看到寺院、教堂或清眞寺。許多人聚集在一起，進行祈禱，深深低頭，哭泣或歡笑。祈禱雖然具有宗教上的意義，但祈禱的心意，不是特定宗教的信徒才擁有，而是普遍存在人們心中。自古以來，人類就不斷向太陽、月亮和星星獻上祈禱。」

我轉頭注視純銀的長笛：

「這是為了祈禱製作的嗎？」

「沒錯。不分人種，唯有在反覆練習、熟悉這支長笛後，才會需要祈禱。」

「祈禱什麼？」

「古今東西，演奏者只會為一件事祈禱。還是演奏家時的我和信二郎也不例外。」

山邊教練靠著椅背，雙手交抱在胸前，朝草壁老師努了努下巴。

草壁老師會意，回答：

「祈禱不會在正式上場時失誤。」

我當場一愣。

春太也不禁屏息後仰。

「不單是音樂，任何一個領域都一樣，一個人愈是成爲職業行家，愈容易在專精的領域犯錯。」倉澤樂器行老闆的話在腦中響起，眼前的情況實在太出人意料，我差點沒滑落椅子。

「那個……呃，我以爲是更偉大的祈禱……」

「哈哈，嚇到了嗎？其實都是這樣的。」

好久沒看到草壁老師歡快的笑容，我忍不住臉紅，有一點開心：原來老師他們也會害怕失手。不，不只是一點，我的腦袋充滿歡喜。

「小千，妳幹嘛一臉嬌羞地怪笑？」身旁的春太問。

「咦？沒有啦，在想明天起要好好加油……」

「是喔？」

春太彷彿在觀察珍禽異獸，但我才不在乎。

山邊教練皺起鼻子微笑：

「怎麼？還覺得這支笛子可怕嗎？」

我搖搖頭，南風姊隔著桌子把純銀長笛還給我。富有研究精神和玩心的廠商推出的產品……我望向相處十天的搭檔，回想起來，免費租下這支長笛時，還氣勢十足地說過「樂器是無辜的」。

「問題應該是出在第一個機關。」草壁老師低語。

「雖然廠商大概沒惡意。」山邊教練雙手放上後腦勺。「不少職業演奏家失去自信，廠商約莫是想幫助他們，才採用這種設計。況且，不是完全重現賭場的地毯。這點程度就會造成影響，拉斯維加斯和摩洛哥的旅客健康全都要亮紅燈，實際上並沒有這種情形。跟倉澤樂器行的歷任純銀長笛主人的不幸連結在一起，感覺太粗暴。」

「對，至少第一任主人沒提到遭遇不幸。」

原來草壁老師也發現這一點，我默默回望他。

「第二任主人的女學生，和好友發生幾乎絕交的大爭吵，認爲長笛不吉利，決定脫手，對吧？物品只是物品，我覺得歸咎於長笛太牽強……第三任主人的主婦，或許是不巧吃到髒東西；第四任主人的高中生可能是粗枝大葉、念書不夠認眞；第五任的國中女生令人同情，但應該是過度沉浸於演奏，不小心露出平常不會有的表情。爲了吹出樂器的聲音，往往會過度使用平常用不到的表情肌，沒辦法。要是剛換新長笛，更容易出現這種情況。剩下的第六任中年男子……這個嘛……推測是離不開孩子的父母的被害妄想……」

「如同眞琴提過的，怎麼解釋都成。」

「欸，穗村，第一個說這支長笛受到詛咒的是誰？」

突然這麼一問，我拚命挖掘記憶。

（詛咒、倒楣這種說法很不確實，沒有科學根據。這一點我的看法和你一樣。然而，我卻用了這些字眼。）

我想起來了，「應該是老闆。」

「歷任主人中，或許有人在賣掉時，爲了盡量提高收購價格，利用詛咒的說法來討價還價。倉澤樂器行的老闆不是提過，收購長笛前，一定會和賣家聊聊嗎？我認爲重點就在這裡。明明是第一次見面，老闆仍向上条坦白歷任主人的遭遇，想必十分健談。可能是他給下一任主人先入爲主的觀念。」

草壁老師點點頭，做出結論：

「不合理的現象和霉運，都源於記憶。人們做出什麼舉動時，往往會和碰巧發生的壞事連結在一起記住。這就是詛咒的眞相。」

我瞪大雙眼，深深吸氣。

「草壁老師、山邊教練和南風姊……都好厲害。」

「厲害？」草壁老師發出疑問。

「因爲你們無所不知。」

約莫是心理作用，但窮於回答的草壁老師臉上似乎龍罩一層陰霾。他垂下目光，思索怎麼回答：

「不是知曉許多事就了不起。這個社會沒那麼簡單，能憑半吊子的知識闖蕩。」

「咦？」

「穗村同學維持原狀就好。」

我無法完全理解草壁老師的話，再度臉紅。

「怎麼會……我還是很尊敬老師們。」

我坐立難安，急忙拆卸純銀長笛，收進硬盒。我翻找書包，掏出倉澤樂器行的老闆名片，從椅子站起。

「得打電話給老闆才行！」

「咦，現在嗎？」一直沉默的春太愣住。

「現在還是營業時間，早點告訴他比較好。」

「小千，等一下。」春太出聲制止，我不理會，拿著手機步出客廳，靠在走廊牆上，按下倉澤樂器行的電話號碼。

向星星許願——

與萌生感情的長笛道別教人寂寞，但可以撕下它身上不名譽的詛咒標籤，實在開心。

多麼美妙的機關！我迫不及待想親口告訴老闆。

電話另一頭不停傳來嘟嘟聲響。我想像老闆是否和上次一樣，關在三樓的修理室工作？

嘟嚕嚕嚕，嘟嚕嚕嚕，嘟嚕嚕嚕，嘟嚕嚕嚕，嘟嚕嚕嚕……

沒人接。我納悶不已，把手機從耳畔拿開，檢查顯示畫面。撥號超過一分鐘，沒切換到答錄機，所以我繼續等。這段期間，我伸長脖子窺望客廳。

嗯？四人小小聲地在客廳爭論著。怎麼回事？我把手機換邊聽，豎起耳朵。由於一邊耳朵不停接收到嘟嚕嚕嚕聲，得非常專心才能聽見他們說什麼。

傳來春太無法釋懷的話聲：

「我想趁現在弄個清楚，拿詛咒的長笛當下酒菜，五分鐘就破解眞相的是誰？」

「是我。」南風姊回答。「雖然我對音樂是門外漢。」

「是山邊教練打電話給德國的廠商之前，還是之後？」

「當然是之前。」

「果然……」

咦，怎麼回事？我努力豎起耳朵。

接著，草壁老師輕聲插話：

「抱歉。其實在保健室時，我也隱約察覺。依她的描述，除了歷任主人遇到怪事以外，顯然還發生不合理的現象。」

「怎麼這樣？既然知道，就應該告訴小千啊。」

南風姊語帶責備，草壁老師陷入沉默。

山邊教練嘆氣：

「噯，穗村很天眞，又是好女孩，隨便嚇唬她未免太可憐。」

「山邊教練發現了嗎？」春太問。

「當然。詛咒這玩意，就是不幸的事都集中在一處才會成立。」

山邊教練回答。此時，南風姊和春太開始對話：

「喂，春太，趁現在趕快下結論吧。」

「是啊。倉澤樂器行的老闆說『歷代主人全是這家店的顧客，實在教人沮喪』，這段話相當重要。」

「市內販賣中古樂器的店有幾家？」

「八家。我聽小千說的，確實沒錯。」

「那估少一點，除了這八家以外，再加入『賣給市外顧客的樂器行』和『放上網拍』兩個選項吧。等於是十面的骰子，連續甩出同一面六次的機率。」

「嗯，只到第六任主人。」

欸，咦？等一下。討厭，這些人在說什麼？我內心七上八下，像忍者般躲在牆邊，耳朵豎得更高。

我聽見計算機的敲打聲。很快地聲音停歇，南風姊終於說出真相：

「機率是百萬分之一。不管賣出多少次，最後都會回到倉澤樂器行，這就是詛咒的真相。跟不管怎麼丟棄都會回來的娃娃怪談一樣。如果有人受到詛咒，那不是純銀長笛的歷任主人，而是倉澤樂器行的老闆。」

什麼麼麼麼麼！

我猛然衝進客廳。眾人都嚇一跳，我差點弄掉手機，一陣慌亂。手機擴音器終於傳出今天似乎也疲累至極的可憐老闆聲音：「抱歉讓您久等，倉澤樂器行……」天啊，怎麼辦？我盯著半空。

咦，我是不是有過類似的經驗？

我想起年幼不懂事，擅自餵食牛奶，某天一路跟著我返家，不管抱回原地多少次都會跟來的小貓。

♪

揭開詛咒單純的眞相後，這件事也差不多接近尾聲。

隔天傍晚，倉澤樂器行的三樓賣場傳出「原來如此」的感嘆。我去歸還長笛，老闆請我享用剛泡好的濾布手沖咖啡。

「其實，我一直覺得哪裡不太對勁，卻抓不到究竟是什麼？附在長笛上的怪東西終於被驅走。」

「附在長笛上的怪東西？」

我坐在賣場的椅子上拿起杯子，由於很燙，沾濕嘴唇似地啜飲著。

老闆有些困惑地喝著咖啡：

「我居然對自己做生意的方法一點疑問也沒有。長笛會回到我的手上，並不是巧合，而是我自己招來的。」

自己招來的——我又想起那時的小貓。

老闆鼓起臉頰吹一口氣，拿著杯子的手指滑過杯緣。

「聽了請別生氣，原本我是希望和妳做收購生意。中古樂器行的競爭算是一種當鋪業。好的商品，每一家中古樂器行都想經手愈多次愈好。所以都會以維修爲由，勤快地聯絡物主。因爲《中古貨營業法》的關係，我們擁有物主的個資，如果物主想出售時，我們就能提議收購。而物主只要信賴我們，想要的時候還是可以再買回去，所以願意賣給我們。」

我半是目瞪口呆地望向架上的樂器盒，「原來是這樣……」

「純銀雕刻的長笛相當罕見，但音色很棒吧？」

這麼說來，老闆雖然撕下標價，卻讓我試吹。

老闆唇畔浮現微笑，接著說：

「借給妳是對的決定。託妳的福，我瞭解花紋的祕密，還有隱藏的天文符號的意義。許願長笛，這樣形容或許老套，不過這個機關眞是太棒了。或許不曉得的只有我，另一個物主早就發現。」

「另一個物主？」

「之前提過，這款長笛國內只進兩支。另一支大概四、五年前，應該是一名被譽爲天才長笛少年的高中生擁有，名字我忘了。不過，這是個每年都會有新的天才出現的嚴苛世界啦。」

「嚴苛的世界……」

想起今年春天，明明比別人更努力三、四倍，春太卻說我只是「這種程度」。

當你對著星星許願，不論你是誰，內心懷抱的願望，都能夠成眞。

我回想起草壁老師翻譯的歌詞。

當時，老師並不是在說什麼天眞的事。即使努力，仍不保證夢想會實現。儘管如此，還是比對手更努力、持續努力到遍體鱗傷的人，有時傷害他人、自己也歷經痛苦，在最後的最後仰賴的事物——

「對了，妳打算怎麼辦？」

「咦？」我夢醒似地抬頭。「怎麼辦？」

「如果妳要買，我就替妳保留。可以給妳打個折。」

原來是這件事。「在家庭會議上提案遭到駁回。」

哈哈，毫無希望呢，老闆聳聳肩。「這個世界沒那麼容易。」

「一點都不容易啊。」我模仿老闆的語氣，「我放棄了。」

「即使放棄，也是妳自己摸索出來的、很棒的答案。」

我仰望天花板，深吸一口氣。「其實我非常捨不得，不過沒辦法說服父母，表示我的心意不夠。」

「這樣啊……」老闆眼角含笑。「那麼，給妳一個更深入的建議，以免留下遺憾。」隔一拍呼吸後，老闆原本隨性的語氣有些變化。「好的樂器，能帶給演奏者自信。但現在的妳，需要的是不安。只有膽小鬼才會進步，這是高中的恩師告訴我的話。」

我眨著眼專注聆聽。短暫的沉默後，老闆補充：

「希望妳能在畢業前想通。」

我的胸口慢慢熱起來，「好、好的。」

「其實，我到現在都還想不太通。」

「什麼啦。」

「別生氣。如果妳不買那支長笛，我有個想法，妳願意聽聽嗎？」

「咦，什麼？」

我雙手捧著杯子抬起頭，老闆告訴我：

「我打算轉賣給足以信賴的同行。留在這家店，那支長笛好像因爲我沾上晦氣。我會祈禱你們在新的土地，孕育出新的故事。」

♫

最後，附記一段插曲。

中古買賣的紀錄裡還有尚未明朗的事，但在後來揭曉。

至於兒時我餵的小貓現在怎麼了，或許有人會好奇。實際上，牠居然堅強地找到歸宿，好好長大了（註）。

註：請參考《退出遊戲》五十七頁第一行，某管樂社員說的話：「是哦，不知道我家的貓能不能吃。」

沃普爾吉斯之夜

只有當事人才明瞭的溝通手段，或透過這種方法寫下的文章，稱爲密碼。在此想談談推理小說的虛構世界以外、眞實存在於這個世上的密碼。

密碼的歷史，也是密碼發明者與密碼破譯者鬥智的歷史，知名的有紀元前的聖書文（hieroglyph）、十六世紀的伏尼契手稿（Voynich manuscript）、二十世紀第二次世界大戰時德軍使用的恩尼格瑪密碼機（Enigma）等等。在我們居住的日本，戰國時代武將上杉謙信的軍師宇佐美定行，也開發過名爲「上杉暗號」的密碼。武士居然會運用數學矩陣，眞令人驚訝。

話說回來——其實，音樂的世界也存在著密碼。

音樂密碼，或稱爲五線譜中的密碼。雖然是五線譜，但完全不需要背誦艱澀的特殊符號，使用音樂圈以外的一般人也知曉的音名當密碼。

非常單純。

不是有Do、Re、Mi、Fa、Sol、La、Si嗎？

就是使用與這七個音名對應的英文字母。

C ＝ Do
D ＝ Re
E ＝ Mi
F ＝ Fa
G ＝ Sol
A ＝ La
B ＝ Si♭
H ＝ Si

像這樣，可使用A到H共八個字母，是相當簡單的密碼表。

學過流行樂或爵士樂的人，或許會納悶Si應該不是H，而是B，不過那是美國音名，在交響樂和管樂圈內，基本上是採用以德語爲準的德國音名。雖然是德國音名，但德語使用的字母和英語一樣，不必想得太困難。

爲什麼要以德語爲準，這裡不是日本嗎？爲什麼～爲什麼～？我請教南高管樂社音樂造詣最深的芹澤，她冷不防捏住我的鼻子，生氣地說：「妳這個大外行聽著，如同醫學用語都是德文，甜點師傅的蛋糕食譜都寫法文，交響樂的音名基本上就是德文！」意思似乎是，遠渡重洋而來的外國文化和技術，不是全換成日語就好。

此外，Si的降半音——Si♭，德語發音爲「貝」，所以在有半音符號的音名裡，特別以B表示。

到這裡都跟上了嗎？

第一個爲A到H的音樂密碼注入生命的，是十八世紀偉大的作曲家巴哈。

巴哈晚年未完成的傑作《賦格的藝術》（*Die Kunst der Fuge*）裡，有一小節四音的重要樂句，爲含有半音的「降Si Ra Do Si」。巴哈逝世後，經過家屬解讀，發現「降Si Ra Do Si」就是「BACH」（巴哈）。這是巴哈生前刻意所爲，還或是上帝的啓示？這個驚人的事實傳播到全世界。

於是，十九世紀的作曲家全爲音樂密碼瘋狂。說起來，這就像是在自己作曲的樂譜中加入祕密訊息。

可是，只有A到H八個字母仍太少。

而且，母音僅有A和E兩個，根本無法寫出像樣的文章，能夠組成的單字也十分有限。

啊，起碼再多一個字！每個人都會這麼想吧。

此時，一名音樂巨匠增添了新字母。

就是浪漫主義音樂的代表人物之一，舒曼（Robert Alexander Schumann）。降Mi在德語讀成「欸斯」，於是他提議乾脆把降Mi當作S。不管英語或德語，都有許多單字用到S，因此許多人迫不及待地表達贊同。

舒曼早期的傑作《狂歡節》（*Carnaval*）裡，樂譜反覆使用含有半音的三音「降Mi Do Si」，及含有半音的四音「Ra降Mi Do Si」等樂句。各別解碼後，便是舒曼的名字「SCH」（舒），和他當時的未婚妻的故鄉「ASCH」（阿什）。居然在樂譜中隱藏自己的名字和未婚妻的故鄉……豈不是太浪漫了嗎？不過，舒曼屬於浪漫派，浪漫也是剛好。

〈新密碼表〉

C	＝	Do
D	＝	Re
S	＝	Mi♭
E	＝	Mi
F	＝	Fa
G	＝	Sol
A	＝	La
B	＝	Si♭
H	＝	Si

就這樣，舒曼追加新字母S。附帶提一個小知識，管樂術語中，降E管會稱做S管，理由就在這裡。

咦，你問沒更多字母可用嗎？

很遺憾，音樂密碼的進化到此停頓。

而且，用來解碼的音名只有七個。

即使七個音名加上升半音或降半音符號，能以德語發音變換成新字母的，只有前面提到的降Mi和降Si。

不管再怎麼絞盡腦汁，除非發明Do Re Mi Fa Sol Ra Si以外的音名，否則無從增加。因此，音樂密碼能夠使用的文字就維持這九個，經歷數百年的光陰。這樣說或許有語病，不過即使可以以改變，但沒有任何一個人能夠追加第十個字母。

你問沒有人挑戰偉大的音樂家打造出的音樂密碼傳承嗎？

意外地是，自告奮勇的是一名現代日本人。他以超乎想像的方法，追加一個字母進去……

1

「意思是，那孩子是在密室狀態下遭到攻擊過世？」

「你能設法幫我抓到凶手嗎？」

這段危險的對話鑽進我的耳中。

當時是放學途中，我騎著自行車在等紅綠燈。回頭仰望，就是公園。之所以仰望，是因爲公園的地形有高低差，剛才的怪聲，是從天然石堆砌的護土牆上方傳來。

行人號誌轉綠。

原本要過斑馬線，我卻將自行車把手用力一扭，讓車子掉頭。我踩著踏板，朝公園門口前進。

公園土地呈不規則直角狀，高大的雪松枝葉繁茂，彷彿會覆蓋路面。有許多濃密的樹叢和死角，也是這座公園的特徵。

我鎖好自行車，提著書包和長笛盒步入公園。

除了瞭望台、溜滑梯、繩網梯等木製遊樂器材，白天會形成樹蔭的地方還擺著一排長椅。每項設備看起來都十分寂寞。乾涸的噴泉外圍裝飾有精緻的浮雕，沒有躍動的池水，而是任其髒兮兮地棄置。不見人影，一片寂靜，是與街上的喧囂徹底切割開來的空間。

難怪管樂社的學妹後藤她們，稱這是「鬼城公園」。

雖然知道這座公園，但我通常只路過，不曾踏入。

我微微前傾，隨時準備落跑，邊朝公園深處——比馬路高一層的土地前進。此時，我莫名打一個大哈欠。原本過著每天早上六點起床，整天忙社團活動的日子，一離開學校，像打成死結般的疲勞忽然鬆開，無法招架的睡意會忽然侵襲。

這樣不行。我重新振作，小心翼翼爬上小木屋風格的老舊階梯，卻迎頭撞上其他學校的男生，忍不住發出「啊」地尖叫，對方也嚇得「嗚哇」一聲。

「南高的穗村同學？」

「岩崎同學？」

沒想到會在這裡遇上藤咲高中管樂社的社長。最後一次見面是在八月的東海大賽，所以是暌違三個月的再會。他和我一樣二年級，國中加入手球社，高中開始學吹管樂。傳聞他會放棄手球，是手肘疲勞性骨折的緣故。他的體格精實無贅肉，頭髮理得極短，看得出以前是運動員，臉頰有些痘疤。

岩崎揹著狀似巨形蠶豆的盒子，他吹的是上低音號。儘管是上高中才接觸管樂的初學者，該年的夏季大賽選拔，他竟從超過百名的社員中脫穎而出，如今還當上社長。雖然不同校，但同為出身運動社團的跳槽組，我十分尊敬他。

我想起原本的目的，墊起腳尖望向他的身後。不大的廣場上，只見附遮雨棚的長椅。

「這裡沒人嗎？」

「咦？」岩崎轉頭，「我也剛來，沒人啊。」

我猶豫著要不要告訴他那段懸疑緊張的對話，又擔心會把他搞糊塗，便打消念頭。

「是喔……」

「妳在找吹法國號的上条同學嗎？」

「找春太？為什麼？」

「我看見他匆匆忙忙走出公園。」

我不禁皺眉。社團結束後，春太居然跑來這座公園，到底有什麼事？我陷入沉思，岩崎的話聲傳來：

「呃，之前我就想問，你們是一對嗎？」

「什麼？」

「妳們就像天造地設的一對。」

「不可能、不可能！」我全力否定。「才不可能！」我的手掌像扇子般在面前搖個不停。「要是能去武器店買棍棒，我眞的很想痛打他一頓，嗚嗚嗚……」最後我雙手摀住快哭出來的臉。

「雖、雖然我不太清楚，不過我誤會了吧？抱歉，問這麼奇怪的問題。其實我們社團有許多上条同學的粉絲，很關心他有沒有女朋友。」

「春太他——」

「咦？」

「不，呃……」我一陣支吾。現在的我還沒自信正確描述那個不在場的少數族群。「他目前似乎沒在徵女朋友……」

「這樣啊。」

爲了把話題從春太身上轉開，我看著岩崎揹的上低音號盒問：「你住在附近嗎？」我一直很好奇，那盒子看起來有十公斤重。

「我家很遠。今天社團休息，所以我去錄音室練習。」

「休息？」

藤咲高中管樂社以嚴格聞名。藤咲高中本身是運動強校，傳聞具有全國比賽水準的社團，即使颱風天發布警報，仍得照樣到校練習。對於國中時代擁有相同經驗的我來說，感覺相當眞實。

岩崎重新揹好上低音號的盒子，「意外的是，很多地方禁止銅管樂器練習，可臨時預約的場所十分有限。」

「難不成你是去地區會館的錄音室？」

「妳怎麼知道？」

「我知道今天有一間是空的。」

臨時取消預約的，是我們學校的美國民謠社，簡稱美民，活動內容是以重搖滾與重金屬音樂爲主的表演，與美國民謠八竿子打不著關係。自從九月的文化祭後，美民成員便頻繁進出管樂社的社辦。

「在錄音室練習不夠，所以回程我來這座公園瞧瞧。這裡夠大，而且很安靜……不過似乎不行。」

「什麼不行？」

「請來這邊。」岩崎爲了說明，帶我過去。走下階梯後穿過園內，緊鄰公園旁的，是櫛比鱗次的傳統屋舍，周圍覆蓋著綠網。剛剛我抵達時太暗沒看見。

網子上掛著手寫的看板「禁止玩球」、「禁止捉迷藏」，甚至還有「禁止大聲喧譁」、「禁止嬰兒哭鬧」，並且仔細標上大大的讀音，孩童想拿「看不懂漢字」當藉口也行不通。

岩崎深深嘆息。

「最近有人抗議噴水池和孩童太吵，法院也判定是噪音。提出抗議的似乎都是戰後嬰兒潮的長輩。」

難怪這座公園沒人靠近，宛如紛紛逃出水缸的蝦子。

驀地，我發現綠網的高處掛著黑色喇叭。

那是什麼？我想詢問身旁的岩崎，但他好像沒注意到。總之，眼前的情景恍若集會或抗議行動現場，相當震撼。

「每個地方的公園都變成這樣嗎？」

「我們學校附近的公園很努力與居民共存。」

「共存？怎麼做？」

「這是畢業學長姊——校友的功勞，藤咲管樂社向社區提出練習申請，並立下規則，比如會保持清潔、遵守練習時間等等。由於是管樂練習，一開始受到高齡居民反對，但我們定期舉辦演奏會，看到居民就微笑打招呼，並主動打掃環境，現在已很少收到抱怨。」

我打心底感動。他們不僅行動令人欽佩，還努力在校外確保練習場所。不愧是全國名校，水準不同，彷彿是開往普門館的諾亞方舟。身爲底層小動物，我也想搭上那艘船。

「你要回家了嗎？」

「對，要去地區會館的公車站。」

「回市內在小學前的公車站等比較好。從這裡到地區會館距離差不多，不過能省下一站的錢。乾脆我陪你過去吧？」

「方便嗎？太好了。」

這不算什麼。我們離開公園，我推著自行車走在岩崎旁邊。

縣道旁到處都是工地，散發著柏油重鋪的臭味，與傍晚昏黑的海岸線印象截然不同。

一路上，我和岩崎聊著無傷大雅的話題。離開公園約十分鐘後，他下定決心般問：

「南高管樂社獲得祕密武器——新教練，對不對？」

「你消息眞靈通。」

「聽我們顧問說的。是山邊眞琴小姐吧？已故音樂家山邊富士彥的孫女，據傳是世界級的前天才鋼琴家。」

岩崎從書包取出一本雜誌，是過期的《鋼琴月刊》，貼標籤的那一頁刊登著山邊眞琴的採訪報導。照片上的她留著一頭微鬈的黑色長髮，一身洋裝，儼然是良家千金。看到這張照片，我實在無法說出，這名清純的前天才鋼琴家經歷一段空白時期，化身從姆咪谷出山的旅人，甚至變成口風琴手。

居然隨身攜帶過期的《鋼琴月刊》……我納悶地望著岩崎。刺眼的車頭燈照亮他的上半身。

「其實，今天我抱著一絲期待，心想只要去到南高附近，或許能見到山邊老師。」

「咦？爲什麼？」

「呃，山邊老師精通音樂吧？」

精通音樂？從縣內管樂強校的社長口中聽到這句話，總覺得怪怪的。岩崎急忙補充：

「我是指學術方面的音樂。」

大概吧。我凝望半空，推著自行車前進。她從小接受英才教育，也留過學，還把立志成爲單簧管職業演奏家的芹澤玩弄於掌心，可見造詣極深。

「怎樣才能見到她呢？」

「見她？」

「對。我有事想找她商量，雖然對初次見面的人，或許是很沒常識的要求。」

「不能找你們的顧問堺老師嗎？」

「這和管樂社的活動沒直接關係，而且老師最近很忙，如果可以，我想跟校外的人商量。第一個想到的是南高的草壁老師，但我實在不好意思再給他添麻煩。」

之前堺老師突然遭到停職處分時，草壁老師接下藤咲高中管樂社的臨時教練一職，過勞病倒。

「那是會給我們教練添麻煩的問題嗎？」我沉聲問。

岩崎用力搖頭，「不，只是希望她指點迷津。還有許多不清楚的地方，實在不希望遭人胡亂解釋，傳出謠言。呃，怎麼講……總之請相信我吧。」

我目不轉睛地注視惶恐的岩崎。對初次見面的人提出沒常識的請求——岩崎是個好人，不可能真的厚臉皮到這種地步。話說回來，這不是我一個人能決定的事。

「要是不介意，我可以替你傳話。」

「真的嗎？」

「只是傳話而已，教練拒絕不關我的事喔。」

我先聲明一番，才和岩崎交換手機號碼。

「時間我能配合。請轉告山邊老師，希望她協助解開一些音樂密碼。」

音樂密碼？這是一般參加管樂活動不會聽到的單字，我忍不住天馬行空地想像起來。

「妳知道採譜嗎？」

依談話的內容，我立刻反應過來不是在說「菜脯」。「是用耳朵聽音，寫下音名吧？」

「沒錯。我說的密碼，就是採譜。我們社團精銳盡出，努力採譜，卻怎麼也解不開密碼。」

話題走向愈來愈奇怪，抵達公車站後，我疑神疑鬼起來。馬路前方，亮著熟悉的終點站顯示板與定位燈的大型車輛駛近。

「啊……公車來了。喂，公車來嘍。」

「萬一山邊老師不感興趣，請告訴她，這個密碼有標題。」

公車到站，前門發出「噗哧」排氣聲打開。岩崎上車，匆匆說出密碼的標題。

「欸，咦？『我不要比司吉』？」

「不，是『沃普爾吉斯之夜』。」

車門「砰」一聲自動關上，岩崎再三向我行禮。

我目送公車遠去，不斷喃喃複誦，以免忘記。

2

隔天放學後，身爲打掃值日生，我晚一些抵達管樂社的社辦。

社辦用的是音樂準備室旁的空教室。牆上貼滿比賽的紀念海報，超過一半的空間都擺著堆滿紙箱的不鏽鋼層架，箱裡裝著音樂準備室容納不下的樂器和樂譜。

兩張並排的長桌旁，社長馬倫和副社長成島在討論今天的練習內容。吹低音長號的後藤等一年級的銅管演奏者，在社辦角落進行buzzing練習——只用號嘴吹出聲音的練習。

不在社辦的其他成員，似乎去音樂教室或其他空教室暖身和調音。隔壁的音樂準備室，傳來負責打擊樂器的界雄正確規律的鼓聲。

三年級生退出後，目前有二十二名社員。

去年春天只有五人，變得熱鬧許多。

我放下書包，從盒中取出長笛，戳戳成島的肩膀。「今天山邊教練會來吧？」

成島回頭，抬眼望著我：「合唱團剛剛帶走教練。」

「又來了？」

「應該很快會回來……」

不知為何，山邊教練時頗受合唱團喜愛。正確地說，她讓一台約三千圓的鍵盤口風琴在合唱團內迅速普及開來。合唱和管樂很像，必須掌握斷音、圓滑音、持續音、強音的運用，及樂句感、呼吸的位置和處理方式，口風琴最適合用於分部練習時的定音。而且口風琴攜帶方便，甚至可在沒有鋼琴或風琴的戶外練習。對合唱團的成員來說，是一項劃時代的發現。

成島輕咳一聲：「我們得感謝教練。多虧教練，我們才不必跟合唱團搶，優先在這個時段使用音樂教室。」

「是啊。」

我拿好長笛，點點頭。自從夏季大賽結束，暖身時的基礎合奏內容逐漸固定下來。即使各自練習想吹的曲子，技術與音色也無法提升。我們在指揮者手勢的高度放上節拍器，每個人都能看見，以六〇的速度進行呼吸與長音練習，再加快速度，配合銅管的運舌，木管進行全音階、嘴型、半音階練習，這是基本流程。吹單簧管的芹澤嚴格地表示「與其惰性地練習，不如不要做」，所以每天都會變換內容。我們竭盡所能，希望人數不多的樂團特有的向心力更爲凝聚。

人數不多的樂團……

長桌上放著明年四月前的練習時程表，社長馬倫爲此傷透腦筋。

不只是馬倫，二年級的我、春太和成島，都想在畢業前，以目前的陣容報名全日本管樂大賽的大型編制A部門。想歸想，卻愈來愈難說出口。

在管樂社的學生眼中，A部門是特別的。A部門與其他部門有天壤之別，若不怕語病，硬要比喻，差距就像美國職棒大聯盟與其他賽事。除非報名A部門，否則在規則上，形同沒參加全國大賽。

現實相當嚴苛。

要與五十五名滿額參賽的強校一較高下，只憑二十二名成員，根本沒得談。

因爲共同指定曲是以大型編制爲前提譜寫，原則上必須遵守指定的樂器編制。南高管樂社雖然高水準演奏者雲集，但在以龐大音量一決勝負的A部門，根本毫無用武之地。強校的小號一出聲，甚至會從觀眾席後方牆壁反彈回來。初次到現場觀賽的人，往往都會嚇一大跳。

最重要的是，A部門的指定曲會在前一年夏天公布，樂譜、CD、DVD、資料媒體約在一月發售。指定曲有五首，要從中擇一。動作快的強校，二月就會決定選哪一首，展開練習。

南高管樂社只能依靠明年的新生來增加社員，落後別校一大截。

不過，報名與讓夢想變得更具眞實性，是兩碼子事。無謀與勇敢不同，妥協和謹愼也不一樣。僅靠現有的成員，會遭遇再怎麼努力都不可能突破的高牆。

看著南高到四月以前的練習時程表，我的內心發出焦灼的滋滋聲。

成島抬起頭，一副有話想說的神情。我們對望一眼，雖然連自己都感到奇妙，但我認爲處境愈艱難，愈不能意志消沉。雖然放棄買新長笛，我仍頑強地不願對比賽死心。

「只要做就有辦法。」

成島微微揚起形狀姣好的眉毛，停頓一拍，向我微笑：

「總要試才會成功。」

「我去調音。」

「今天四點半在音樂教室集合。」

「好，我會提起幹勁。」

我以在社辦角落的後藤她們也聽得到的音量說。剛才的我和成島有點帥！

雖然有人告訴我，長笛調音是白費工夫，但對我來說，這是讓樂器與自己的身體熟悉的重要儀式。

手剛要伸向社辦拉門，門突然從外側猛然打開，我和匆匆衝進來的四名男生撞個正著。我平躺在地，總算設法保護長笛，後腦勺卻結結實實一撞，發出「咚」一聲。

對不起、對不起！我隱約看見拚命道歉的四個男生的輪廓。還看不清楚他們是誰，成島起身跑過來：

「穗村，妳不要緊吧？」

「我、我的頭……」

成島溫柔地扶起我，豎起食指和中指：

「這是幾根？」

「耶……」

成島狠狠抬起頭，瞪著四個男生大罵：

「萬一因為天才妙老爹（註）理論，害小千的偏差值降到三十怎麼辦！」

成島，跟當初認識時相比，妳的個性變得陽光許多。倒是我有那麼笨嗎？撞到我的幾個人不停彎腰賠罪。仔細一瞧，是美民的四個成員，清春、杉本、橫田和長澤。

「咦，你們今天來做什麼？」

成島一起身，脖子失去支撐的我，後腦勺再次「咚」地一撞。後藤她們也圍過來湊熱鬧：怎麼了？怎麼回事？

「副社長，這是什麼問題？妳未免太狠心。」

清春代表美民眾人上前一步。他膚色白皙，身形纖細，略短的頭髮往後梳，穿法率性的學生服底下，襯衣若隱若現，顯得十分帥氣。

註：天才バカボン，赤塚不二夫的漫畫代表作，曾多次改編成動畫、電影及電視劇。

成島指尖抵住嘴唇，「狠心？」

「或許你們不把我們算進人數裡，但我們好歹也列名管樂社，差不多該讓我們加入基礎合奏了吧？」

成島睜大雙眼，一臉不敢置信，目不轉睛地盯著清春他們。

關於這幾個人，有必要說明一下。由於三年級退出活動，美國民謠社剩下四個二年級生。南高的社團至少要有五名成員，這樣下去無法獲得學校認可，原本不多的預算會遭到刪減，甚至可能沒收社辦。

於是，在草壁老師的提議下，管樂社派出兩個社員——春太和界雄，掛名美民。南高允許學生身兼多個社團。

美民的四人相當講義氣，以救援手的身分加入管樂社。一開始只打算形式上加入，但他們愈來愈頻繁到社辦露臉。爲了窮究重金屬的奧義，樣式美似乎是關鍵要素，他們熱心研讀樂譜，借練習曲的古典樂ＣＤ聆聽。

草壁老師提供中古樂器，問他們要不要試試。那是南高管樂社的校友捐贈的樂器。其實，草壁老師和前任社長的片桐學長，在夏季的三次比賽期間，每一次都手寫邀請函邀校友觀賞。不然，即使是畢業校友，也不可能無緣無故將價値十幾萬圓、充滿回憶的寶貝樂器送給素不相識的在校生。

在這樣的背景下，清春、杉本和橫田分別吹奏起長笛、上低音號和法國號，在樂團擔任鼓手的長澤則選擇打擊樂器，四人偷偷展開練習……

我所知的僅止於此。

聽到清春表示想加入基礎合奏，成島誇張地擺擺手：「不必勉強配合我們。」

「從一開始我們就沒勉強。」

「可是……」

「得知管樂社的處境，卻只是當個人頭，豈不是太失禮了嗎？三年級退出活動後，管樂社人數一下少很多吧？」

老實的成島微微垂下頭，閉口不語。

清春繼續揚起嘹亮又清爽的嗓音：

「高中畢業後，我們四個人決定繼續一起玩重金屬，副校長也答應，要是我們助管樂社一臂之力，讓管樂社往上晉級，也會算進美民的活動成績，爲美民的未來貼金。」

成島的肩膀一顫，眉間浮現凶光，彷彿在拒絕同情：

「說得眞容易。」

「那我說眞心話吧。若能在我們這一代和管樂社結下緣分，社員日漸減少的美民就不必害怕無法存續。」

「你以爲管樂社那麼輕鬆，能利用餘暇兼顧？」

「輕鬆？」清春一臉困惑。

「不是有句俗話，逐二兔者不得一兔？」

「追的是兔子，才會輕忽大意。只要當成是追獅子，卯足全力就行。」

清春滿不在乎地吐出莫名其妙的譬喻，成島頓時啞口無言，接著噗哧一笑，腰都笑彎還停不住，最後以食指指指眼角。

「啊哈哈，既然要追的是獅子就沒辦法了。」

「我們一定會活捉獅子給妳看。」

美民的四人宣言，抬頭挺胸地進入社辦，後藤等一年級生開心地拍手迎接。成島對著他們的背影，小聲說：

「畢竟你們隨時都能落跑……」

清春似乎聽見，停步回頭：

「不管是副社長或我們，不都沒後路了嗎？大家努力撐下來，找到活路，不要留下後悔。」

成島似乎完全想開了，點點頭：嗯，好。

坐在長桌旁的社長馬倫停下握筆的手，默默看著這一幕。完全成爲局外人的我，摸著後腦勺走近：

「馬倫早就知道了嗎？」

「嗯，上条跟我說過。」

「可以嗎？」

「沒什麼可不可以，我和成島也一樣，在上条邀我們進來前，不是失去重要的東西，就是哪裡失常了。」

馬倫盯著我，似乎還想說什麼。

「咦，什、什麼？」

「我還是喜歡大家一起開開心心地享受管樂。當然，目標愈大愈好。」

「就是啊。首先要報名A部門！」

我拿著長笛，稍微伸了個懶腰。

「明年還有合奏大賽。」

「令人興奮得顫抖。」

「我也是。」

馬倫拉開椅子站起，將薩克斯風的帶子繞到肩上。我左右張望，換了個音調問：

「那春太呢？」

「那？」馬倫賊笑著，「今天他第一個到社辦，現在應該在屋頂樓梯間旁邊的教室吧。」

「謝啦。」

我盤算著趕快結束調音，過去瞧瞧，踩著輕盈的腳步離開。穗村學姊是超合金做的嗎？雖然聽到後藤她們的談話聲，但我才不在乎。

通往頂樓的樓梯間旁，有一個當倉庫用的教室，堆滿裝備用品的紙箱和未使用的桌椅，午休或空閒時間春太都會來小睡。裡面傳來兩人淡淡吹奏短樂句的樂器聲。單簧管和法國號。

節奏合拍，有種舞台小短劇的輕妙感。

教室的後門開著，我小心不讓拖鞋（南高沒有室內鞋，而是每一年級不同顏色的拖鞋）發出聲響，悄悄走近窺探。

跟春太在一起的果然是芹澤。她和我同年，立志成為單簧管職業演奏家，今年九月加入管樂社。

兩人交互接力吹奏樂句。交棒時會以上半身打信號。在一旁觀察，可清楚看出許多細節，瞭解一些訣竅，值得參考。

演奏由芹澤收尾。她的下巴朝壁鐘一努，示意差不多該去音樂教室集合。春太打開保特瓶蓋，將溫溫的自來水灌進喉嚨，用手背抹抹嘴。

我判斷應該能進去時，芹澤開口：

「上条……」

「什麼？」

「合奏比賽的練習，你對穗村的糾正不會太多嗎？」

「會嗎？」

「一碰到她的事，你就特別嚴格。」

「我在幫她啊。」

「哪有？像你這種實力堅強的人——好比老虎還是熊，舉起大手猛拍女生的肩膀說加油，對方只會渾身是血地撲倒。」

「……………」

「換成一般人，早就一蹶不振。」

「是嗎？」

「她上次埋怨：『我想跟只學會讚美的鸚鵡一起去無人島』。」

「既然會講那種話，表示還不要緊，她一點也沒受到影響。」

這下完全沒受到影響的我，不方便露臉了。準備轉身，偷偷撤退——

背後傳來春太長長的嘆息聲，像一口氣擠出蓄積的膿，我忍不住轉頭望去。兩人在教室裡繼續交談。

「不是說，人可以從失敗中學到許多，還有失敗爲成功之母嗎？我倒不這麼認爲。」春太解釋。

「不是嗎？」

「要是那樣，世上早就充滿成功人士。」

芹澤似乎在苦笑：「你是兜著圈子批評穗村？」

「可以說是，也可以說不是。」

「啊，你就是這種地方不行。」

「咦？」春太十分困惑。

「我能糾正你，當成替穗村報一箭之仇嗎？我看過許多立志成爲音樂家的人，我的話應該還算値得一聽。」

「嗯……」

「你這種靈巧、什麼事情都難不倒的人，聰明到能看透未來。由於早早認清自身能力的極限，沒兩下就會放棄努力。我的鋼琴老師認爲，那種想法相當危險。」

「妳是指我嗎？」

「東海大賽的成績一出來，只有你喪氣地說『不行了』吧。」

「……」

「我想當一個不考慮自己未來的傻瓜。我決定了。」

「……」

「快沒成長餘地的你，絕對需要穗村。你最好理解為何會將她編入合奏大賽的成員，要感謝老師和教練啊。」

「我……」

怎、怎怎、怎麼辦？我聽不懂他們在說什麼，腦袋一團混亂。這不是能隨便偷聽的內容。

我拔腿就跑，像是要逃向音樂教室，又在樓梯旁撞到人。「哇！」雙方大叫，跌坐在地。這次我撞到山邊教練。糟糕！我急忙爬起來扶她。

「教練，有沒有受傷？」

「嗯，這聲音是穗村？」

「對。」

「妳遲早有一天會被車撞。」

教練似乎不要緊，我鬆一口氣，隨即如枯萎的花般垂下頭：「對不起……」這是今天第二次撞人，我完全無法反駁。這麼一提，昨天我也差點撞到人。

我想起藤咲高中的岩崎。

「啊，教練。」

「怎麼？」她拍拍衣服，戴上厚重的眼鏡。她不太喜歡戴眼鏡，但眼鏡似乎多少能改善她的視力。

「練習結束，我有點事想跟妳說。」

「有事要跟我說？好啊。今天信二郎不能來，不過也要看練習結束後，妳還有沒有力氣講話。」

「咦？」

「最近我有很多想法。我準備採用讓大家哀號連連的斯巴達訓練法，加油啊！」

我嚥了嚥口水。美民那四個人沒問題嗎？

「啊，穗村。」「小千，妳在那裡幹麼？」芹澤和春太踏出教室走過來。

3

晚上七點，練習結束。緊閉的音樂教室窗戶染上社員的熱氣，霧茫茫中透出夜空。成島吸著鼻子，美民的四人更是疊在一起，精疲力盡地反省：「不該耍帥的。」眾人額頭冒出汗珠，口腔乾渴如沙漠，一年級的後藤再怎麼用力吹，長號都只發出虛脫的呼呼聲。

有的社員踩著搖搖晃晃的腳步去洗吹嘴，有的拿拖把清掃口水噴髒的地板，有的收拾準備回家，眾人凌亂的腳步聲中，山邊教練歪著頭說：「銅管依舊很弱……」她雖然整慘每個人，倒不至於整垮拚命想吹好的社員。

「教練。」「還有體力說話的社員一號」的我出聲。

「穗村？感覺妳還能去操場跑幾圈。」

「比起週末的練習，這不算什麼，國中時更慘。不提這些，我有事跟妳說……」

「跟社團有關嗎？」

「不是。」

「那麼，除了青春期的煩惱、戀愛和學業以外，全都可以說。」

那還剩下什麼？我暗暗吐槽，準備依序說明昨天岩崎的委託。

「停。」山邊教練小聲打斷我，招招手，在我耳邊低語：「請依結果、理由、經過說明。這裡有學弟妹，妳也該效法一下馬倫。」

我努力動腦重新整理思緒。

「音樂密碼？」不出所料，山邊教練一臉狐疑，表情變得陰沉。

我擔心說明得太爛，雙手指尖互抵：「呃，岩崎似乎非常困擾……」

「提到音樂密碼，音樂史上並不多。大概是指巴哈的《賦格的藝術》裡隱藏的簽名。」

「好厲害，教練光聽就知道嗎？」

「《賦格的藝術》的簽名芹澤也知道啊。喂，芹澤！」

「還有體力說話的社員二號」芹澤走近。她的情緒切換得很快，提著樂器盒和書包，早做好回家的準備。山邊教練簡短轉述我告知的內容。見教練要言不繁的表達，我心想：哪天我也能像這樣，給後藤她們樹立榜樣嗎？

「以英文字母取代音名，把自己的名字或情人的故鄉藏在樂譜中的傳統密碼嗎？」芹澤問。「對，雖然巴哈的情況，不曉得是不是刻意的。」山邊教練點點頭。

芹澤微微偏頭，「不是讀譜，而是用耳朵聽，再替換成文字嗎？」

「似乎是這樣。」山邊教練回答。

「明明是競爭對手，卻爲了這種事想借助我們教練的智慧？」

偶爾會顯露偏激一面的芹澤表示不滿，我扯扯她的胳臂安撫：

「欸，這很簡單嗎？」

「跟八度音無關，所以只有九個字母。」

「九個字母？」

「剩下的兩個字母，是降Mi的S和降Si的B。管樂術語的S管、發『貝』音的B，這類的對吧？」

「啊，對嘛。」我想像聆聽單調的旋律，安上與音名對應的九個字母的作業。如果是Do、Re、Mi、Fa、Sol、Ra、Si這幾個音的不同，現在的我好像也分辨得出來。不過，對降Mi和降Si沒什麼自信。

「我想應該不簡單。」

一名男社員插進我們的對話，是「還有體力說話的社員三號」春太。他拿著手帕擦乾洗好的法國號吹嘴。

「你怎麼偷聽？」芹澤質疑。

「是小千聲音太大。」我的嗓門那麼大嗎？春太不理會抗議，繼續說：「連藤咲高中的精銳成員都解不出來，不是嗎？」

聽到這一句，芹澤捂著臉頰：「不無道理。他們那樣一個大家庭，應該會有音感不錯的社員。」

「就是這一點教人納悶。」山邊教練接過話。「我覺得穗村帶來的問題似乎很複雜，會是個麻煩。嗯……怎麼處理才好……」

她雙臂交抱，一臉嚴肅地煩惱著，我的胃頓時一縮：「麻、麻煩？」

「妳忘記受詛咒的長笛了嗎？」

「那眞是超棒的長笛！」我擠出笑容，〇．五秒回話。

「唔，那件事先擱著，藤咲高中管樂社的社長岩崎想見我，這倒是沒關係。或許岩崎認爲是個人事務，不過以我的立場，還是希望能透過那邊的顧問。」

就是沒辦法，岩崎才會帶著過期的《鋼琴月刊》，根本不確定能不能見到山邊教練，仍在南高附近閒晃。

「他沒找顧問商量的理由是『老師很忙』，對吧？」山邊教練問。

「因、因爲跟管樂社的活動無關……」

「可是，妳現在不是來找我了嗎？」

「啊……」

「以普門館常客的名校來說，這樣的做法匪夷所思。我加入樂團時有過類似的經驗，無視職務制度的行動太多，可能是組織崩壞的徵兆。」

這麼一提，昨天明明是平日，藤咲高管樂社卻沒練習。跟這件事有關嗎？

莫非我接下一個超級大麻煩？

「讓我考慮一下。」

山邊教練細細吐出一口氣，搔了搔短髮，沉默不語。大概是「不要跟我說話」的意思。

我沮喪地抱著膝蓋，芹澤蹲下安慰我「別在意」，春太坐到我面前。「對了，小千，要是當時妳也在公園，怎麼不喊我一聲？」

記憶中的場景在腦中復甦。

——那孩子是在密室狀態下遭到攻擊過世的？

——你能設法幫我抓到凶手嗎？

我將感覺只會在電視劇裡聽到的危險對話告訴春太。

「那是我。」

「我？」

「就是我。」

「呃……」

「最好不要在那座公園練習。直到不久前，那裡一到深夜就會變成不良國中生的基地。」

「直到不久前？」

「現在他們不再靠近那裡。不過，這也是個問題。」

我想起高掛在公園界線網子上的各種手寫看板：「禁止玩球」、「禁止大聲喧嘩」，甚至是「禁止嬰兒哭鬧」，確實太過頭了。到底是何時變成那樣？

不不不，等一下。要是置之不理，話題又要沒頭沒腦地繼續下去。可靠的芹澤幫忙提出我最困惑的一點：

「問題最大的是你的發言。孩童在密室狀態下遭到攻擊身亡？」沒錯、沒錯，我暗暗聲援。「你幾時變成高中生警探？你的法國號裡藏著警徽嗎？洗洗睡吧。」呃，我沒想得這麼刻薄。

「我很嚴肅的。」

「當時你到底在跟誰說話？」我試著問。

「我常去的深夜超市的收銀台主婦，有時會分一些快過期的熟食給我。」

他居然有這麼家常的人脈……在某種意義上，教人佩服。

「昨天放學路上碰巧遇到她，我們換個地方閒聊，聊著聊著，我忽然想幫她逮到凶手。她的孩子在密室狀態下遭到攻擊是眞的。」

芹澤一臉不耐煩：「什麼密室，那是偵探小說或推理漫畫中的詭計吧？現實中怎麼可能有密室？」

「日常生活中也會出現密室啊。只要有意，不管是老人、孩童、病患，隨時都能製造出密室。要不要我當場製造密室給大家瞧瞧？」

現下、在這裡、做出密室？

春太拿手帕裹起法國號的吹嘴收進口袋，雙手伸到我們面前。合在一起的雙手像是包覆著空氣。我們莫名其妙地抬頭望向他。

「看，手掌裡不就是個密室？她的『孩子』，是能放進掌中的幼小倉鼠。」

山邊教練嚴肅思索著，但春太毫不理會，張大鼻翼熱心地侃侃而談：

「我那個朋友，就稱呼她為『主婦A』吧，主婦A向同事要來一隻小倉鼠，用雙手包著幼鼠小心翼翼地帶回家，準備送給六歲的女兒。那是晚上十點左右，她打算給女兒醒來時一個驚喜。那座公園位在同事和主婦A家之間，於是她抄近路穿越公園。聽好，就在這時，事件發生了。」

我一直忍耐著聽到這裡，和芹澤默默互相點頭，掏出綁頭髮的橡皮筋，朝春太的臉頰射去。

「好痛，幹麼啦！」

芹澤露出打心底受不了的表情，「別說扯偏，你的故事根本趴地了。」

「是嗎？跟管樂社的活動不無關係喔。」

「咦？」我有些訝異。

「主婦A的母親是自治會聯合會的會長，搞不好透過這次的事件能跟她拉近關係。」

芹澤一副就是要找碴的態度，氣勢洶洶。「跟她拉近關係要做什麼？」

「小千，妳注意到那座公園的異常之處了吧？」

春太一問，我點點頭。旁邊的芹澤露出要求說明的眼神，我簡單告訴她公園的狀況。不出所料，她的眉頭打成結。

「那根本變成老人公園了嘛。」

「每個地方都是這樣。連孩童都不能在公園玩，更別提練習管樂。」春太瞄山邊教練一眼，「我們光是要確保音樂教室，就讓教練費好大一番工夫，不是嗎？還有合唱團的事，加上明年也想招募許多學弟妹……」

以後。」

芹澤逼近春太，「難道你想讓全鎮的公園都能自由使用？」

「我不敢奢望，一座公園就好。我期待有一天能在公園練習。」

「你打算拉攏自治會什麼的會長，跟全鎮的老人家作對？」

「怎麼可能？」春太搖頭。「要從認識彼此開始。眼光放長遠些，設想到兩年、三年

以後。」

芹澤瞪大眼，連眨幾下。至於我……我想起在公園聽到岩崎說的藤咲高中管樂社校友。看到平靜地認眞述說的春太，我內心一陣熱又一陣疼，暗想：這個傻子……現在就考慮畢業後的事做什麼？

「我也要幫忙。」

「咦？」芹澤轉向我。

「我要幫忙。我也來幫忙，可是別再說什麼兩年以後的事了。」

「等一下，穗村……」

間隔一段空白，傳來一道長長的嘆息聲，是抿著嘴的春太。他忽然目光一沉，無聲地笑。「這就是我的缺點嗎？」

尷尬的沉默落在他的腳下。才不是缺點，正當我要好好告訴他時——

「上条很聰明——在不好的意義上，信二郎甚至爲此擔心，說上条有時實在教人傻眼。」

一道聲音加入我們三人的對話，是山邊教練。不知不覺間，她轉向我們：「聽起來很有意思，我也加入好了。」

「教練……」春太露出困惑的表情。

「雖然無聊，可是不解開密室殺人──不，密室殺鼠事件，上条就無法前進吧？」

「教練不會認爲這件事太無聊而生氣嗎？」

「俗話勸人要『刻苦勤勉』，但也提過『欲速則不達』。有時繞點路，反而收穫更多。喏，快說下去。」

「呃，好。」春太在山邊教練鼓勵下，振作起來，匆匆繼續說明。

「小倉鼠在主婦A掌心形成的密室中遭到攻擊。牠突然痛苦萬分，猛烈掙扎起來。我得聲明，牠並非事前吃到毒藥之類的，也不是雙手包得太緊，害牠窒息或受傷。另外，小倉鼠的健康狀況良好。因爲主婦A挑選了最活潑的一隻。」

春太再次向我和芹澤伸出手掌圍成的密室。

我們臉頰幾乎貼在一起，仔細觀察他的手。手指之間有空隙，形同呼吸孔，不過並不大。

「小倉鼠在掌中痛苦掙扎起來前，主婦A都沒察覺任何異狀嗎？」山邊教練問。

「完全沒有。另外，運送期間她沒遇到任何人。」

「以這狀況來看，還眞有模有樣。」

「明白就好。」

確實……我和芹澤屏著呼吸仔細聆聽。

「後來小倉鼠怎麼了？」

「事發突然，主婦A驚慌失措，絆到障礙物跌倒。」

「跌倒？」

「對。小倉鼠高高抛起，很遺憾……」

春太在胸前雙手合十。

「凶手不就是主婦A嗎！」

或許該說理所當然，芹澤頗生氣。

「欸，冷靜下來。事發的契機並不是主婦A，肯定是有人在手掌密室中使用凶器。」

「欸欸欸，上条你看出多少？」

我十分尊敬擁有強烈好奇心的山邊教練。

「大概一半吧，雖然還沒有明確的證據。」

「是視力不好的我無法解開的謎團嗎？」

「這個嘛……」春太欲言又止，再次望向手掌形成的密室。「教練應該無法識破凶器。」

「這樣啊，眞可惜。」山邊教練陶器般纖細的手，摸索到春太的手。「掌中的密室啊。據說古時候的人，會把雙手包裹起來，從交叉的拇指縫窺看裡面，製造只屬於自己的黑夜。」

黑夜——我從這個詞聯想到某件事，不由得挺直背脊。

「小千，怎麼了？」

「聽到黑夜，我想起重要的事。教練，岩崎告訴我的音樂密碼有個標題。」我急忙把書包拉過來，取出學生手冊，翻頁尋找筆記。

「在意想不到的地方又返回原來的話題……」

山邊教練有些驚訝，我縮著肩膀抬起眼：「抱歉，我打斷話題了嗎？」

「我是無所謂啦。」春太應道。

「快點說是什麼。」山邊教練催促。

「找到了，音樂密碼的標題是『沃普爾吉斯之夜』。」

春太和芹澤對望一眼，他們似乎都沒聽過。

山邊教練做出沉思的動作，撫摸著鼻梁。

「沃普爾吉斯之夜，我在德國留學時聽過，是中歐和北歐廣爲盛行的祭典。」

祭典……是怎樣的祭典？

山邊教練一手掩著嘴巴，似乎想到什麼。不久後，她挪開手，慢慢抬頭出聲：

「眞令人好奇。」

「咦？」

「密室殺鼠事件就交給上条，至於這邊，就賣個人情給那個叫岩崎的社長好了。」

「意思是……？」我滿懷期待，等著教練接下來的話。

「好，我就見岩崎一面吧。」

太棒了！我不小心像小學生般歡呼，山邊教練苦笑：

「穗村眞是老好人。哎，好吧。下星期六的練習到下午四點，希望是那之後的時間帶，地點在藤咲高中以外。我的條件就這些，其他的岩崎決定即可。告訴他，我們邊喝咖啡邊聊。」

「今天我會打電話問他。」

「穗村，妳得陪同。」

「咦，我也要嗎？」

「妳要爲隨便向別人打包票負責到底。」

「也是……」

我深深垂下頭，有人拉扯我的制服袖子，是芹澤。怎麼了？我望向她。

「穗村要去嗎？」

「妳聽到了吧？」

「是喔，那我陪妳去。」

「不用啦。」我覺得抱歉，忍不住客氣起來。「是練習結束才要去，不必勉強。」

芹澤稍稍低頭，微微張唇含糊地說：「不是跟採譜有關嗎？我派得上用場……」

「山邊教練在場，沒問題的。」

「我也想一起喝咖啡……」

「咖啡隨時都能喝，對吧？」

芹澤「嗚」一聲，雙肩顫動。我慌忙摟過她，溫柔地拍她的肩膀安慰：

「抱歉，妳想體驗放學後在麥當勞吃薯條的女高中生生活，對吧？妳上次才說過嘛。」我轉向山邊教練。「她能一起來嗎？」

「又沒人要去麥當勞，妳們在演哪齣？」

如此這般，破解音樂密碼的三名人選決定。

4

星期六，自從純銀的許願長笛事件後，我仰望天空的次數增加。飄浮在市街上空的雲朵邊緣鑲了一圈蜂蜜色。手表指針就快來到約好的下午五點。

岩崎指定的地點，位在藤咲高中與南高的中間地帶，是一家以藍色屋頂爲特徵的自營進口雜貨店。二樓似乎是常客的咖啡休憩空間。

經過十字路口，山邊教練、芹澤和我來到店門口。

「好像是他認識的人開的。」

我向兩人說明，率先進入店內。見到看似店長的中年男子，我報上名字，他便領我們從樓梯上到二樓的咖啡廳。接著，他出聲呼喚：「浩二，你的客人來了。」沒有櫃檯、收銀台或菜單，木板裝潢的空間裡，只有小型直立式鋼琴和立在架上的低音提琴，還有三張小圓桌，岩崎獨自在裡面等候。

「不好意思，要老師特地過來。」

岩崎猛地起身行禮。他穿著運動服，書包放在地上。看到我們三人，他蹙起眉，打開過期的《鋼琴月刊》，不停抬頭又低頭。

「咦，山邊眞琴老師呢？她等一下才要來嗎？」

「喂喂喂，你傷了大姊姊的心。」

岩崎拚命賠不是的模樣眞是一絕。他請我們在皮革沙發坐下，注意到文靜的芹澤，又恭敬行禮：「妳是芹澤直子同學吧？我們的顧問老師曾提起妳。明年一月的合奏大賽預賽，請手下留情。」明明是同年級，他彬彬有禮的態度卻一點都不惹人嫌。

老闆以托盤端來四杯咖啡。剛磨好的咖啡豆香瀰漫整個空間。芹澤貼著杯緣啜飲，頓時睜大眼：「好好喝……」我含一口，也有相同的感想。雖然滿沒品的，我還是小聲問岩崎：「這大概多少錢？」沒菜單也沒價目表。而我這個月的零用錢所剩不多。

岩崎搖頭，正要開口，山邊教練替他說明：「這是樓下店長的好意，回去時要好好謝謝人家。即使是賣一杯咖啡，也需要餐廳的營業證照，但這裡是雜貨店吧？」

岩崎目不轉睛地注視山邊教練，重新坐正：「我放心了。剛看到山邊老師，我嚇一跳，但妳就如同我的想像。」

「會嗎？我帶了兩個人來耶。」

「是我提出不情之請。樓下的店是家父的朋友開的，二樓有時會舉辦爵士樂的即興演奏會。藤咲只有少數幾個人會來，而且今天我是偷偷蹺掉社團的個人練習過來的。」

我把咖啡杯放回碟子：「社長可以這樣嗎？」

「去年長笛分部的女社員發起行動，趁練習時全員開溜。跟當時的騷動比起來，這不算什麼。」

「呃……」

岩崎垂下目光，「總之，沒時間了。」

沒時間？什麼意思？我和旁邊的芹澤對望一眼，納悶不已。

「這是個很適合聊祕密的地點……」

山邊教練低喃，岩崎不知爲何道歉：「對不起。」

「岩崎，你見過南高的草壁老師吧？」

就算是山邊教練，也不會在這種場合直呼草壁老師的名字。

「不僅見過，有段時期還曾接受他的指導。」

「最近鬧區發現國高中生遊蕩的輔導案例增加，他忙著開臨時會議、巡邏之類的。不管哪個學校，年輕老師都會被當成打雜的使喚。」山邊教練說著，停頓一拍又開口：「我聽草壁老師提過，藤咲特別嚴重嗎？」

這一句別有深意。「嚴重？管樂社嗎？」我忍不住插話，山邊教練搖搖頭應道：「是更大範圍的，藤咲全校社團活動的問題。」

話題朝意外的方向發展，我驚訝地瞪圓雙眼。

岩崎微微垂下頭，說起來龍去脈：

「由於和我今天要問的問題有關，穗村同學和芹澤同學一起聽無妨。我舉藤咲的棒球隊爲例吧，棒球隊雖然不曾打進甲子園，但在縣內是排名前四的強隊。爲了維持成績，大量練習、紀律嚴格十分出名，體罰自然是司空見慣。再舉個更深入一點的例子，夏季集訓時，從以前開始，就規定一年級隊員在練習期間禁止喝水。即使在練習中嘔吐，也不准用水沖，必須藉球場上的沙子自行清理乾淨。」

太過分了……

在教練和學長姊監視下的操練，有時伴隨著不合理的刁難，我在國中的女排社經歷過太多。儘管有程度差異，但冠上強校名號的運動社團，或許每個地方都大同小異。

不管任何情況都堅決反對；還是，只要彼此信賴，多少能容許。用嘴巴講就明白；還是，精神扭曲的傢伙聽不懂人話。可用一般常識解釋；還是，不是單純地非黑即白。

正因是當事人，一深入思考，腦袋就亂成一團，無法整理。

不過，在岩崎舉出的例子裡，只有一點我想提出說明。

以前沒有空調的時代，和全是混凝土和空調的現代相比，夏季的炎熱無法同日而語。現在比過去炎熱太多。跟母親討論後，瞭解這件事的我，曾為此和女排社的中年教練發生爭吵。

我望向芹澤和山邊教練。兩人自幼接受嚴格的音樂教育，眉毛不動一下地聆聽著，甚至有種冷眼旁觀的味道。

「理所當然，棒球隊一年級的家長向學校抗議。這是兩年前的事。抗議聲浪轉眼擴散，學校的網路留言版出現許多責怪的留言。家長會和人權派市民團體也紛紛湊一腳，總之，學校被罵得滿頭包。我不認為這些抗議和責難本身有錯。一直以來，校方都在社團活動中，強迫學生接受這些只能說是不合理的高壓訓練。先是棒球隊成為箭靶，過多的練習量和學長對學弟的操練全數廢除，轉為尊重學生自主性的練習內容。」

哦，進步了嘛。我抬起頭。

「可是，」岩崎痛苦地接著說。「一年級隊員被抓到抽菸，棒球隊失去參加夏季大賽的資格。這是棒球隊有史以來頭一遭。」

我的喉嚨深處幾乎要發出呻吟。

「呃，請不要誤會，我並不是認同體罰或操練，也反對極端的成果主義和實力主義。」

我漸漸看出事情的本質。

「啊，原來是這麼回事。」山邊教練從鼻子吁氣，背靠上沙發。「放寬紀律和風紀，變得處處包容，卻變成社員『不會減少』。沒幹勁、半吊子，想退又不能退出的社員留下，製造磨擦，萌生事端。其他社團也一樣嗎？」

「就像山邊老師說的，個人的聲音變大，個案過度受到重視，失去平衡。每個地方都有火種，有些社團眞的發生問題，害全體被迫負起責任。」

「好像法國公司。你的意思是，需要一個篩選機制？」

「不是每個人都能做出成果，而且也需要一個理想的環境，即使是身體不好、能力不佳的社員，只要願意，就能與出賽成員共同努力。就算畢業前一次都無法出賽，我仍希望他們能獲得一些無法取代的經驗。藤咲高中管樂社以成爲這樣的社團爲目標。不過，我認爲眞的不適合的學生，必須離開去尋找適合自己的地方。實際上，以前的我也是如此。」

我也一樣，然後邂逅了管樂。

這麼一提，我招募失敗的管樂經驗者的同班同學，目前沒參加任何社團，瞞著學校努力打工。隔了很久跟她聊天，她變得十分成熟，看起來相當快樂。適合自己的地方不只有社團，可能是更外面的地方——比如，學校以外。

山邊教練雙手捧起杯子，啜飲兩口：

「沒辦法自行找到歸屬的學生怎麼辦？」

「我們是高中生了。即使艱難，也得用自己的雙腳前進。」

「對十幾歲的青少年，這要求不會太困難嗎？」

「我不想讓管樂社變成『社團教』。現在這個年紀，不管是失敗或挫折——這樣說可能有些難聽，但我們被允許全力逃離厭惡的地方。雖然會挽留，但要是沒辦法，我希望乾脆地放他們離開。」

我一陣感動。我碰到的情況，是歷經糾紛後，在部分社員的怨恨下離開排球社。

「確實如此。若是已長大成人，必須付出更大的代價，好比信用、名聲、金錢、人脈。我總算明白，爲什麼初學管樂的岩崎，會被提拔爲全國水準的高中管樂社社長。」

「咦？」

「你沒自覺嗎？」山邊教練忽然一笑。「那麼，依剛才的話，藤咲高中管樂社的狀況又是如何？你們應該有超過一百名社員。」

「部分家長強烈要求廢除嚴格的規定、縮短練習時間、增加休息日。不少人跳過顧問堺老師，直接找校長談判。」

岩崎有條有理地說明，使用的字彙很豐富，想必向別人解釋過許多次。

「社員有什麼變化？」山邊教練問。

「從我的上一屆開始，就有些社員不怎麼喜歡參加練習。這些人毫無幹勁，卻不肯退出社團。相較於從前，現在的環境完全容許他們這麼做。」

「我說啊，」山邊教練一臉吃不消，「應該不是全部這樣，但有些人根本沒把顧問或學長姊放在眼裡吧？要是他們不小心扒竊或觸犯別的法令，你們所有人都不用參加比賽了。」

「既然他們身為社員、身為管樂社的一分子，顧問堺老師有承擔一切的心理準備，我也有相同的心情。」

「啊，是喔？」山邊教練懶懶地應一句。「可惜，居然在這裡擁抱冠冕堂皇的說詞。」

「抱歉……」

「不，你還只是個高中生，我不是在責備你。」

「那些人對社團沒什麼感情。我們社團每個分部都有社員的緊急聯絡網，然而，從兩年前起，所有分部的資料外流，大夥收到許多樂器行和可配合社團活動時間的補習班廣告信。我也收到了，所以立刻察覺。」

「其他社團也是這樣嗎？」

「對。藤咲是國小到高中的一貫學校，有許多家境富裕的子女，外面的人很想要學生的個資。可疑的業者也變多，有自稱藤咲高中校友的人聯絡管樂社、合唱團和熱音社的人。因為聯絡資料中包含電子信箱。」

管樂社、合唱團和熱音社？

怎麼有種似曾相識感？

「漸漸冒出危險的味道了。」山邊教練雙手交抱。

「是很危險。那名自稱校友的人，鎖定不常參加社團活動的社員。學生不是都會尊敬社會歷練比自己多、像導師的人嗎？那種叫什麼……」

「應該是Street-Wise——街頭智者吧。」

「堺老師曾有一次在我面前說洩氣話。如果社員只有二十人、十人，他就能把社團帶得得更好，很不甘心。在我看來，老師眞的太謙虛。他帶領一百零六名社員，已盡最大的努力。」

山邊教練的表情一變：

「那個自稱校友的人，想要這三個社團的問題社員做什麼？」

「眞的很怪，令人費解。他發出獎金懸賞，要他們解開音樂密碼。」

「音樂密碼？總算進入正題。」

「我應該一開始就先說嗎？」

「不，是我帶頭閒聊的，別在意。我明白事情的背景了。」

岩崎像要調整呼吸，長吁一口氣，嚥下口水，接著說：

「山邊老師稱爲問題社員的學生裡，包括我的學弟。我是高中部才考進藤咲的外部生，他和我念同一所國中。他是寶貴的男社員，我自認很照顧他，但夏季大賽結束，他就不上學也不來社團。」

「草壁老師提過，暑假結束後，會一下出現許多拒絕上學的學生。」

「是的。不過，他不是關在家裡不出門。他和處境類似的朋友混在一起，堂而皇之地蹺課，品行也變糟。他們都沉迷在自稱校友的人給的音樂密碼中。」

「等一下。」山邊教練伸手打斷。「自稱校友的人，這個稱呼開始讓我感到好奇了。」

「聽說他只用電子郵件聯絡，不曉得寫信的是不是本人。電子郵件不就是這樣嗎？」

「喂，穗村和芹澤，這話要記在心田啊。」

山邊教練小聲指示。我用力點頭，等待岩崎的下文。

「音樂密碼的標題爲『沃普爾吉斯之夜』。要解開的密碼謎底是『在沃普爾吉斯之夜會看到什麼？』，我是在拜訪學弟家時得知。如同我剛才拿扒竊當例子，現在的我們有著絕不能跨越的界線。從不知身分底細的人那裡拿錢，替人解開謎題，而契機是外洩的聯絡網個資。豈不是像被人利用，協助幫派或黑道分子的交易嗎？我不想動手動腳，仍在學弟的房間搶他的智慧手機查看。」

山邊教練應和，催促岩崎繼續。

「大概猜得出那名自稱校友的人是什麼來頭，應該是一群音大生。每封信的措辭有微妙的不同，還出現『六回生』這種音大生特有的說法。他們似乎共用一個信箱，以聯絡學生取樂。」

我輕扯旁邊的芹澤制服袖子問：

「芹澤，什麼是六回生？」

「留級兩年的意思。」

「代表熱心向學？」

「妳眞是樂觀到家。」芹澤湊到我的耳邊：「念完音大四年的課程畢業，可不是走到終點，而是出局。眞正有才華、靠音樂吃飯的人，早在就學期間拿到國際大獎，不等畢業就出國工作。」

好驚人的世界！我眞想張大嘴巴驚叫。

山邊教練的話聲忽然變低：

「不願意離開音大的人，跟不想退出高中社團的一群人啊，說著都覺得難堪。對了，那懸賞的密碼，保證能拿到獎金嗎？」

「那些學弟只是覺得拿到算賺到吧。」

「什麼意思？」

「我們這個年紀的人，意外地不會爲了金錢行動，反倒渴望金錢買不到的東西。學弟告訴我，那是笨蛋無法解開的密碼，還說笨蛋不會受到理睬，只有得天獨厚的選民才能解開。這應該是引用自稱校友的人的話。」

山邊教練的表情有些苦澀，也許她認識那樣的人。

「那麼，受捧爲上天選民的，就是管樂社、合唱團和熱音社的問題社員？」

聽著兩人的對話，我想像電玩遊戲中得到天啓的勇者：「上天選擇你拯救這個世界。」哈利．波特似乎也是類似的劇情？

「提示是，必須三個社團齊心協力。」

要組隊冒險嗎？

岩崎傾身向前，繼續道：「據說，自稱校友的人無法獨力解開『沃普爾吉斯之夜』的音樂密碼。我所謂的替人辦事，就是這個意思。」

「音大六年級生都解不出來，高中生的他們有辦法嗎？」

這番意見太天經地義，我和芹澤點點頭。

「這是個謎。總共有九題，學弟認爲第五題和第八題很難。如果解開全部的密碼，會有什麼結果？他們仍算是社團的一分子，我只覺得事情一定不妙。」他的語氣是明確的排斥。

「我也是。不知爲何，音樂密碼的標題令人耿耿於懷。像放下釣餌，等待從魚群落單的軟弱小魚上鉤。」

沃普爾吉斯之夜……

中歐和北歐廣爲盛行的祭典……

到底是怎麼回事？

岩崎從書包取出智慧型手機和五線譜，輕輕放到圓桌中央。「音樂密碼是傳統式的。錄音檔會播放出旋律，聆聽 Do Re Mi Fa Sol Ra Si 的音名，變換成對應的字母，答對就可進入下一個問題。」

「你提到傳統密碼，是指《賦格的藝術》與《狂歡節》使用的密碼嗎？」

「這麼想就對了。自稱校友的人只和那些學弟妹聯絡，這手機是他們其中之一的。另一個一年級社員回來參加管樂社活動，我硬向他借來，得馬上還給他。」

「你說『沒時間』，是指這件事？」

「還有別的問題。」

「什麼問題？」

「狀況急轉直下，總之情況不同了。前天，那些學弟妹似乎將九題音樂密碼全部解開。」

我、芹澤和山邊教練都驚訝地「咦」一聲。

「我有時會去學弟家，畢竟還是會擔心。有一次社團活動結束後我去找他，但他關在房裡，不肯讓我進去。他似乎受到嚴重的打擊，卻不肯告訴我在沃普爾吉斯之夜看到什麼……」

我想像一個不能打開的盒子。聽著聽著，我不安起來。

唔……山邊教練沉吟，低聲開口：「欸，岩崎，你找我商量，是不是找錯人了？」

「昨天我已向顧問堺老師報備。他們在做的事，等於是一種遊戲，很不容易說明。」

「這樣啊。」山邊教練的表情變得有些放心。

「我向別的一年級社員借手機，也請堺老師嘗試看看。憑老師的能力，只能解到第八題。目前他當成是一種惡質的遊戲，或是惡作劇。」

芹澤露出感興趣的眼神，傾身向前問：

「應該是非常單純的採譜，爲什麼會讓大家這麼煞費周章？」

「試試就知道。」

好強的芹澤噘起嘴，一副「你以爲在跟誰說話？」的神情，從沙發起身。「教練，剛好有鋼琴。」她走到直立式鋼琴旁，打開蓋子，按下一個琴鍵，轉向山邊教練。「調律似乎沒問題。」

「隨便和音就行。」山邊教練指示。

岩崎愣住，交互看著兩人。

芹澤拋出一句「我可不會彈悅耳的和音」，雙手落在琴鍵上，彈出聲響。她定住動作，靜靜對山邊教練說：

「請說出底下第二和第三個音。」

「降E和G。」

岩崎驚慌地從沙發站起，查看芹澤按住的琴鍵，身體一仰，往後退去。

「等一下，還沒完。」山邊教練靜靜地說。「剛才的琴音，讓弦產生共鳴了。」

岩崎倒抽一口氣，注視立在架上的低音大提琴。

「別小看從國小到高中，不曾參加運動會和遠足的我們。」

芹澤的話聲凜然堅定，教人畏縮。

山邊教練輕揉著後頸，「來吧，讓我聽聽那些所謂的音樂密碼。我來解開到底在沃普爾吉斯之夜能看到什麼。」

從國小到高中，只曉得爲冰棒抽中「再來一支」而開心的我，覺得自己成了不該參與這緊迫場面的幼稚小毛頭。

5

岩崎在圓桌上操作手機，叫出電子信箱介面，按下命名爲「藤咲」的檔案夾。那是拜託一年級社員設定，專供破解密碼的資料夾。其餘個人檔案夾當然都鎖了起來。

我一直渴望擁有智慧型手機，忍不住爲色彩鮮明靈動的畫面著迷。我向母親央求好多次，她就是不肯買給我。

「接下來，我要寄信到自稱校友的人的信箱。主旨只寫姓名、學年和座號，內文則是『我也要挑戰密碼』。」

「要等回信嗎？」山邊教練低喃。

「這個遊戲的特色是回信很快，請看著吧。」

等不到兩分鐘，傳來收到郵件的鈴聲。

「這麼快？」

「畢竟是以喜新厭舊的高中生爲對象，這部分應該精心設想過。」

回信內容如下：

〔主旨〕第一題。

〔內文〕將音名變換爲字母後，

當成下一封信的主旨回信。

附加檔案《沃普爾吉斯之夜①C大調》

芹澤湊近山邊教練耳畔，低聲轉述內容。山邊教練抬起頭：

「開始了吧？」

「是的。信裡附有聲音檔，經過特殊保護處理，無法分析內容，收到的人只能播放。答對會收到第二題，答錯就沒有下一題。」

「如果答錯，重新挑戰會是一樣的問題嗎？」

「會是不同的問題。一天挑戰兩、三次，自稱校友的人都會奉陪。」

無所事事的我，拉過圓桌上的五線譜，拿起自動筆準備抄寫。我認爲至少該負責記錄答案，渾然不知這將成爲解謎的重大線索。

岩崎把手機音量調到最大，播放聲音檔。

手機傳出C大調的伴奏與四分音符的旋律。我第一個感想是音量滿大的，陸續傳出我也分辨得出的七個音。

Do、Re、Mi、Fa、Sol、Ra、Si。

「DCEFGAH。」山邊教練靜靜回答，接著重重敲一下桌子：「耍人啊？」

「完全被瞧扁了呢，師父。」芹澤憤慨地應聲，看起來樂在其中。

「第一題意外地經過精心設計，過濾掉德式音名和美式音名。如果在Si的音不小心答B，就算錯誤。」岩崎迅速輸入答案並回信。伴隨收到信件的提示音，第二題立刻送來。

〔主旨〕第二題。

〔內文〕無。

附加檔案《沃普爾吉斯之夜②C大調》

芹澤再次附耳對山邊教練說明內容。

「欸，要這樣繼續下去嗎？」

「前面請先忍耐一下。」岩崎壓抑著情緒說。

「我知道。我不會輕敵，總之先進行到困難的第五題吧。」

反覆出題和解題，我在五線譜上逐一記下答案。

〈第二題〉

沃普爾吉斯之夜②C大調

答案　GEFGECAG

〈第三題〉

沃普爾吉斯之夜③C大調

答案　CCGGAAGFFEE

〈第四題〉

沃普爾吉斯之夜④C大調

答案　DECAEGDECAEG

岩崎回傳第四題的答案後，全身搖搖晃晃，重重嘆一口氣：

「到這裡爲止，我稱爲『懷念金曲系列』……」

「沒錯，是〈牧場綠油油〉、〈一閃一閃小星星〉和〈演藝人〉（*The Entertainer*）的開頭！」

山邊教練不悅地說。這位前天才鋼琴家眞的耐性十足地奉陪了。

「到這裡是熱身——不，熱耳，第五題開始就不是曲子。旋律的間隔會拉開，或突然冒出來，請留意。四分音符的節奏不變。」

「可笑的小花招……」

「我告訴過穗村，藤咲的精銳成員無法克服的就是第五題。我是在堺老師的指導下，才發現突破點。」

「是喔？」坐在沙發上的山邊教練挺直背脊應道，芹澤調整單耳助聽器的位置加入：

「我也能參加嗎？」

山邊教練壞心眼地補一句：「不過你的學弟妹，那些沒幹勁的問題社員解開了吧？」

「是的。我很驚訝。只要有目的，和朋友同心協力，他們也能發揮潛力。」

咦？我頗爲詫異。岩崎那番贊同篩選社員、希望他們用自己的雙腳走出去的發言，或許是來自社長這個枷鎖。六月認識岩崎時，身爲社長的他有些沒自信，給人的印象十分纖細。六月到今天爲止，歷經嚴峻的夏季大賽。

手機收到據說是難關的第五題。

〔主旨〕第五題

〔內文〕無

附加檔案《沃普爾吉斯之夜⑤C大調》

播放聲音檔。芹澤轉過來，哼著Do Re Mi，像是要讓無法參與採譜的我瞭解。

「……降Mi、Re……Fa……升Do、Ra、Do……降Sol……」

咦？我差點發出驚呼。

升Do。

降Sol。

古典音樂密碼中，這兩個音沒有可對應的英文字母。不在相當於Do、Re、降Mi、Mi、Fa、So、Ra、降Si、Si的C、D、S、E、F、G、A、B、H裡。我完全沒想到，會出現九個音名以外的音。

「我可沒聽錯。」芹澤冷靜地低喃，思索半晌，再次開口：「岩崎……」

「什麼事？」

「先不要講答案。」

「好。」

山邊教練老神在在，似乎知道答案。那態度像是刻意不開口，交給弟子處理。芹澤的視線在半空游移，落在桌面上。

「啊，我怎麼沒發現？德式音名裡，升記號#是『～ｉｓ』、降記號♭是『～ｅｓ』，所以，升Do就是『ＣＩＳ』，降Sol就是『ＧＥＳ』。第五題的答案是『ＳＤＦＣＩＳＡＣＧＥＳ』。」

厲害！岩崎迅速輸入答案並回信。收到信件的鈴聲響起，接下來的第六題很快送來。這表示答對了。

芹澤頗爲得意，湊近桌子另一頭的岩崎，搖晃及肩的長髮說：

「這點程度都解不出來？」

岩崎一臉尷尬，「唔，倘若硬要辯解，從第五題開始，聲音檔的性質改變，採譜本身也變難，所以我們勉強安上九個音名。還以爲接上喇叭就能聽出來……」

山邊教練皺起鼻子一笑。「原來如此，從第五題開始，就是這種模式？」

「啊，對。我在旁邊看著堺老師解題，應該沒錯。」

「那麼，到第八題爲止，我們也能輕鬆過關。這等於是追加字母『I』，寶貴的母音增加。」

「啊……」岩崎呑回詫異。「難不成這是個大發現？」

〈第六題〉

沃普爾吉斯之夜⑥C大調

答案　FISEFISCDESE

〈第七題〉

沃普爾吉斯之夜⑦C大調

答案　EEGESDISAAEE

順利解開第六題、第七題，終於來到下一個難關，第八題。

「請小心。第八題沒有C大調伴奏，是無背景音狀態，只有全音符的旋律。」

岩崎的表情變得緊張。他說的全音符，長度是四分音符的四倍。一小節「咚咚咚咚」的聲音節奏，會變成「咚——」。

「前面吵死人的伴奏會不見嗎？」芹澤插話。

「是的。」

「不論是全音符、二分音符、四分音符，音名和字母的關係都不會改變。升降音也一樣。少掉礙耳的伴奏，反倒更容易分辨，卻解不出來嗎？」

「對。到第八題就變成全音符的謎題。不過，請別小看這一題。」

「爲什麼？」

「這個問題害堺老師在職員室像發情的大猩猩般抓狂。」

「他本來就是大猩猩。」

「岩崎、芹澤。」山邊教練出聲責備。

抱歉，岩崎縮起肩膀，歉疚地賠罪。「第八題我跟在堺老師身旁，嚇一大跳，忍不住……」

我從五線譜移開視線，望向手機畫面。

郵件內容有些不同。

〔主旨〕第八題。

〔內文〕能走到這一步，你很優秀。

接著挑戰這堵高牆吧。

附加檔案《沃普爾吉斯之夜⑧C大調》

挑戰這堵高牆？問題的門檻應該是降低，他爲何會這麼說？

「岩崎，有沒有其他要注意的地方？」

「旋律間隔拉長，或突然冒出來，這部分從第五題到第七題都一樣。」

「我會全力以赴。」芹澤把一邊耳朵湊近手機喇叭的位置。

播放第八題的聲音檔。我嚥下口水，豎起耳朵。若是全音符的採譜，感覺從高中才學管樂的我也辦得到。

沒有伴奏，從無聲狀態開始播放，但旋律遲遲沒出現。

好不容易，第一個音從無聲的黑暗世界冒出來。

芹澤嘴唇開開闔闔，爲我哼唱Do Re Mi。

「……Si……Mi……Mi……」

皮革沙發傳來衣物磨擦聲。像是掉了一拍，山邊教練愣在原地。即使是我，也能一清二楚地聽出是什麼音。只有三個音。

「HEE。」

芹澤回答，抬頭望向我。應該對，不可能弄錯。她的眼睛如此訴說。

「芹澤說的沒錯，我的答案也一樣。」間隔一拍，山邊教練僵硬地低喃。

我觀察岩崎的反應。不曉得是不是心理作用，總覺得他的臉色變糟。只見他搖搖頭。

「一樣……」

「咦？」山邊教練反問。

「跟堺老師那時一樣。我也認爲是Si、Mi、Mi。聽起來完全就是這樣，也沒有可疑的地方。但答案並不是ＨＥＥ，拿不到最後的第九題。」

「怎麼可能！」

芹澤反駁，山邊教練用力拉住她的制服：

「既然是難題，不能用一般思維去解。岩崎，方便再播放一次嗎？」

「放幾次都行。」

岩崎操作手機，再度播放第八題的聲音檔。

甚至能聽出遠處琴弦共鳴聲的山邊教練集中精神，芹澤調整呼吸，一邊耳朵重新湊過去。她嚴肅的側臉，散發出不放過任何聲音的氣魄。

無聲的寂靜中，Si、Mi、Mi的樂音間隔響起。

……Si……Mi……Mi……

山邊教練的臉上透著狼狽與焦急。一向自信十足的教練，逐漸失去冷靜。

另一方面，芹澤和岩崎隔著桌子爭論起來。

「會不會是你打錯答案？」

「這題跟前面不一樣，只有ＨＥＥ三個字母，要怎麼打錯？」

「不，你就是打錯了。打給我看，喏，快打。」

「我輸入的沒錯。」

「要不然就是，並非德式音名，而是日本音名。ＨＥＥ就是ロホホ（ＲＯＨＯＨＯ）。」

「妳要在此刻、在第八題，才來推翻密碼的大前提嗎？」

芹澤面露怯色。她和山邊教練一樣，亂了陣腳。

實在不是能插嘴的氣氛。我垂下頭，輕拍耳朵。總算能夠參加的第八題，總覺得哪裡不太對勁。有一點奇怪的地方……不過，眞有什麼是單單我注意到，而山邊教練、岩崎和芹澤都沒發現的嗎？

「換個環境吧。這家店有音響傳輸線和小喇叭，我去向老闆借。」

「等一下，眞的需要喇叭嗎？」

振作起來的芹澤，抓住岩崎挽留他。

「咦？」

「這應該是只需要一支手機就能搞定的遊戲，而且對象是高中生吧？如果我是那個自稱校友的人，就不會搞得這麼複雜。」

確實如此。

「不，還是姑且一試……」

岩崎站起，剛轉身又停步。他聽見山邊教練喃喃自語。只見她深深垂下頭，張開一手覆住眼睛：

「我的聽力很好。唯獨這一點我有自信，打擊眞大。」

「山邊老師……」岩崎深吸一口氣。

「你的學弟妹和我們，有什麼地方不一樣？」

岩崎眨著眼回望山邊教練，表情頓時緊繃。他身爲現場唯一的男生，發出鼓舞眾人般的嘹亮話聲：

「他們不斷嘗試錯誤，擁有可說是無限的自由時間。」

「嘗試錯誤啊……」山邊教練用力搖頭，總算抬起臉。「抱歉，我好多年沒像這樣說洩氣話。一點都不像我。去拿喇叭來吧。不管多少次，我都要試……」

這應該是說給她自己聽的話，卻沒辦法好好嚥下去。我第一次聽到山邊教練發出如此空洞軟弱的聲音。這一幕實在教人心痛。我在女排社時代，看過許多心靈和自尊遭徹底摧殘的人。

怎麼辦？

我該怎麼做才好？

我無意識地咬住下唇，垂下頭。遇到困難就該找春太。「你在哪裡？」傳出簡訊後，我闔上手機緊抱在胸口。希望他能回信，馬上回信。拜託，快來。

6

岩崎以傳輸線連接手機和小喇叭，尋找電源插座。插座在皮革沙發後面的牆壁，我們默默起身，合力挪開空間。

樓下傳來雜貨店老闆的呼喚：「喂，浩二，又有客人找你。」

「咦？」岩崎意外地回望樓梯口。

底下傳來熟悉的男聲：「啊，請不必費心。」他似乎恭敬地婉拒老闆的咖啡，踩著階梯上樓。

怎麼可能？騙人……

這麼快？

簡訊都還沒回我耶。

我緊緊握住胸前的手機。啊，果然是他。從門後探出頭來的，就是春太。

「解出密碼了嗎？」

他一身制服，提著書包和超市購物袋走進來。

「上条同學……好久不見。」

面對不請自來的訪客，岩崎似乎嚇一跳。今年六月，他欠春太一個很大的人情。

「你怎麼會跑來？」山邊教練納悶地問，旁邊的芹澤也緊皺眉頭。

「春太！」我喊著，情不自禁地跑到他身邊。「你來了……」

「妳不是告訴過我地點嗎？」

「對啊，可是……」

「我本來在店外面等你們討論完。」

「你在等我們？」

「我解開密室殺鼠事件之謎，主婦A給我謝禮。」

春太滿不在乎地說出岩崎聽了可能會覺得耳朵爛掉的話，害我內心七上八下。他舉起超市購物袋，只見袋裡裝著甜醬油餡和紅豆餡的糯米糰子串，共有兩盒。

「本來想分給小千家。」

那麼——我伸手要拿，春太卻舉高袋子不給我。

「不是現在，我要親手送給網友『小千媽』。」

我用手指抵住自己的額頭，冷靜思考。太陽穴陣陣跳動。

「抱歉，我整理一下。」

「好。」

「……你是來討晚飯的嗎？」

哇！喂喂喂，幹麼講出來？噓，噓！當著四人的面，春太露出令人激賞的醜態。

「妳應該沒收到通知，不過今天晚餐有炸雞塊、鮪魚馬鈴薯沙拉，和會出現在卡通《漫畫日本民間故事》裡的那種盛得滿滿的白飯。」

春太一本正經地說。我抬起腳跟，狠狠踩住他的腳，大喝一聲，壓上全身重量。春太發出怪聲。

痛痛痛痛斃了……春太抱住腳尖，蜷縮在木板地上。岩崎彎下腰，仔細地敘述來龍去脈，眞是好人。

「你這個下三濫的人渣，到底來幹麼？」

芹澤極度輕蔑地啐道，我點頭附和。

「咦，才第八題？快點解完吧。」

不懂察言觀色的春太，天眞無邪地吐出傷人的話，我和芹澤聯手痛毆他一頓。

「呵呵……哈哈！」一陣滾下山坡般的笑聲引得我回頭。山邊教練垂下眼角，僵硬的表情完全鬆弛。

「上条，你來得眞是時候。謝啦，託你的福，空氣煥然一新，舒爽多了。」

我和芹澤停下毆打春太的手回頭。

春太拍掉制服上的灰塵，慢慢起身，神色嚴肅得教人吃驚。

「我可以當場加入嗎？」

「拜託嘍。」彷彿要切換開關，山邊教練解下領巾，短髮與結實的頸脖線條相映成輝。她一臉笑吟吟，看著那副笑容，我感到一股舒暢的風拂過心田。草壁老師有時也會展現這樣的笑容。「搞不好你會是終極武器。」

春太經過我身旁，步向沙發時，隱約聽見他輕聲說「妳可以放心了」。咦？我望向他的背影。

「要播放第八題嗎？」

岩崎在圓桌上調整喇叭音量。春太一屁股坐到正面沙發上，交疊雙腿，一副黑幫老大派頭。

「好，開始吧。」

我和芹澤左右包夾春太，大氣都不敢喘一下，靜靜守望著。

小喇叭重播第八題的聲音檔。

從無音狀態到流瀉出全音符的樂音。三個音拉出間隔，在二樓迴響。相較於先前聽到的幾題，透過喇叭發出的音量截然不同。

播放結束，嚴肅沉默的春太抬起頭，開口：

「是Si、Mi、Mi。」

芹澤往春太的後腦一拍，發出清脆的聲響。

「幹麼啦！」

「那是我要說的話。什麼終極武器，根本是破爛貨。」

「妳瞧不起破爛貨啊！」

「夠了、夠了，不准吵架。」坐在春太正對面的山邊教練出聲制止。「岩崎，你能循環播放第八題嗎？我想仔細聽聽。」

春太一把搶走我記錄答案的五線譜，移動到角落。

……Si……Mi……Mi……

聽過無數次的樂句反覆播放著。

剛要走近春太，我不禁停下腳步。又來了，哪裡怪怪的。怎麼回事？我稍微按住耳朵。

「小千，怎麼啦？」春太從五線譜上抬起頭。

「沒什麼。」我搖頭佯裝平靜。

「倒是你們聚在一起，到底在幹麼？」

春太語帶責怪，我一頭霧水。「你問我們在幹麼？」

「這哪是音樂密碼啊？從《賦格的藝術》推敲，可得出『BACH』，從《狂歡節》推理，就是『SCH』，皆為單字。然而，從第一題到第七題，答案都只是一串字母，根本是單純的採譜。」

春太說著，把五線譜塞還給我。

我忍不住重讀解答。第一題「CDEFGAH」，第二題「GEFGECAG」，第三題「CCGGAAGFFEE」……接下來也一樣，確實如同春太指出的，根本不是單字。

我們等於純粹在進行採譜。

「其實，這一點我一直耿耿於懷。」

有人突然冒出一句。我轉頭一看，是山邊教練。她要岩崎不斷重播第八題，接著問春太：

「上条，你的意思是，我們還沒眞正進行音樂解碼？」

「至少第一題到第七題都不算密碼，僅僅是採譜。」春太應道。

「喂，我們就是答對了，才能來到第八題啊。」山邊教練反駁。

「那應該是代表採譜正確。第一題是德式音名，第五題是升降記號，看起來像是每克服一關，玩家的技能就會提升，這樣才能激發幹勁。這是設計遊戲的基本原則。」

「現在聽到的第八題呢？」

春太改變語氣，彷彿在斟酌措詞：「電子郵件上寫著『挑戰這堵高牆』也令人介意。可以解釋爲，最後兩題終於進入正題了吧？如果單純地採譜，只是『ＨＥＥ』。跟先前的題目相比，顯然太短。這題目不就像要我們拼出一個單字嗎？還缺少幾片拼圖。」

「你的意思是，我漏聽讓單字成立的音？」

「岩崎的學弟妹就聽出來了。」

「這話是認眞的？」

「唔……」

「一點都不像你的作風。你怎會蹦出這麼突兀的想法？」

「大概是……」春太望向木板地，沉默片刻。接著，他緩緩抬頭，仰望天花板，開口：「因爲我解開密室殺鼠之謎吧。不管是公園的問題，還是希望找到更多練習的場所，最近煩惱很多……」

「暫停一下。」

山邊教練指示岩崎，喇叭傳出的旋律戛然停止。她尋找春太所在的方向，凝望虛空，壓抑著情緒沉聲問：

「眞的有什麼我聽不到，但岩崎的學弟妹聽得到的聲音嗎？」

「當然啦，那就是密室殺鼠事件中使用的詭計。」

——是視力不好的我無法解開的謎團嗎？

——我想教練應該無法識破凶器。

「密室、殺鼠、事件，到底是在講什麼？」坐在沙發一角的岩崎疑惑的歪著頭。「別在意，他是個腦袋有病的大呆瓜。」芹澤小聲回答。

另一方面，我察覺有人在深呼吸。原來是山邊教練，還持續好一陣子。

「當時……我以爲是看得到的東西……」

「不是的。那是聲音，卻也不是聲音，更沒有高低音。害掌中密室裡的小倉鼠陷入恐慌的是蚊音。蚊音是約十七千赫的超音波，聽了會讓人不舒服。隨著年齡增長，會愈來愈難聽見超音波，所以，蚊音被拿來當驅趕青少年的警報器。有段時期，學生會將來電鈴聲設爲蚊音，以免老師發現。老鼠、小鳥和貓，一樣會對這類超音波起反應。」

蚊音？蚊子的聲音嗎？

讓青少年不舒服的超音波，年齡愈大愈難聽見的聲音……

我想起春太的話。原本一到深夜，就變成不良國中生基地的公園，如今卻無人靠近……這麼一提，我也看到網子高處掛著黑色喇叭。主婦A抄捷徑通過那座公園的時間，是晚上十點左右。這表示當時正在播放蚊音驅趕青少年？

我以中指輕觸自己的耳朵。

總算明白聽到第八題時古怪的感覺。

播到一半，有一道像蚊子振翅般，尖銳不舒服的聲音。

我還以為是耳鳴……

「第八題裡眞的摻雜超音波嗎？」岩崎半直起身。

「這只是舉例。」春太應道。

「就是嘛，我完全沒聽見。」岩崎說。

咦？我不禁納悶。

「我也沒聽見。」芹澤搖頭。

咦咦？你們等一下。

騙人，大家都沒聽見嗎？

「其實我也是。」春太插腰嘆氣。「耳朵的老化和年紀似乎沒關係，即使是青少年，有些人滿早就聽不見超音波。」

「哦，這樣啊。」岩崎恍然大悟，又陷入沮喪。「畢竟我每天都在大型編制的樂團裡練習。管樂音量大，音壓高，練習時間又長。」

「跟我們幾個一樣，」從國中就接觸管樂的春太張開雙手，熱切地說：「認真學習音樂的青少年，應該會更早聽不見超音波。即使第八題裡藏有蚊音，也沒辦法立刻證明。」

我真想當場蒸發。

「小千，不用沮喪。大家都知道妳多努力。」春太出聲安慰。

「南高管樂社人比較少吧，一開始不是只有五個人？」

「穗村，這一定是有個體差異的。而且，妳不光是耳朵或頭腦，感覺全身上下都跟嬰兒一樣柔軟。這是稱讚喔。」

「喂，穗村，妳要哭哭啼啼到什麼時候？快站起來，挑戰第八題。」

我幾乎是被強迫站起，山邊教練和芹澤從兩旁緊緊扶住我。

然後，兩人用力把我的頭按向喇叭，山邊教練指示：「好，岩崎，播吧。」

第八題的聲音檔，從喇叭大聲傳出。

「……Mi和Mi之間……有一次蚊音……」

「確定是一次，沒錯吧？」山邊教練在我頭上凶巴巴地吼道。

「沒錯……」

兩人立刻鬆手，我的額頭「叩」一聲敲在桌上。

「上条，你覺得呢？」

「在陳述意見前，我有話要說。終極武器居然是小千，真是讚透了。」

「幸好帶著她過來。」

「教練，這下就知道爲什麼從第八題開始，不是四分音符，而是全音符。」

「四分音符太短，不容易聽見蚊音嗎？」

「對。先將知道的蚊音，用圓圈符號放在Mi和Mi之間吧。」

春太在五線譜上標註如下：

H E ◯ E

很重大的一步。山邊教練似乎十分激動，氣喘吁吁。

「接下來是重頭戲，蚊音要怎麼變換成字母？」

「有些人聽來根本是無音，有些人聽來是沒有音高的音。我想問問教練的看法。」春太說。

「學古典樂的人會想到的無音記號，只有休止符。」

「我也認爲是休止符。」岩崎點點頭。

芹澤思索片刻，望向五線譜。「不過，用休止符表現無音高的音，記號有幾十種。其中沒有一個符號是字母的形式，而且休止符長這樣……」她提筆畫出。

我注視著全休止符。「唔，硬要說，是T？」

「看起來也像壓扁的T。」春太附和。

「這是關鍵。不論是英語或德語，都沒HETE這個單字。」山邊教練交抱雙臂思索。「岩崎的學弟妹，搞不好在這部分嘗試過許多次。」

「刪去法也是一種有效的手段。總之先變換成T，傳HETE給對方如何？要是錯誤，重來一遍就行。」岩崎急著往前走。

「等一下，這是什麼？」一直盯著五線譜的芹澤，指著我的一行小字筆記。

管樂社、合唱團、熱音社。

岩崎和山邊教練的交談中提到，三個社團的不良社員必須合作才有辦法解開，於是我記下這一點，總覺得很像角色扮演遊戲中的隊伍。聽到我的解釋，春太似乎有同感，低喃著：「哦，這挺有意思。」

「有意思？哪裡有意思？」山邊教練反應過來。

「這些社團都具備解開音樂密碼的一定知識基礎，但技術不同。比方，要解開第一題到第五題，需要管樂社的古典樂知識。只要想調查，管樂社的社員多半能自行查到，也容易請教專家。」

「可是，」芹澤凝望半空片刻，「合唱團似乎最派不上用場……」

「怎麼會？合唱團最有可能聽出第八題的蚊音。比起管樂社和熱音社，合唱團員的耳朵老化速度應該慢多了。」春太反駁。

「啊，原來如此。」山邊教練一臉佩服。「可以互補，是嗎？即使不攜手合作，列出這三個社團，本身就是一種提示。」

岩崎望著五線譜上的「熱音社」三個字，開口：「那麼，熱音社有什麼技術？」

眾人頓時沉默。

「這種時候直接問人比較快。」春太取出手機，以拇指撥號。他的記憶力極強，不需要借助通訊錄。「你打給誰？」我伸長脖子窺望。

「美民的清春。」

一陣嘟嘟聲後，手機接通。喂，清春嗎？我是上条，現在方便講電話嗎？小千和芹澤也在，我可以開擴音嗎？

「他答應了。」

春太開啓免持聽筒模式，讓眾人都能聽見。

「今天成島大姊也好嚴厲。」

手機的喇叭傳出清春的話聲。那是因爲你有潛力。

「清春。」春太再次出聲。

「什麼事？」

「我們在解音樂謎題，方便問你一個怪問題嗎？」

「哦，所以你才打給我？」

「想借用你的智慧，會給你添麻煩嗎？」

「不會，上条來找我幫忙，我很高興。儘管問吧。」

「聲音的種類中，有『有些人聽來根本是無音，有些人聽來是沒有音高的音』。」

「『某些人聽來根本是無音，某些人聽來是無音高的音』？請繼續。」

「我想用音樂符號來表示，最好能變換成英文字母。如果是你，會想到什麼？」

「吉他的Brushing，『X』。」

一秒即答。我和芹澤不禁睜大眼，山邊教練也是一愣。

「其他呢？」

「唔……一時想不起來。」

「謝謝，你幫了大忙。明天社團見。」

「好。」

春太結束通話，轉向我們。

「刪去法的選項，多一個X。T或X，二選一。」

山邊教練皺起眉，「是X，HEXE……女巫。」

「女巫？」我不由得反問。

她嘖一聲，接著說：「更明顯的提示擺在眼前，要是早點發現就好了。『沃普爾吉斯之夜』，標題本身便是在暗示女巫。」

「那麼，第八題的答案就是HEXE嘍？」春太再度確認。

「沒錯，這應該是正確答案。」

岩崎在手機畫面輸入「HEXE」，送出回信。

約兩分鐘後，伴隨提示音，收到最後的第九題。

郵件內容和先前截然不同，彷彿換一個人，文字十分饒舌。

〔主旨〕第九題
〔內文〕只差一題，你就合格了。
附件的兩個聲音檔是這邊多的。
我不想交給笨蛋，讓事情曝光。
最好是自尊心高、口風緊的優等生。
最好是就算曝光，也會替我保密的私立一貫制學校的學生。
你一定辦得到。
你會是第一名。
你可以替我傳播到學校嗎？
附加檔案《沃普爾吉斯之夜⑨C大調》
附加檔案《沃普爾吉斯之夜⑩升C大調》

芹澤在山邊教練耳畔小聲念出郵件內容。

「等一下，最後一題有兩個聲音檔？」

「啊，對。」芹澤一臉困惑。

「爲何要特意分成兩個？不管是使用德語或扯上女巫，我只剩下不祥的預感。接下來，我會負起全責，依序播放最後一題的聲音檔吧。」

「沃普爾吉斯之夜⑨升C大調」的旋律傳來。

山邊教練以Do Re Mi哼唱。

「……Si……Ra……降Mi……」

接著是「沃普爾吉斯之夜⑩升C大調」的旋律。我忽然注意到不同之處，升C大調？

「……Do……Si…………」

這兩題和第八題一樣，是全音符構成。「有蚊音嗎？」山邊教練向我確認，我搖搖頭：「這次沒聽見。」

「沒有嗎？」

「沒聽到。」

「真的？」

「我是很笨，可是偶爾也相信一下我吧！」

「果真如此，這是什麼情況？」山邊教練雙手搔頭，彷彿在自問。「剛才的第八題，是要篩掉熱心練習的社員，只讓脫隊的未成年社員留下的過濾機制？」

沉默片刻，山邊教練的眉間浮現嚴峻的神色：

「依我所知，『沃普爾吉斯之夜』在德國是與女巫有淵源的古老祭典。女巫騎著掃把在天空飛，這種發想從何而來？其實是古代村民吸食鴉片產生幻覺，看到有人在夜空飛行。」

「咦，鴉片？」

岩崎轉頭望著山邊教練。

「我猜，這九道題的目的，是用來篩選可**利用音樂密碼安全交易**的對象。大人無法識破，只有青少年才懂。最初的『Si Ra降Mi』是『HAS』，接下來的『Do Si』是升C大調，所以Do等於升Si。根據第五題歸納出的解法，把C變換成HIS。答案是『HISH』。」

「我、我能送出答案嗎？」

「這一題只有一個答案。配合⑨⑩的編號，將兩個答案連在一起，就是『HASHISH』，也就是大麻。」

「咦！」

岩崎的話聲顫抖，充滿不安。

「除非解開『沃普爾吉斯之夜』所有謎題，否則無法看透這個自稱校友的人的本性。岩崎，後續交給我吧，我會保護你們。」

岩崎輸入答案送出。

提示音響起，收到回信。山邊教練剛才的答案是正確的。

〔主旨〕電話號碼

〔內文〕×××—×××—×××

「信裡寫什麼？」山邊教練低聲問。

「只、只有聯絡用的手機號碼。」

岩崎面無血色，僵在原地。

「這組號碼是眞的，還是精心布局的惡作劇，得實際打電話才知道嗎？不過，自稱『藤咲高中校友』的人，沒在信中留下任何涉及犯罪的字眼或行話。從最後的第九題，看得出是要收信的高中生直接打出關鍵字，眞是狡猾骯髒的傢伙。」

「我、我的學弟……」

「『你會是第一名』，表示你的學弟妹尙未跨越底線吧。他們大概還有不敢越線的良心。」

岩崎渾身僵硬，彷彿忘了呼吸。

「那傢伙一個人扛下來嗎？眞可憐。」

「他沒辦法向關照自己的人傾吐，你懂吧？」

「……」

「如同岩崎你說的，找到適合自己的地方，走出框架，是非常重要的。學生有退出社團的自由，也有不去學校的選項。但人與動物一樣，有時一落單，立刻就會被盯上。他仍是管樂社的一分子，成爲一種拘束的力量。你不妨這樣解釋。」

垂頭聆聽的岩崎抬起臉，「我可以馬上去找他嗎？」

「可以。這支手機再借我一下，我有認識的警察朋友——不過是警察樂團的人。接下來的事，你們不必擔心。」

岩崎彷彿再也坐不住，向山邊教練行一禮，帶著包包衝出門。

二樓只剩下四個人。

山邊教練吁一口氣，背靠在沙發上。

我、春太和芹澤肩並著肩，半晌闔不上嘴。什麼女巫、鴉片，未免太脫離日常，我不曉得該說什麼。

好不容易，春太眼神游移地問：「要、要、要不要給小倉鼠上個香……」雖然是場意外，但我不禁覺得莫名慘遭橫禍的小倉鼠最可憐。

「上香？」

山邊教練繫上領巾，回頭問。

「是用冰棒棍搭的墳墓。」

春太小聲回答。

「本來要飼養小倉鼠的孩子搭的嗎？」

「對，每次看到墳墓，那孩子都會哭。」

「哦，所以你才想揪出凶手啊。這就是上条的優點。」

「那孩子在我面前哭，我卻完全幫不上忙……」

「下次也帶我去吧。我知道一首曲子，能安慰那孩子和在天堂的小倉鼠，讓他們打起精神。我會用克拉比耶塔吹奏。」

吹奏的人是教練，那一定會是響徹周圍的洗練樂音。

我想起來了。

教練曾說，音樂蘊含讓人展露笑容的力量，融化如寒冰般的悲傷的力量——我也想一起去，聆聽那是怎樣的曲子。

別有隱情的舊校舍

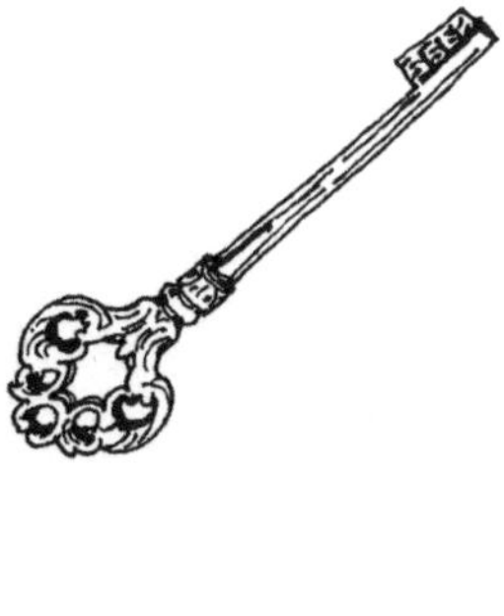

我們居住的地方，有幾個我會想大力宣傳的觀光景點。

比如，久能山東照宮。這是將德川家康（註）當成東照大神祭拜的神社。不瞞各位，其實一直到十五歲，我才曉得鎮上有這麼了不起的寺社。

久能山與海岸之間的土地狹窄，許多業者利用海岸到山上的坡面，經營觀光草莓園。相較於其他地區，本地氣候溫暖，適合種植草莓。沿岸道路栽種椰子樹，也有不少楊梅樹，頗富異國風情。

最重要的是，這裡有日本三大美港之一——清水港。

清水港面對日本最深的駿河灣，幾乎位於縣的正中央，波平浪靜，景色優美，許多來自東南亞和沖繩的貨船會在此停靠。

從港口可仰望富士山的絕美景色，很受外國船員歡迎。

不是我自誇，但南高就在清水港附近。

一天傍晚——據說某個書讀累了的南高男生，目擊一頭無齒翼龍，從學校操場上空滑翔而過。

無齒翼龍，就是存活在中生代白堊紀的恐龍。

有翅膀的恐龍，翼龍。

也是在好來塢電影《侏羅紀公園3》裡不斷對人類發威的傢伙！

在黃昏時分的薄暮中，飛越人類頭頂的巨大黑影。

滑翔翼般又細又長的翅膀。

只有小時候在恐龍圖鑑中看過的身影。

與暴龍並列爲憧憬的對象……

那天，目擊到翼龍的只有男學生一個人。他告訴家人、告訴同學，卻沒任何人相信。

他想和別人分享這份驚奇、感動和喜悅。

但他沒有照片證明，甚至有人說：你是書讀得太累了吧？

宛如現在、過去、夢想、幻覺融爲一體般的奇蹟光景——然而，這卻是他一個人的體驗，無法得到共鳴，他非常沮喪。

最後，他決定將這份回憶當成只屬於自己的寶物，從此絕口不提。

1

〔主旨〕我是一年B班的佐倉眞由美。

〔內文〕上条學長，從入學以來，我就一直喜歡你。

春太毫不感興趣地將手機塞入制服口袋。越過他肩膀偷看螢幕上文字的我，勉強壓下震驚。那是來自學妹的告白信。對了，春太很受女生歡迎，我根本忘得一乾二淨。

地點是學校的自行車停車場。夜幕低垂，等距離並排在屋簷下的日光燈，皓皓綻放白光，也因此牆上的污垢比白天醒目。練習結束，我拖拖拉拉地留在社團教室裡，不知不覺

註：德川家康（一五四三～一六一六），戰國時代武將，繼豐臣秀吉之後，統一全國，開創江戶幕府。

過了晚上七點半。

「妳偷看？」

春太牽出自行車，瞄我一眼。很早到校的管樂社成員，自行車經常放在停車場同一區。在旁邊打開車鎖的我乖乖道歉：

「抱歉，不小心……」

「看到也不會怎樣。」

「別這麼講啦。」

我噘起嘴，重新揹好長笛盒。眞的是碰巧，我本來就不是消息靈通的人，也不是會積極談論班上八卦的類型。最近過著上學等於參加社團活動的日子，要是母親得知，一定會傷心哭泣。

春太不高興地說：「那種信，我馬上就會刪掉。」

「那種信？爲什麼？」

我替單戀春太的學妹抗議。對方又沒要求交往或見面，只是傳達心意，十分惹人憐惜。

「我不記得給過她信箱地址。」

「信箱地址隨便撿都有。」

我不打算揪出犯人，不過大概是一年級社員幹的好事。她們頗勢利，或許是被人用午餐的麵包或果汁收買。雖然這是不應該的行爲。

「而且，我不喜歡那種形式的告白。」

「你討厭電子郵件？」

「不是討厭電子郵件，那樣根本不是告白，只能算是拼圖。」

一時之間，我看不出話題的關聯性，腦海浮現許多問號。

「抱歉，我聽不懂。」

春太取出手機。那是附相機的簡單款式，明明是舊型，卻不怎麼常用的樣子，恐怕也沒打算換吧。春太將液晶螢幕轉向我，打開空白郵件，輸入「す」。

すっかり（完全）

過ぎそう（快過了）

すぐ（立刻）

少しだけ（一點點）

すんでのところで（差點）

好き（喜歡）

「瞧瞧，以『す』開頭的詞句，會根據我之前用過的順序，出現在預測列表中。隨便挑選一些詞句組合成一封信，不是很像拼圖嗎？」

我似乎能理解他想表達的意思。

「功能就是這樣，有什麼辦法？」

「告白不是重要的事嗎？怎麼能讓機器代勞？」

確實，或許我們都在利用食指和拇指，把詞句像拼圖一樣拼湊起來，進行溝通。但喜歡春太的學妹不是無辜的嗎？又不是犯下應該受到指責的過錯。

「我反對立刻刪除。要是你亂刪，我就跟你絕交，也禁止你到穗村家蹭飯。」

「手寫的不幸連環信還比較溫暖。」

「你敢在她本人面前這麼說，我饒不了你。」

「我才不會。可是，這未免太一廂情願了吧。其實，進入第二學期以來，這是第五封信。這種時候，應該輪到炸彈處理班的小千登場吧？」

「我厭倦處理炸彈了。」

「那我該怎麼辦？」

兩人消沉地杵在停車場。

「我很想幫你，但在女排社時代培養的技術也派不上用場……」

「技術？」

「想把不好開口的事告訴別人時，是有訣竅的。在強校中維持人際關係是非常辛苦的。」

「什麼？快給我建議。」

「絕不能找藉口。萬一傷害對方最根本的感情，會被記恨一輩子。」

「不愧是走過地獄一趟的人。還有呢？」

「沒了。」

「這樣啊。如果見到對方，我就說『謝謝妳喜歡我，抱歉我無法回應妳的感情』，然後直接拔腿逃跑，就這麼辦。」

眼前浮現遭春太拋下的我或成島，留在原地拚命安撫學妹的景象。

唉……我忍不住嘆息。

我偷偷掏出手機，打開空白郵件，思索片刻，試著輸入「お」。畫面隨即顯示出預測的詞句：

おつかれ（辛苦了）

おはよ（早）

お母さん（媽）

起こして（叫我起床）

遅れそう（快遲到了）

オーケー（OK）

全是我最近在信中用過的詞句。雖然春太扯什麼像拼圖的歪理，不過我覺得很方便。

……以上的對話，請記在心裡。

發生公園殺鼠事件時提過，推理小說的詭計中，有一種是「密室」。

這是常看書的春太告訴我的，在虛構小說的世界裡，物理上、常識上不可能發生的犯罪，稱爲「不可能犯罪」，而「密室」便是不可能犯罪中最具代表性的詭計。簡單地說，就是有人在凶手不可能進出的空間遇害，只有屍體被發現的命案。當然，有各種變化版本，許多作者發揮獨創性，開發出五花八門的「密室」。

春太激動地說明，「密室」類似摔角技巧中的羅梅洛特殊技（Romero Special），從發動到完結的難度極高，美麗的形式深深吸引老摔角迷，但（混淆警方搜查的）效果等於零。走在正當人生道路上，或過著平凡高中生活的少年少女，肯定不會碰上密室。

不過，若是和「密室」完全相反的事物，就另當別論。

我和春太恰恰遇到這樣的謎團，現在我要說說來龍去脈。

猜猜是什麼？

給個提示，不是將屍體、凶手或物品移到無人能進出的空間的「反密室」喔。

2

我針對自主練習進行一番改革，在此報告一下。

在基本的音階練習中，我加入塔法涅・高貝爾（Taffanel Gaubert）的《長笛完全奏法第二集》。這是透過芹澤的朋友便宜買到的，我向草壁老師千拜託萬拜託，請他為我簡單講解內容。一開始我吹得很勉強，但指頭愈動愈靈活，逐漸抓到節奏感。練長笛約一年半，我似乎不知不覺養成快速視譜吹奏的能力，親身理解到音階存在於長音的延長線上。

如此這般，我從使用節拍器，每天自信崩潰的狀態，稍微前進一步。

練習好快樂。

為了參加社團晨練，我比上課時間提早九十分鐘到校，深深覺得早起的鳥兒有蟲吃。因為能做好面對忙碌一天的準備。

學校一早就有些鬧哄哄。停妥自行車，我走到樓梯口，只見鐵製鞋櫃前，教職員和學生們嚴肅對望。他們全換上鞋子，慌慌張張跑出來。仔細一看，似乎有一群人聚集在舊校舍。

南高的校地內，除了新校舍以外，還有雙層樓的舊校舍。新建築落成，通常會拆除舊建築，仍有部分保留下來，原因是相關人士懷抱強烈的情感。聽說，看到學生將預定拆除的舊校舍地板擦得光可鑑人，學校高層大受感動。

不過，舊校舍並非具有文化財產價值的建築，只勉強通過耐震測試。表面充當集訓所，實際上，早成爲專門製造麻煩的文化社團匯聚的社辦大樓。部分學生和家長甚至取了個不名譽的稱號：青少年野生動物園。

我停下腳步，望向人潮聚集的舊校舍。

哎，算了，我轉回來。

清澄的早晨天空底下，涼爽的風吹拂著，我不由得深呼吸。

好，來晨練吧。今天也要加油！

跑了五、六步，我又忍不住轉身。

因爲我在人群中看到春太的背影。遠遠望去，法國號盒十分醒目，錯不了。在他旁邊，還有一個揹著雙簧管盒的女生，是成島。

我氣喘吁吁地跑到舊校舍前。由於連署活動才得以保留部分建築，容易讓人誤會是古老的木造屋舍，其實並非如此。雖然校方任憑腐朽，卻是擁有水泥瓦屋頂的鋼筋混凝土建築，散發近代建築特有的穩重氣息。正面玄關旁，蘇鐵伸展葉片，宛如舊校舍的象徵。除了看熱鬧的學生以外，總是很早到校的幾個教職員都在場，營造出森嚴的氛圍。

我移動到春太身旁，伸出手指戳他側腹。

「發生什麼事？」

「啊，小千。」春太指向舊校舍。「妳有沒有什麼東西放在那邊的校舍裡？」

管樂社有段時期拿舊校舍當倉庫使用，但現在已全部挪到新校舍的社辦。

沒有……我搖搖頭。

「好像遭小偷了。」

成島盤起雙臂，一手撐著臉頰。

咦！我還在驚訝，馬倫從後方走近。他揹著感覺很結實的薩克斯風盒。

「不一定是遭小偷。只是，今早舊校舍所有門窗都打開了。」

「所有門窗？」

我仰望雙層樓高的矮小舊校舍。

如同馬倫說的，不僅是凸出的正面玄關，每一扇窗都敞開。而且，不是稍微打開，而是全開的狀態。由於社辦教室的門和靠走廊的窗戶大開，甚至看得到另一側的風景。畢竟是老建築，設計時相當注重通風……我感動地想著。

終於明白人潮聚集的理由，這景象實在太奇妙。

「唔……如此開放，看著眞是爽快。」春太舉起雙手伸了個懶腰，一副事不關己的態度，頗爲悠哉。

「看這情形，即使驚動警察也不奇怪。」馬倫歪著頭。

井茶、景茶……我在腦中搜尋馬倫自然說出的詞彙。

「警察！」

眾人嚇一跳，紛紛回頭。「穗村，別這麼大聲。」成島抓住我的胳膊，輕聲制止。

「可是……」

「小千，目前似乎沒有任何一個社辦遭竊。妳看。」

春太努努下巴，我順著指示望去。人群裡，可看見拿舊校舍當社辦的各文化社團社長。他們特色迥異，唯一的共通點是好奇心比別人強。戲劇社的名越和地科研究社的麻生也在其中。兩人和我一樣是二年級，他們茫然若失地並肩站著。或許是心理作用，他們臉色頗差，像在發抖，約莫受到很大的驚嚇。生物社的五個女社員彎腰撐著膝蓋哭哭啼啼，也令人印象深刻。

舊校舍正面玄關有動靜。魔術同好會的男社長和中年教師一起走出來。他頭髮睡得一團亂，睏倦地憋著哈欠，顯然是一早就被叫到學校。「沒東西失竊，社辦也沒被亂翻。」他搖搖頭，雙手掌心朝上聳聳肩，擺出美國人表示不明白時的習慣動作。

沒東西失竊。

社辦也沒被亂翻。

意思是，不曉得發生什麼事？

教師聚在一起商量。雖然聽不到內容，但看來是在猶豫該不該報警。

一股難以言喻的不安逐漸湧上心頭，漣漪靜靜擴散。我悄悄靠近名越和麻生背後，想詢問他們詳情。

名越從制服口袋取出Frisk薄荷糖罐，嘩嘩搖晃。帶這種零食違反校規，而且師長就在附近，他仍不以為意。麻生伸出手，像在說「給我」。她是學校數一數二的長髮美少女，話聲卻如自動提款機的語音般毫無感情，一點都不討喜。

兩人同時張口，把薄荷糖丟進嘴巴，可惜都丟偏，打中後面的我。

「幹麼啦！」

「哦，這不是穗村嗎？」名越回過頭。

「啊，是穗村。」麻生也微微轉頭。

「有沒有重要物品被偷？」我咬碎一粒恰巧掉進嘴裡的薄荷糖。

名越皺著眉，用力搔頭。他沒隱藏內心的混亂，注視著聚在一起的教師。

「沒有。可是，這未免太衰了。」

聽到這一句，麻生甩一下長髮：

「就是啊，眞是衰到家。之後可能又會被找去……」

兩人垮著肩膀離開。以舊校舍爲賊窩——不，社辦的其他文化社團人員，陸陸續續跟在他們身後。生物社的五人挨在一塊，垂著頭不斷吸鼻涕。不曉得是什麼人闖進社辦，引發這樣的騷動，她們肯定嚇壞了。要是家裡碰到相同狀況，我也會感到不舒服。

「小千，再不走會來不及。」

春太揚聲提醒。啊，對了，晨練就要開始。不行不行。我小跑步返回新校舍。

「春太，你怎麼想？」

「居然打開每一扇門窗，應該是爲了好玩吧。」

「爲了好玩？你是指惡作劇嗎？」

「果眞如此，就像名越和麻生說的，會變得很麻煩……」

原來他聽到兩人剛才的對話了。

「你說麻煩，因爲是本校生幹的？」

「怎麼可能？」

「也對。」

確實，不明白的地方太多。假如歹徒只是打開全部門窗找樂子也就罷了，要是有其他目的……

春太搖晃著法國號盒說：

「總之，就稱爲『舊校舍全開事件』吧。」

3

第四節下課前十分鐘，右後方座位的男生傳給我一封信。我驚訝地回頭，似乎是有人親手送來，眼角餘光瞥見一個女生從走廊跑掉。我在全校集會中看過她，應該是學生會書記的一年級生。偷偷溜出課堂嗎？她在做什麼？

信紙空白一大片，我閱讀小字寫的內容：

「二年B班穗村千夏學姊：午休時間請到二樓的視聽教室。另外，便當麻煩帶到視聽教室吃。這是學生會的請求。」

我不禁皺起眉。

雖然跟學生會打過交道，但這麼強硬地找我過去還是第一次。我很煩惱，既然看到內容，也不能當沒這回事。下課後，我提著便當盒和水壺前往視聽教室。

啊～啊，我本來想在社員齊聚的音樂教室吃午餐。

打開二樓東側的視聽教室拉門一看——

三年級的前任學生會長日野原秀一坐在桌上，神情自在。他的眼神銳利，體格如獵犬般精實，身高超過一百八十公分。

「抱歉，我走錯了……」

我靜靜關上拉門。

「喂、喂，穗村，不要走！」

拉門裡傳出幼稚的嚷嚷聲，無可奈何，我只好再次打開門，露骨地發出厭惡的一聲：「嗯。」視聽教室裡只有日野原一個人。至今爲止的校園生活中，被他耍得團團轉的記憶在腦海盤旋。

「嗨，穗村，抱歉吃掉妳的午休。」

「原來午休可以吃啊。」

我故意跳起來，佯裝驚訝。

「還以爲跟你徹底斷絕關係了……」

背後傳來春太的話聲，我回頭一看，便曉得他一樣是被找來視聽教室。

「有問題就該找上条和穗村。最近你們忙著練習，一直逮不到人，所以我想邊吃飯邊談。」

日野原毫不害臊，指著眼前的桌子。只見他準備了福利社的紙盒果汁和甜麵包。這傢伙就是這麼貼心，教人恨不起來。恭敬不如從命，我卸下客氣，伸手拿吃的。

「那封信是要做什麼？」

春太坐下後，打開便當盒。他還是高中生，卻一個人住，所以吃的是撒上香鬆的白飯配罐頭鮪魚。這個月的財務顯然陷入危機。看著實在太可憐，我夾炸雞、煎蛋和一些小菜給他。

「信嗎？我拜託學生會的學弟妹送的。」

日野原啃著福利社買來的鹹麵包應道。上課時間也願意遵從你的命令？你的影響力究竟有多大？我忍不住想嘀咕。

「你不是退出學生會了嗎？」

春太一問，日野原有些尷尬地蹙眉：

「問題就出在這裡，我一退出，學生會整個停擺……」

我嘴巴不停嚼動著，想像魅力十足、能幹又獨裁的大老闆退休後，公司化為廢墟的樣子。

「噯，真傷腦筋。」

日野原深深垂下頭。全校最有自信的傢伙居然講起洩氣話，目睹這樣的落差，相當不可思議。他長嘆一口氣：

「我深切體會到，領袖最重要的工作就是培育接班人……」

「年紀輕輕十幾歲就能體悟，不是很棒嗎？」春太津津有味地吃著煎蛋。

「是啊，這是個好經驗。」日野原得到原諒自己的好藉口，旋即抬起頭。簡單來說，這個人根本沒在沮喪嘛。「大學推甄通過了，我想在畢業前好好輔助學生會，並培養接班人。」

「你硬把我們兩個外人找來，目的是什麼？」

「我信上用的應該是『請』。」

「不必玩文字遊戲。」

日野原哼一聲，把吸管插進紙盒果汁。一口氣喝光後，一把捏扁盒子。啊，他恢復平常的狀態了。

「進入正題吧。今早舊校舍發生的事……」

「欸，」我對春太低語：「分一點鮪魚給我。」

「要醬油嗎？」

「好哇、好哇。」

「聽我說話啦！」日野原大吼。

吵死人了，眞是的。我含住筷子頭：「是春太稱爲『舊校舍全開事件』的那件事吧？」

「形容得妙，就這麼稱呼。當時你們在『舊校舍全開事件』的現場吧？」

春太點點頭，不情願地應道：「嗯，那是一大清早。」

「我不在現場，是事後聽說的。現在狀況變得相當棘手。」

「棘手？」我想起今早春太的話。

「我馬上說明。喏，邊吃邊聊吧。」

日野原和扒便當的春太交談起來。

「第一堂課結束前，校方緊急進行調查。對象是以舊校舍為社辦的文化社團每一名社員。調查內容是有無物品失竊。」

「調查？這麼一提，上課時，我們班有個同學缺席。是被叫去職員室嗎？」

「不，他們再次集合到舊校舍。」

「早上不就知道沒東西被偷嗎？」

「有必要仔細確認吧？順帶一提，舊校舍裡沒有學校的貴重物品。高價備用品、租借設備、縣政府的公文等官方文件，全移到保全系統更完善的新校舍。舊校舍裡只有那夥人的私人物品。」

春太咕嚕嚕喝光紙盒果汁，「那麼，調查結果如何？」

「根據全員的證詞，再度確認沒有物品失竊。這表示『舊校舍全開事件』，是想找樂子的『愉快犯』幹的。說得委婉些，就是惡作劇。」

「站在校方立場，會希望形容為後者。」

「是啊。」

「犯人是本校生嗎？」

「還不清楚。據說往後的對策，是加強門窗上鎖及校內巡邏。既然可能是學生幹的，校方採取不報警的方針，呼籲犯人主動出面。」

春太停下筷子，忽然皺眉：「日野原學長，你很清楚這件事呢。上午你都沒上課嗎？」

「我非常關心『舊校舍全開事件』，所以蹺課了。表面上是說去保健室。我不必準備考試，畢業以前的在校時光，類似破關後的獎勵關卡。」

這番話實在刺耳。我咬著吸管，表情瞬間扭曲。

春太抬起眼，「那麼，剛才這些消息的來源是……？」

「我直接向接受調查的文化社團學生和副校長求證過。」

「呃，日野原學長。」

「什麼？」

「確認一下，『舊校舍全開事件』沒物品失竊吧？往後會加強門窗上鎖和巡邏。」

「聽說是這樣的方針。」日野原靠在椅背上，交疊起伸長的雙腿。

「這樣說似乎有點不自量力，不過，現階段有什麼我們能做的嗎？」

「假設犯人是學生，不是還有揪出犯人這個樂趣嗎？」

「樂趣……」春太的側臉浮現僵硬的笑。「退讓百步，如果眞的找出犯人，你要怎麼處理？」

「我們在法律上還未成年，但我仍希望表現得像個大人。這次事件中，沒東西失竊，也沒翻箱倒櫃的痕跡。犯人或許是想惡作劇，但我希望他能明白，他造成極爲嚴重的損害。」

嚴重的損害……什麼意思？

春太嚼著炸雞塊，「沒東西失竊，也沒遭翻箱倒櫃，卻有不可告人的損害嗎？我看到生物社的女社員在哭。」

早上的情景，春太還眞觀察入微。

「她們當然要哭，老師懷疑她們是犯人。」

「咦？」

「她們有前科，在去年的文化祭偷走結晶。還記得吧？她們就是鬧到差點要叫警察的始作俑者。現在發生類似的狀況，也難怪她們會蒙上嫌疑。」

「那是——」

我想抗議，她們有情非得已的苦衷啊！

「等一下，我可沒說她們是犯人。自從去年引發騷動以來，她們便扛起原本是輪流制的舊校舍清掃工作。」

「眞的嗎？」

「對。她們每天早晚徹底清掃兩次，讓舊校舍維持在一塵不染的狀態。舊校舍建築老舊，周圍又很多樹木，經常出現從沒看過的恐怖蟲子和蟑螂，甚至嚇得二年級的麻生尖叫連連。這陣子託生物社的福，那類蟲子全部絕跡。」

之前她們給文化社團惹了很大的麻煩，但努力贖罪的姿態，令人不由得感動。

「這麼一提，今年暑假，我看到她們穿著運動服修繕舊校舍，也是此一緣故嗎？」

今年暑假被趕出公寓，在學校紮營的春太問。

「舊校舍遲早要拆掉，牆壁和柱子都很破爛，到處都有裂痕和破洞。有些地方會漏風或漏水，她們去居家修繕賣場買石膏板和補土修補。」

以前有一群學生，將原本決定拆除的舊校舍地板擦得光可鑑人，生物社似乎繼承他們的精神。

為了讓舊校舍能長久供學生使用……

「我認為生物社不是犯人。」

「我也想這麼認為。」春太說。

「可能性是零，我能斷定。不過，沒辦法把根據告訴老師。」

我和春太對望一眼，傾身向前。隔一拍呼吸，日野原再度開口：

「根據就是鑰匙，社辦的鑰匙。」

「鑰匙？」春太不停眨眼，複誦一遍。

「你們應該知道，以舊校舍為據點的文化社團，全是些怪人吧？生物社、硬筆畫社、魔術同好會還算正常，但大部分都名列學生會管理的黑名單。包括戲劇社、發明社、地科研究社、初戀研究社、美國民謠社……」

「別說是怪人，根本是奇人，會出現在怪胎世界博覽會的一群人。我一直跟他們打交道，清楚得很。」

「在某種意義上，他們做的都是高尚的事，所以社辦裡放的全是絕不能失竊的貴重物品。」

聽著兩人的對話，我暗暗想著：確實，光是麻生率領的地科研究社，社辦裡就放好幾台電腦，並保存著在市內挖掘到的貴重礦石。

「由於是絕不能失竊的東西，他們擅自更換社辦門鎖，以免遭外人或宵小下手。而且，居然用了磁力鎖，窗戶也從鐵鉤鎖換成密碼鎖。」

我像海綿般空洞應和，忽然回神，微微舉手問：

「請問……什麼是磁力鎖？」

「磁力鎖是沒有溝槽的鎖，無法撬開。附帶一提，這鎖的來源是初戀研究社的朝霧。他們家開徵信社，據說是靠著門路便宜買到的。這夥人全自掏腰包升級門鎖，認爲校方應該稱讚他們，沒道理責備他們。」

我等待理解力追趕上來，同時爲世上有這麼厲害的鎖感到驚訝。

「老師們不曉得社辦用的是這麼厲害的鎖嗎？」

「要是被發現，就得恢復原狀吧？所以全員保密。鑰匙是職員室管理的，但意外地不會曝光。」

春太微微張口，無法反應。他的臉色漸漸變得蒼白。

「上条、穗村，你們聽好。總之，生物社的女生沒辦法引發什麼『舊校舍全開事件』。外行人不可能打得開磁力鎖和密碼式窗鎖。尤其是磁力鎖非常難纏，即使拿電鑽進行物理性破壞，也無法開啓。這次的犯人是個超級高手，連電影《逃獄風雲》（*The Escape Artist*）裡的天才魔術師丹尼都要甘拜下風。」

「逃獄風雲？」我不曉得這部電影。

「要是有興趣，推薦看一下。由凱萊布．丹斯切爾（Caleb Deschanel）導演，是一部名作。發明社的荻本兄弟看完眞心動怒：『這部電影太過分，怎麼能把開鎖的手法全揭底？』」

這番感想讓人不禁懷疑，犯人會不會是發明社的萩本兄弟？

總之，我已明白將舊校舍的門窗全部打開，需要非比尋常的技術。回溯今早的記憶，戲劇社的名越和地科研究室的麻生茫然若失地並肩站著。

不應該打得開的舊校舍門戶洞開——

所以，他們才會大受驚嚇嗎？

日野原憤憤地一拳打在桌上：

「可惡！我無法原諒的是，有『青少年野生動物園』之稱的那棟舊校舍，保全性能居然比這棟新校舍好！」

憤慨的點是這裡嗎？

我窺望身旁春太的反應。他一臉嚴肅，沉默不語，目光低垂思考著什麼。不久後，他低聲喃喃：「真詭異。」

「咦，詭異？」

「這等於是有人在實地展演，將固若金湯的舊校舍門窗鎖全部打開。真有這樣的開鎖高手，新校舍的保全系統豈不是更不堪一擊？職員室裡的考卷，也可輕易偷到手。」

「確實……」

我忍不住後退，日野原激動的呼吸漸漸平息。

「你總算理解南高面臨的危機，老師們還沒發現。」

春太輕舉雙手，彷彿在表示「我投降」。

「我可不想跟那麼可怕的開鎖犯作對。假如是校外人士，更無計可施，何況對方可能有危險的同夥。這是警方的工作。」

「這麼快就認輸？」

春太沒理會日野原廉價的挑釁，「懦弱膽小有什麼錯？」

嗯嗯，我不斷點頭。

「上条，仔細聽著，我們能做的事有限。」

春太提防地抬頭：

「有限？」

「沒錯。南高還有這個城鎮，一向和平寧靜，對吧？」

「唔……」

「要不要以沒有可怕的開鎖犯爲前提，試著推理『舊校舍全開事件』是否可能發生？這樣更符合現實情況。若你同情蒙上嫌疑的生物社，就提供一點智慧吧。」

4

事情發展愈來愈怪。日野原移動到視聽教室黑板前，拿起白色粉筆寫字。

「其實，昨天社辦在舊校舍的文化社團，舉辦聯合引退典禮。那裡類似一種宿舍，一碰上活動，特別能發揮團結力。社員各自帶來點心和飲料，說白點就是舉辦歡送會。重頭戲是，有個暑假全家出國的學生，在會上秀出從外國帶回來的禮物。」

我一邊聽，一邊想起美民的成員昨天沒參加管樂社的練習。他們身兼兩社，我沒細問，原來是這個緣故。

身旁的春太服似乎感到不可思議：

「帶點心和飲料？你事前就知道嗎？」

「我睜一隻眼、閉一隻眼。我很能通融的，只要事後收拾乾淨，可以裝作不知情。喏，看看黑板吧。」

〈昨天〉
17:00　三年級聯合引退典禮開始。
18:50　三年級聯合引退典禮結束。
19:00　校規規定的的最後離校時間。
19:30　巡視的教師從外頭檢查舊校舍的門窗確實鎖好。
〈今天〉
06:30　「舊校舍全開事件」爆發。第一發現者爲教師。

春太起身看黑板：

「十九點半的時候，舊校舍的門窗確實是鎖好的。」

日野原拍拍手上的粉筆灰：

「沒錯，昨天副校長拿著手電筒巡視。他不是隨便的人，繞舊校舍一圈，確認過正面玄關和窗戶都鎖好。當時，舊校舍完全上鎖，並且熄燈。」

「會不會是有人被關在裡面？」

聽到春太的問題，日野原揚起單眉：

「你是說，沒帶鑰匙的社員被留在裡面嗎？」

「對。搞不好急忙跑出來，沒上鎖就回家。」

「若是那樣，應該只會從裡面打開正面玄關或一扇窗戶吧。沒道理冒著讓社辦遭竊的風險，刻意打開全部門窗。最重要的是，換成鎖中之王的磁力鎖的社辦，多達五個社團。」

日野原接著說下去：

「附帶一提，參加引退典禮的社員，全在二十一點以前回家。調查是否發生竊案時，向家長確認過。」

默默聆聽的我又悄悄舉手：

「呃，是不是有些小題大作？」

「教職員根本不曉得有哪些私人物品，需要學生在場清點。確認作業在今天第一堂課就結束。」

春太坐回椅子上，開口：「『舊校舍全開事件』，推測發生在昨天十九點半到今早六點半的十一個小時之間，是嗎？」

日野原搖搖頭，「不。聽說今天進行確認作業時，住在附近的老人待在學校圍欄外，表示昨晚二十一點左右，看到舊校舍所有窗戶都開著。剛才提過，窗戶的鎖是密碼式的。裝磁力鎖的社辦大門，在沒打破窗戶的狀況下解開。這個時間點，舊校舍應該已是全開狀態。」

日野原在黑板上補充寫下：

〈昨天〉

17:00　三年級聯合引退典禮開始。
18:50　三年級聯合引退典禮結束。
19:00　校規規定的的最後離校時間。
19:30　巡視的教師從外頭檢查舊校舍的門窗確實鎖好。
21:00　**舊校舍所有窗戶打開，有目擊者。**
（參加聯合引退典禮的社員都在這個時間以前回家）

〈今天〉

06:30　舊校舍全開事件爆發。第一發現者爲教師。

日野原拿指示棒敲敲黑板：

「『舊校舍全開事件』發生在昨晚十九點半到二十一點之間，一個半小時內。」

春太似乎無法全盤接受日野原的說法。他交抱雙臂，喃喃低語：

「有辦法在一個半小時半內，把舊校舍全部打開嗎？」

「如果沒有鑰匙，可能性幾乎是零。除非是《逃獄風雲》裡的丹尼跑出大銀幕，就能化不可能爲可能。」

犯人就是丹尼啦，我眞想這麼說。

春太耐性十足地追問：「鑰匙是由職員室保管的吧？」

「沒錯。負責巡視的副校長回職員室前，舊校舍的文化社團的學生代表，會收齊鑰匙一起歸還。」

「然後犯人潛入職員室，再前往舊校舍？」

「從職員室偷出鑰匙可不容易。」

「怎麼說？」

「每一所學校應該都是這樣，爲了校園安全，和保全公司簽約。鑰匙有祕密保管地點。南高是放在裝密碼鎖的保險櫃。除了專用鑰匙外，還必須聯絡保全公司詢問密碼，否則不能打開。密碼每天都會更換。」

「在鑰匙收進密碼鎖保險櫃前，只拿走舊校舍的鑰匙不就行了嗎？」

「聽副校長說，舊校舍的鑰匙一歸還，職員室的老師會立刻收進保險櫃。」

「有沒有可能先拿走保險櫃的鑰匙，暫時離開職員室去聯絡保全公司，取得密碼後，再次溜進職員室？」

「太麻煩了吧。」

「只要有可能，機率再小都不能忽略。」

「『早到的老師』和『晚歸的老師』大部分是固定那幾個。爲了確定門窗有沒有關好，他們都帶著通行門和職員室的鑰匙進出。可以聯絡保全公司的，只有『早到的老師』和『晚歸的老師』，及一部分的老師。當然，早已向那些人進行確認。」

春太用力搔著頭髮，「十九點半到二十一點之間，有人在沒鑰匙的情況下，把舊校舍門窗全部打開，是嗎？」

「剛才提過，不管在時間上或物理上，要成功都極爲困難。順帶一提，老師們似乎都以爲舊校舍老朽，可輕易打開。眼不見爲淨，還是不說爲妙。」

經過一段漫長的沉默，春太苦澀地開口：

「日野原學長……」

「什麼？」

「犯人就當是丹尼吧。」

春太起身準備回教室。等等，不要丟下我！我準備跟著開溜。

不出所料，日野原揪住我們的胳臂，硬是拖住我們。

「不准逃！就是想正面突破，才會陷入邏輯的死胡同。世上沒有什麼丹尼，也沒有可怕的開鎖犯，以這樣的前提思考吧。」

「太困難啦。」

春太不甘願地回座，嘔氣般拄著臉頰。

「解開輝夜姬提出的不可能任務（註），不是你的拿手好戲嗎？」

春太噘起嘴，不急不徐地從制服口袋掏出手機。

「你要做什麼？」我探頭看。

「直接問當事人之一——美民的清春比較快。」

「原則上手機是不可以帶進學校的，你傳電子郵件吧。」日野原從上面俯視。

「我就是要傳電子郵件啊。」

春太用拇指輸入文字，傳送出去。清春一向勤快，兩分鐘左右就回信。附帶一提，在我們社團裡，會以「urgent」表示「緊急要事」。

〔主旨〕Re:（urgent）今早的事，你有什麼看法？
〔內文〕讓人很震驚呢。
　　下了封口令，我不能多說。
　　請不要再問我這件事。

「封口令。」春太闔上手機，苦澀地低喃。
「果然被老師封口了。」我鼓起臉頰。
「什麼封口，未免太難聽。是避免騷動擴大，謹慎調查相關事實。」日野原得意揚揚地吐出體制走狗的發言。
眞是的……春太轉換心情般嘆口氣，表情凝重，陷入沉默。他注視半空一會，出聲：
「捨棄正攻法吧。」
「很好，不愧是我的上条。」
在這暗中摸索的狀態下，我似乎窺見日野原利用他人解謎的構圖。

註：日本民間傳說《竹取物語》中的女主角，自竹節中誕生，成長得美豔動人，受到五名貴公子求婚。但輝夜姬提出種種難題拒絕，甚至也拒絕天皇求婚，於月夜升天。

「除了門戶洞開以外，沒有任何變化嗎？」

「變化？什麼意思？」

「詢問過每個人後，確定沒任何物品失竊吧？不過有可能是昨天帶到歡送會的東西不見。」

「你說點心和果汁嗎？」

「不是啦。歡送會不是有重頭戲嗎？有個學生暑假全家出國玩，預定在會上秀出從國外帶回來的東西吧？」

「唔，我是這麼聽說。哪裡不對勁嗎？」

「有一點頗奇怪。假設暑假是八月，現在是十月，再過幾天就進入十一月。從暑假到現在，起碼有兩個月的空檔。如果得到什麼特別的東西，一般都會在暑假一結束就拿出來吧？」

我雙手放在桌上，回望春太。「對啊，我也覺得奇怪，爲什麼要等到現在才秀出來？」

「確實如此。」日野原歪頭，露出思忖的眼神。

「『舊校舍全開事件』本身很不自然，如今又發現另一件不自然的事。接連發生不自然的事，不覺得是有什麼理所當然的理由嗎？」春太解釋。

「這樣啊……」

「只要解開其中一個不自然，或許就能解釋另一個不自然。日野原學長提出假說，認爲『沒有可怕的開鎖犯』，那麼，我們找到的疑點，就是出國旅行帶回來的東西，拖延兩個月才公開。」

「確實像是你會注意到的疑點。好，就從這裡下手。既然用『秀』這個字眼，也可解釋為『準備好了』。」

「沒錯。有兩種可能：第一，需要兩個月準備；第二，這兩個月東西都不在手邊。先來討論第一種情況，比如，那是盆栽之類的植物，在等開花……」

由於看出方向，我加入討論：

「也可能是魚或動物。像是買了蛋或幼體，在等牠長大。」

「喂喂喂，」日野原打斷我們的對話。「動植物很難通過日本的檢疫吧？我國中時去印尼住過寄宿家庭，帶回來的火腿被扣留了。」

「那麼，是動植物以外的東西？」春太推測。

「依一般常識來看，不太可能是動植物。耗費兩個月完成一樣東西，還比較有說服力。譬如，勞作或家具。」

「家具？怎麼會冒出家具？」

「那個出國的學生是去瑞典。瑞典是北歐很受歡迎的旅遊國家。提到瑞典，不就會聯想到北歐的家具嗎？」

「我想到諾貝爾獎和海盜。」春太撫摸鼻梁，像在思索。

「還有聖誕老公公和姆米。」我得意地接著說，不料春太嘆氣糾正「那是芬蘭啦，小千……」，我一陣沮喪。

春太再次打開手機，又傳一封信給美民的清春。很快收到回覆，我和日野原探頭看。

〔主旨〕Re:（urgent）聯合引退典禮的重頭戲是什麼？
〔內文〕饒了我吧。
欸，你旁邊是不是有別人？
是雜貨店或超市都買得到的庶民食物。
我不能透露更多，甲田學長會生氣。
我不會再回信嘍！

文中提到的甲田學長，是曾擔任美民社長的三年級男生。
「原來是食物。」春太意外地闔起手機。「現在知道是雜貨店或超市會販賣，可放兩個月不會壞掉的東西。不過，『秀』會用在吃的東西上嗎？」
「會不會是你剛才說的第二種可能？這兩個月東西都不在手邊。」
「在等貨到嗎？」春太提出疑問。
「雜貨店或超市會販賣，需要兩個月才能訂到貨？在我心中沒辦法兩全。」
「就是說啊。」
「退讓百步，假設是從國外訂購，寄航空兩週就到了吧？」
春太和日野原乖乖沉默。也不是乖，那表情更像是難以理解，大概是推理陷入瓶頸。
這種情況下，我不好插嘴……不過，是我想錯了。
「硬是寄信煩清春，我似乎快看出一件事。」春太抬起頭。

「嗯。」日野原流露銳利的目光。

「咦，什麼？」我一陣慌亂。

「看來，封口令不是校方下的。」

「看來，舊校舍的文化社團正聯手試圖隱瞞什麼。」

「沒錯。」春太接著道：「他們應該沒撒謊，但有事沒講出來。」

日野原的表情變得嚴峻。他挺起胸膛，把指頭扳得吱咯響，像是準備在空地痛毆大雄的胖虎，凶狠地說：「好，我去讓那夥人一五一十全招出來。」

「日野原學長，不能動拳腳。」

幸好春太幫忙勸阻。

「什麼？我怎麼可能動拳腳？我只會跟他們玩玩捉迷藏。我是騎著速克達的魔鬼！」

眼前浮現血腥暴力的畫面，誰來阻止這個人啊。

「我說啊，日野原學長。」春太朝地上深深嘆氣。「我們完全晚了一步。」

「晚了一步？」

日野原微微揚起眉毛，重複春太的話。

「日野原學長跟我們一起度過午休的期間，他們恐怕已串供完畢。既然他們那麼團結，這部分一定是滴水不漏。想想清春的第二封回信，他不是問我旁邊有沒有人？他們肯定會提高戒備。」

「……眞的嗎？」

「就算你對自己的拳腳有自信，對手可是法外文化社團聯盟，領軍的是榮登學生會黑名單的問題學生。日野原陣營只有三個人，不管在智力或戰力上，實在沒任何勝算。」
想到連一個戲劇社的名越都搞不定，日野原啞然失聲。那模樣眞是一絕。
此時，鈴聲響起，還有五分鐘午休結束。
「啊，鈴響了。」春太仰望裝在天花板上的喇叭。
「該回教室了。」我拉開椅子。
「他們到底在搞什麼啊啊啊啊！」
失去理智的日野原，揪住春太的前襟大力搖晃。春太腦袋前後搖擺，宛如斷了莖的向日葵，露出一副「煩死人了」的表情。

5

意外地，「舊校舍全開事件」的眞相很快揭曉。
上第六堂課時，日野原傳一封信過來。

〔主旨〕日野原來信。
〔內文〕放學後再來視聽教室一趟。
拜託，請過來。
我會先跟顧問和社長說一聲！
上条似乎已解開「舊校舍全開事件」之謎。

導師時間後，我匆匆結束打掃工作，趕往二樓的視聽教室。我猛一拉開門，準備向突然找我過來的傢伙埋怨幾句，卻嚇一跳。

戲劇社的名越和地科研究社的麻生，窘迫地待在靠操場的窗邊。

「你們怎麼在這裡？」我越過桌子走近。

「前任學生會長叫我們來的。」

名越嘖一聲，不爽地應道。視聽教室的黑板上，還留著中午日野原寫下的時間表。大概是難以正視，名越的目光飄忽不定，麻生則乾脆撇開臉，完全無視。

沒等多久，日野原說著「抱歉遲到了」，和春太一起進入視聽教室。

我以眼神詢問春太：「怎麼回事？」

「啊，小千。我趁第五堂的下課時間，去電腦教室查了一下，只差一步就能解開今早的『舊校舍全開事件』之謎。」

聽到「舊校舍全開事件」這煞有介事的名稱，名越和麻生的表情一變，顯然相當不愉快，彷彿不願回想。春太對他們合掌，提出請求：

「我特地要你們過來，是想請兩位當代表。既然引發這樣的軒然大波，你們多少反省過吧？希望你們坦白說出，昨天的聯合引退典禮中發生什麼事。」

「喂，上条。」在一旁聆聽的日野原插話。「他們曉得『舊校舍全開事件』的眞相是吧？」

「社辦在舊校舍的每一個文化社團都曉得眞相，不光是他們有責任。」

名越充滿戒備的神情一僵，嘴巴抿得緊緊的……在我看來。

他和麻生交換了眼神……在我看來。

我等待兩人說出眞相。

以操場上的田徑隊和足球隊爲首，接著從體育館輪流傳來，各社團結束活動的號令與吆喝聲。每一個社團的三年級生幾乎都已退出活動，聲音卻比夏天時更宏亮。

然而，兩人一聲不吭。

「封口令」三個字，逐漸充滿眞實性。

「舊校舍怎麼會門戶洞開，來說說我絞盡腦汁想出的推論吧。」

春太開口，我屏息聆聽。

「參加聯合引退典禮的社員共謀，打開舊校舍所有門窗，然後回家。社辦的貴重物品分頭搬到其他地方，或是帶回家，以免失竊。」

咦，全員共謀打開舊校舍所有門窗？

就這樣回家？

什麼跟什麼？

我傻在原地，望向名越和麻生。兩人都撇開臉，看不出表情。

這時，響起一道激動過度、幾乎是目瞪口呆的呻吟。是日野原。

「喂，上条，可以解釋一下，讓我也能聽懂嗎？」

「『可怕的開鎖犯不存在』的假說要成立，固若金湯的舊校舍門窗，只能由持有鑰匙的當事人打開。問題在於，爲何非要這麼做？」

「為什麼？」

「今天早上日野原學長不在現場，所以不知道。門戶洞開的舊校舍，可看到另一側的景色。舊校舍是在沒空調的時代落成，設計講求通風。」

對，記憶中的場面在腦海復甦。

「打開全部門窗，是為了通風？」日野原問。

「應該沒錯。他們有必要讓舊校舍保持通風一夜，原本打算隔天早上趁著尚未被發現前恢復原狀，沒想到負責人睡過頭，晚了一步。」

我想起今早名越和麻生狼狽的模樣。

「我不懂。讓舊校舍通風要做什麼？」

「在說明通風的目的前，我想先談談他們何時把社辦的貴重物品放回原位。」

「啊，確實還有這個問題……」

「日野原學長提過，舊校舍裡沒有學校的貴重物品，昂貴的備用品、租借設備、縣政府公文等官方資料，都轉移到保全完善的新校舍。舊校舍只有他們的私人物品。第一堂課進行的確認作業沒有意義，老師根本不曉得他們放了些什麼東西，全憑他們的一面之詞。只要混過這一關，再神不知鬼不覺地把前天搬出去的東西放回原位就行。」

日野原發出呻吟。

春太的推理似乎即將進入高潮：

「暑假去瑞典買回來的禮物，為什麼要等到十月才亮相？中間相隔兩個月，應該是耗費這麼久才弄到手。我查了一下，寄船運得花兩個月。如果買回來的是那種食物，恐怕不能當成隨身行李，也不能寄空運。這可能是一生一次的經驗，大家都很期待在聯合引退典禮上開封。」

那是什麼食物？

開封……？

我一頭霧水。

春太拉過椅子，在名越和麻生面前坐下：

「接下來的事實在太蠢，我說不出口。身爲舊校舍文化社團的代表，請坦白眞相吧。」

瞬間，名越朝麻生使個眼色。麻生微微搖頭，於是名越微微張嘴：

「我完全不懂上条在說什麼……」

「我都說到這種地步了，你們還要裝傻？」

「我們沒興趣奉陪上条的胡言亂語。」

「如果有物證，你們就願意吐實嗎？」

「物證？」名越連連眨眼，又和麻生交換視線。約莫是自信十足，他稍稍揚起嘴角，但我沒漏看。「怎麼可能有什麼物證？」

「當事人應該全串好口供，想得到的證據也都藏妥。名越和麻生很聰明，天衣無縫。」

春太掌心向上，伸向兩人。

「喂，你那隻手要幹麼？討糖果嗎？」名越吐槽。

「誰都可以，手機借我一下。」

「喂喂喂，哪能說借就借？你有點隱私概念好嗎？」

「我沒要看照片、郵件或通訊錄。況且，可以拿來當成證據的東西，你們趁早上或午休時間都刪掉了吧。」

名越有點被說服，春太接著道：

「你可以親自操作。請開啓新郵件，輸入一個我說的字。只要你願意配合，日野原學長應該會既往不咎。」

日野原露出「我才沒這麼說」的表情，但還是催促：「好吧。這點小事，你們可以配合上条吧？」

名越有些困惑，仍取出手機，用拇指操作。

春太發出指示：

「名越，請輸入『し』。名越和麻生都是社長，應該會發群組信給社員。」

名越操作手機，接著雙眼驚愕地圓睜，尖叫：

「怎麼會！」

麻生慌忙取出手機，進行相同的操作。「啊……」她第一次發出驚呼。

「不覺得這是個意外的盲點嗎？就算刪除照片和郵件，還是漏掉其他證據。」

春太起身，從名越顫抖的手中取走手機，將螢幕轉向我和日野原。

畫面上，以「し」開頭的詞句，依名越使用過的順序顯示出預測結果。

シュールストレミング（Surströmming）

じゃあ（拜）

しかも（而且）

しばらく（一會兒）

実は（其實）

しっかり（振作）

「什、什麼？Surströmming是什麼？」

我喃喃念出這個陌生的單字。

「這就是不動如山的證據。Surströmming，是瑞典生產的、全世界最臭的罐頭。那是一種發酵的鹽醃鯡魚，由於發酵過頭，罐頭往往會膨脹。電視上經常介紹，或許你們也知道。據說實在太臭，常拿來當男子漢試膽的工具。一向在八月上市，恰恰符合暑假的時期。」

春太走到黑板，拿起紅色粉筆，說著「大概是這樣吧……」，在黑板上補充幾點。

〈昨天〉

17:00　三年級聯合引退典禮開始。

18:50　三年級聯合引退典禮結束。

結束前，先進行聯合引退典禮的重頭戲——鹽醃鯡魚罐頭開封儀式。

原本打算大家一起試吃，但異臭超乎預期，眾人連忙收拾

殘局，卻為時已晚。

舊校舍內惡臭彌漫。

19:00 校規規定的的最後離校時間。

19:30 巡視的教師從外面檢查舊校舍的門窗確實鎖好。

這時全員都還在舊校舍內。

眾人慌忙打掃，卻怎麼樣都無法讓臭味消散。

深思熟慮後，眾人決定打開舊校舍所有門窗，然後回家。

物品全部移到別處，或是帶回家。

21:00 舊校舍所有窗戶打開，有目擊者。

（參加聯合引退典禮的社員都在這個時間前回家）

〈今天〉

06:30 「舊校舍全開事件」爆發。第一發現者爲教師。

應該將門窗回復原狀的社員睡過頭，晚了一步，愣在現場。

我難以置信地注視黑板上的時間表，詢問春太：

「真的那麼臭嗎？」

「臭到登上金氏世界紀錄。聽說位於下風處的住家，一氧化碳偵測器會警鈴大作。」

不難想像昨天傍晚舊校舍內爆發怎樣的大恐慌。

背後傳來「咕咕咕」的漏氣聲。麻生忍不住彎下腰，雙手捧腹，拚命憋著笑：「那實在超級臭。」

底被掀光的名越一臉清爽地搔著腰：

「哎呀，太小看鹽醃鯡魚了。託牠的福，我們瞭解到『全世界最臭』是實至名歸。由於眞的太臭，三年級不小心把罐頭內容物潑到地上，鞋子還踩到，導致臭味蔓延至走廊和舊校舍二樓，簡直慘到家。從沒碰過這麼恐怖的狀況。」

我提心吊膽地望著日野原。他一臉痴呆，嘴巴半張，虛脫地坐下。這也難怪。

「附帶一提，我們努力全部吃完，可沒浪費食物。」名越毫不心虛。

「這麼容易逮到證據，世界變得眞方便。」

春太擦掉黑板上的字，「舊校舍全開事件」的無聊眞相解開，我們離開視聽教室，準備加入社團活動。

6

我希望犯人明白自己造成多麼嚴重的損害——

從二樓視聽教室前往四樓音樂教室，必須上樓梯，春太卻往下走。我探出扶手問：

「你要去哪裡？」

他背對我，只回頭小聲說：「埋伏名越和麻生。」

「……爲什麼？」

「關於『舊校舍全開事件』，有些問題沒弄清楚。」

「不是解決了嗎？」

「還沒。」

「還沒？」

「比如，日野原學長爲何對眞相這麼執著。」

「咦？」

「他不是蹺課到處打聽嗎？可惜毫無成果，才會利用學弟妹，趁午休時間找我們出來。甚至買麵包和果汁賄賂我們。」

「通過大學推甄後，他想必很閒吧。」

「他哪會閒到去做這種事？」

這麼一提，日野原一連串的行動確實令人難以釋懷。一腳踏進這起事件的我急忙跑下樓，決定奉陪春太。

我們藏身在樓梯平台角落，埋伏名越和麻生。

不久後，傳來拖鞋的磨擦聲和名越的話聲：「居然兩三下就曝光，得快點通知大家。」我們和剛下樓的名越及麻生目光交會，兩人頓時停步。

「我想問你們，鹽醃鯡魚罐頭只能在戶外打開，爲什麼還在舊校舍裡亮相？」

春太的語氣有些恐怖，嚇我一跳。

我們移動到樓梯口。到處都是準備回家的學生，我、春太、名越和麻生躲到冷僻的來賓用鞋櫃後方，通往緊急逃生口的陰暗處。

「那種鯡魚罐頭一定要在戶外打開嗎？」不瞭解詳情的我問春太。

「除非相當熟悉調理方法，否則鹽醃鯡魚罐頭最好在戶外打開。另外，必須確認是否位於下風處。購買時店家應該會說明，不然上網一查也會知道。」

「原來是那麼可怕的罐頭。」

「在瑞典以外的國家，若是在錯誤的地點打開，還會因惡臭遭到通報。你們應該有這點程度的預備知識。」春太望向兩人。

名越尷尬地搖晃肩膀，撇下嘴角：

「……是啦。不過在瑞典，那是庶民的食物，不是像炸彈一樣的危險物品，只要在能確保安全的地方打開就行。比如，周遭空無一物的室外、可偵測風向的地點等等。南高的環境符合條件，我們才決定舉行開罐大會。」

「在什麼地方？」我問。

「海邊。」麻生低聲回答。

啊，我恍然大悟。南高是沿海而建，擁有最適合打開鹽醃鯡魚罐頭的地理環境。

「如同麻生說的，原本選在海邊，大家要一起走過去。」

「那怎麼會在舊校舍裡打開？」我十分疑惑。

「搞不清狀況的三年級學長懶得移動，突然在聯合引退典禮會場打開。那個人也許是想嚇嚇大家，應該沒惡意，只是好奇心太強……」

名越望向麻生。她輕應一聲，將長髮勾到耳後，簡潔說明當時的情形：

「遠遠超乎想像，我親眼目睹霧狀氣體直噴天花板。」

光是聽她描述，我便覺得毛骨悚然。

「唔，接下來的發展，跟上条寫在視聽教室黑板的吻合。」名越嘆氣。「哎，當時眾人恐慌的模樣，眞不是蓋的。我得強調，罐頭很臭、制服會沾上味道，這些大家都有心理準備，並不在乎。這輩子可能只有一次經驗，而且現場都是能享受突發意外的人。」

「那是什麼脫離掌控？」春太問。

「舊校舍周圍有放學準備回家的學生，操場上有運動社團的社員。就像上条指出的，那是會觸發火災警報器的臭味，在場的我非常清楚。此外，萬一臭味外漏，恐怕會引起軒然大波。」

可以想見他們有多驚慌。舊校舍通風十分良好，要是拖拖拉拉，臭味轉眼就會逸散……

名越比手畫腳地繼續說：

「雖然知道必須盡快關上門窗，但舊校舍的牆壁和柱子都很破舊，風雨會竄進縫隙。不管怎麼防堵，味道仍會傳出去，我們根本沒轍。」

「可是，最後並未演變成那種慘劇。」

春太指出，麻生溫順地點頭：

「……是生物社拯救這次的危機。」

名越和麻生告訴我們，昨天傍晚發生在舊校舍的事。

鹽醃鯡魚罐頭突然打開，參加聯合引退典禮的文化社團成員陷入恐慌。

不是因爲太臭。

那非比尋常的惡臭確實幾乎要人命，但有一個更嚴重的問題。

千萬不能讓這股臭味傳出去。

然而，當天颳著強風。儘管關上窗戶和玄關大門，但舊校舍嚴重老朽，根本毫無作用。眾人不禁想起歷來冬季的回憶。那不是鑽進隙縫的絲絲寒風，而是無情灌入建築的穿堂風。

啊，這就是所謂的惡臭騷動，這下要登上報紙社會版了……當眾人陷入絕望，跪地放棄時，一群學生挺身而出。

那是生物社的五名女學生。

「把所有窗戶、社辦的門和玄關大門都關起來。」她們率先揚聲指示，並且大喊：「臭味絕對不會傳出去，放心吧。舊校舍已不是原來的舊校舍！」

麻生掩住鼻子，對著她們說洩氣話：「沒救了，一起上報吧……」五名女生搖晃麻生的肩膀，堅定地保證：「請相信我們！」她們實在魄力驚人，狼狽的文化社團成員都動了起來。

眾人分頭關上舊校舍的門窗，然後貼到窗上觀察外頭。

準備放學回家的學生、在操場踢足球的隊員，似乎沒人注意到臭味。

眞是不可思議，鹽醃鯡魚罐頭的劇臭居然沒外漏……

在生物社成員的指示下，舊校舍形成完全密室狀態。

舊校舍的眾人重新團結起來。

首先，將惡臭來源的罐頭裝進塑膠袋綁緊，擦掉潑到地上或沾到鞋子的鯡魚，徹底清理乾淨。

接下來，拿墊板和筆記本拚命搧動舊校舍裡的空氣，試圖淨化臭味。這等於是內氣循環，但應該多少有效果。

然後，關掉舊校舍的燈，設法躲過十九點半的副校長巡視，一直撐到校舍周圍沒半個人的二十點左右。雖然置身惡臭中，眾人仍咬牙忍耐。

最後，不能沾上臭味的物品、不能失竊的私人物品緊急運出，將舊校舍改為完全開放狀態。

沒錯，拯救眾人的關鍵，就是舊校舍的完全密室狀態，和完全開放狀態。

這純粹是一場意外。

突發事故。

文化社團的成員歡天喜地。我們眞是太幸運了！運氣怎會這麼好！不僅親身體驗到打開鹽醃鯡魚罐頭，這種可能一輩子都遇不上的非日常狀況，還克服千鈞一髮的危機。

眾人連忙尋找最大功臣，也就是生物社的五名女生。一切多虧她們率先指示。光是感謝還不夠，不如把她們拋上天歡呼。

然而，名越、麻生和其他人卻有些不知所措……

解決危機後，五名女生竟號啕大哭起來。

況。

「原來是這麼回事。」

得知詳情後，春太交抱雙臂，深深嘆息。聽起來也像是深呼吸，在腦中整理當時的狀

「她們是拯救大家，開心到哭出來，還是難過到哭出來？」

回想起去年文化祭的結晶小偷騷動，我忍不住問名越。

「今早她們又看著舊校舍哭泣，卻什麼都不肯透露，我實在一頭霧水。」

麻生也一臉為難地點點頭。

春太輕輕敲著太陽穴，彷彿在爬梳思緒，然後轉向兩人，抬起頭說：

「舊校舍能變成完全密室狀態，多虧她們趁暑假進行修繕。她們用石膏板和補土，把會漏風漏水的地方全填起來。」

「沒錯。五名纖細的女生，居然完成這樣的大工程。為了讓一般學生也能看到，飼育動物的小屋設在新校舍，我還納悶她們在忙什麼，不過這番修繕行動，也像是預測到這次的鹽醃鯡魚開罐風波……」

「怎麼可能？」春太目瞪口呆。

「說的也是。」名越附和。

「她們修繕校舍是出於好意吧？我是這麼解釋。」麻生有些困惑地加入對話。

「仔細想想，不太可能是純粹的好意。」

我思索著，指尖抵住嘴唇。眾人視線集中在我身上，我連忙解釋：

「去年的結晶小偷風波，我記得一清二楚。生物社的成員稀少，活動成績攸關存續。

她們是爲了日本學生……什麼獎……？」

「日本學生科學獎。」春太幫忙補充。

「對，就是那個。記得是十月開始報名，十一月截止，才會引發風波。不過，暑假是她們寶貴的研究時間，怎會在那麼重要的時期，進行跟社團活動無關的大規模修繕？」

名越眉毛一挑，「不是爲結晶偷竊風波贖罪嗎？」

「如同小千說的，我愈來愈覺得不是。」春太歪著頭，「她們扛下原本應該輪流的舊校舍清潔工作，最近甚至一天早晚打掃兩次。該不會是名越你們逼的吧？」

「怎麼可能？」名越搖搖手。「別誤會，大家從沒責怪過她們，連一向寡言的麻生都替她們說話。這是她們主動表示要做的，勸都勸不聽。不過，早晚打掃兩次實在太過頭……」

「麻生。」春太呼喚。

「怎麼？」麻生一雙大眼望向他。

「據說，託她們的福，舊校舍裡再也不見蟲子的蹤影，是眞的嗎？」

「眞的，舊校舍隨時隨地都保持清潔……」

麻生突然打住。名越沉默地低下頭，我也暗暗思索。原來拯救舊校舍文化社團危機的生物社成員，一直在進行神祕活動。

目的到底是什麼？

「日野原學長知道吧？」

春太抬起臉，轉頭問道。眾人循著他的視線望去，發現日野原叉開雙腿站在眼前，嚇一大跳。原來他偷偷跟蹤我們，偷聽我們的交談。他默默走近，輕輕舉起拳頭，往名越和麻生的頭上各賞一記。「痛死啦！」名越呻吟，「好痛！」麻生淚眼汪汪。

日野原低聲斥責兩人：

「你們得心存感謝。爲了解決昨天那場愚蠢的風波，生物社失去寶貴的東西。」

寶貴的東西……？

「那是什麼？」名越按著頭問。

「今年春天，一隻狐蝠飛到舊校舍的閣樓裡住下，生物社偷偷養著牠。」

「狐蝠？」

最驚訝的是春太。他整個人後仰，露出不敢置信的表情。我不明白他爲何那麼吃驚。

「咦，狐蝠是蝙蝠的一種嗎？全身黑色，一到傍晚會同時飛起來，很像恐怖的鳥。」

名越和麻生似乎有相同的印象，目不轉睛地盯著日野原。

日野原帶著嘆息，把查到的資料告訴我們：

「聽著，狐蝠在東南亞是常見的生物，路邊攤也會賣孤蝠肉。不過在日本，只有小笠原諸島和鹿兒島以南才看得到蹤跡，是瀕臨絕種的蝙蝠。很多是大型的，有些張開翅膀後將近兩公尺長。牠們的翅膀和滑翔翼一樣，又細又長。狐蝠不是雜食性動物，不會吸血或吃髒東西，全靠水果或花蜜過活，所以也稱爲『水果蝙蝠』。那不是穗村想像中的野蠻生物，更不會咬人。」

日野原接下來的解說，實在教人驚嘆：

「我讀到的書裡寫著，環境省發表一份瀕臨絕種的哺乳類名單，叫『紅色名單』……一九九八年發表的名單中，共有四十七種哺乳類，其中三十一種是蝙蝠，占全部的三分之二，當然包括狐蝠。沒任何資料顯示，這座城市是狐蝠的棲地。」

「那麼罕見的蝙蝠，怎會出現在這裡？」我不禁傾身向前。

「我也想過這一點。若要列舉可能的原因，或許是從東南亞的港口溜進貨櫃的狐蝠，迷路在此定居。蝙蝠似乎會像這樣在國與國之間往來。」

港口的迷途蝙蝠……

「今年春天，生物社的社員在舊校舍的閣樓發現焉焉一息的狐蝠。她非常驚訝，那與她認識的小型蝙蝠完全不同，外表沒那麼可怕，又毛絨絨，頗為討喜。她急忙查資料，發現可能是狐蝠。於是，她向學校附近的草莓農家要一些淘汰的草莓餵食，狐蝠居然吃了。」

歷經漫長的航行後，形同路倒的狐蝠，與生物社社員祕密邂逅。不，或許很久以前，牠們就悄悄棲息在此地，如今只剩下最後一隻。我的這番推測，因日野原接下來的話而頗具可信度：

「這座城市的氣候算挺溫暖的吧？有許多觀光草莓農園，還有楊梅樹，都是狐蝠喜歡的果實。到了冬天，則盛行種植蜜柑。她們內心湧起一股希望，猜想可能是這隻狐蝠選擇塞滿隔熱材料的舊校舍閣樓為住處，才得以倖存。」

眾人專注聆聽日野原的敘述。

「雖然可向相關單位通報發現狐蝠，但在調查資料的過程中，她們發現在日本，狐蝠會變成研究對象或淪爲標本，心生不忍。於是，她們不禁同情起或許是誤闖異國的狐蝠。這麼亂來，確實很像她們的作風。」

日野原停頓一拍，繼續道：

「爲了保護狐蝠，生物社的社員團結起來。首先是每天的打掃工作。只要勤勞清理蝙蝠的糞便，對人類就不會產生害處。牠們不會攻擊人類，白天也看不到牠們。接著來到暑假，她們下定決心，著手修補舊校舍閣樓以外的牆壁龜裂和破洞，這樣蟲子就不會跑來吃狐蝠的糞便。她們瞞著舊校舍的其他文化社團，因爲如同穗村的反應，蝙蝠這種生物容易受到誤解。」

原本散落一地的拼圖碎片，逐漸拼湊成一幅畫。

麻生頓時睜大雙眼。

我們總算裡解「舊校舍全開事件」背後的故事。

「昨天，鹽醃鯡魚罐頭在舊校舍裡打開。那是全世界最臭的罐頭，生物社的社員以爲會在海邊打開，一定嚇壞了。她們隱約察覺，嗅覺發達的狐蝠一定已逃出舊校舍的閣樓，再也不會回來，才會大哭。」

那是彷彿吐盡全身氣息般的聲音。約莫是一下領悟許多，專注聆聽完全不插嘴的名越，說著「原來是這樣……」，難掩震驚地靠到牆上。

「日野原學長。」春太出聲。「你什麼時候知道她們收留狐蝠？」

「文化祭結束後，我當著她們的面，擅自閱讀她們的祕密觀察日記。得先聲明，我這人很懂風雅，不會背著她們洩漏狐蝠的事。不過，她們扛起的責任實在太重大，遲早會需要男生幫忙。我打算等她們決定往後的方向，再提供全面協助。今天上午我蹺了課，聽到她們提起狐蝠消失，立刻前往舊校舍的閣樓確認。我想釐清造成這種結果的原因。」

「所以，你才會在午休時間找我們過去嗎？眞不懂日野原學長是好人還是壞人。」春太的話聲分不出是敬佩或嘆息。

「會嗎？我總是站在學生這一邊啊。」

「日野原學長，呃……」

「什麼？」

「我覺得有點可疑。」

「喂喂喂，我是深受全校愛戴的前學生會長耶。」

「那麼，手機借我一下。」

春太幾乎是搶來日野原的手機，打開一封空白郵件，輸入「ひ」。日野原先前使用過的、以「ひ」爲首的詞句依序列出。

ヒノハラオオコウモリ（日野原狐蝠）

日野原

ひさしぶり（好久不見）

ひさびさ（許久）

日付（日期）

ぴったり（吻合）

一起窺望螢幕的名越和麻生，無力地跪倒。

「若是新的亞種，可以用我的名字命名。我正在跟她們商量，雖然她們似乎很不願意……」

日野原別開臉，尷尬地低語。

至此，「舊校舍全開事件」的謎團完全解決。

大家都顧前不顧後、我行我素，可是……我不小心有一點點感動。

♪

隔天，名越和麻生等人展開大規模搜索。傍晚時分，眾人穿著運動服，戴著頭燈，高喊「喂，有沒有發現？」、「這裡沒有」，在森林裡穿梭。看到這番情景，居民議論紛紛。不久後，麻生小組在沿海道路的椰子林旁，發現疑似狐蝠的蝙蝠。據說，牠倒吊在樹上，圓滾滾的雙眼盯著南高舊校舍的方向。麻生拍下照片傳給生物社，證實牠安好無恙。她們看到照片，全都淚眼盈眶，於是迅速寫好陳情書，找老師商量往後該怎麼做。

舊校舍的文化社團成員，都相信她們深思熟慮後的決定絕不會錯。

行星凱倫

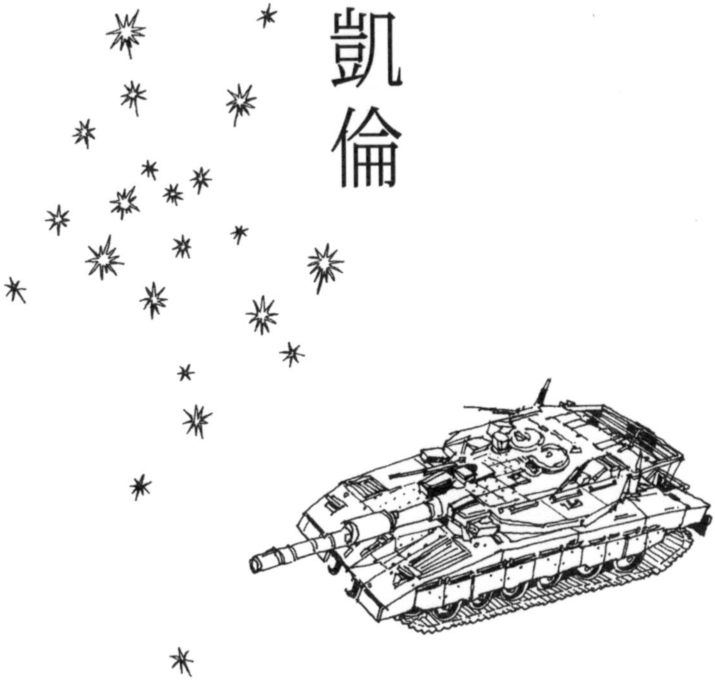

「誠一，慶祝考上的禮物，眞的這樣就可以了嗎？」

「什麼話，全日本只進兩支，而且很貴耶。」

「不，錢不是問題。媽媽不在了，我讓你吃不少苦。」

「媽媽會過世，又不是爸爸的錯。」

「可是我覺得，或許還有更適合你的出路。有時我會想，因爲我一個人把你養大，限制了你的未來。」

「………」

「誠一？」

「別再爲無聊的事煩惱。看，我找到冥王星了。在這裡，它是行星之一。只要再勤加練習、更仔細尋找，或許也能找到爸爸喜歡的凱倫（Charon）。」

◇　◇　◇

——大家都躲在哪裡呢？

這是義大利裔物理學家費米（Enrico Fermi），在美國洛斯阿拉莫斯國家實驗室，與同事午餐閒聊時喃喃說出的話。

他口中的「大家」指的是外星人，地球外的智慧生命。

後來，他的這個疑問，被稱爲費米悖論（Fermi paradox）。

據說費米有時會對學生提問：「全世界的海岸，沙粒的總數是多少？」答案難以估計，也不可能實際測量。不過可透過一些線索，運用邏輯推論，在短時間內概算出來，這種方法叫費米估算（Fermi estimate）。

舉個例子，以費米估算來回答「日本有幾個鋼琴調律師」這個問題。

首先，要算出解題的線索，比如：「日本總人口爲一億三千萬人」、「每一戶的人數是四人」、「每二十戶中一戶擁有鋼琴」等等。從這些數字，可推估全日本家庭擁有的鋼琴數量，共爲一百六十萬台（＝一億三千萬÷四÷二十）。

然後，假設「鋼琴一年要調律一次」、「一次調律約需兩小時」，那麼，調律一百六十萬台的鋼琴，一年就需要三百二十萬小時。若調律師一天工作八小時，一星期工作五天，一年工作五十週，這樣一來，平均一名調律師，一年可調律兩千小時。

接著，三百二十萬小時除以兩千小時，就可推估出要爲全日本的鋼琴調律，總共需要一千六百人。

只要找出能成爲線索的數字，即使是小學生——即便是我，也能推估出數字，這就是費米估算。

不過，「一般社團法人日本鋼琴調律師協會」設有網站，我立刻比對答案，沒、沒想到上面記載的會員數目，居然是三千人左右。

「小千算出來的是目前在職、有實際工作的調律師人數吧？如果是近兩倍的誤差，不是還滿準的嗎？雖不中亦不遠矣啊。」

春太難得替差點要出大糗的我說話。

皆大歡喜。

好，言歸正傳。

開頭的費米，提出的是針對外星人的問題：「至今爲止，地球外的智慧生命造訪過地球多少次？」費米從宇宙的遼闊及歷史的漫長等線索，陸續進行費米估算，推導出地球外的智慧生命應該造訪過地球許多次。

然而，我們卻不曾遇見外星人。

儘管地球外的智慧生命應該存在。

儘管我們早就應該邂逅。

所以，費米才會低喃：「大家都躲在哪裡呢？」這就是費米悖論。

對於費米崇高的煩惱，我這個住在鄉下的一介女高中生，無從提供建議。

不過，有時我也會想：「大家都躲在哪裡呢？」

通常是在學校電腦教室，或打開母親的筆記型電腦，踏入網路世界時，腦海會浮現這個疑問。電腦畫面另一頭匿名的人，以可愛的網路代號活躍的人，當然也有人用眞名活動，但我從未實際見過他們，沒看過他們活生生的表情，或聽過他們的聲音……

他們眞的在日本某處嗎？

既然見不到面，他們是否存在，是不是也很可疑？

會不會其實有哪個天才，在網路上一人分飾幾百角？

或者是相反，由許多不認識的人，共同扮演一個人？

即使想進行費米估算，可成爲線索的數字都太模糊，無從推斷。

接下來我要說的，是針對「大家都躲在哪裡呢？」這個問題，進行祈禱、思考，而後懷抱夢想的三個人的故事。

迷失在費米悖論中的三人，最後能找到殊途同歸的答案嗎？

「妳還在念國三吧？依管樂合奏比賽的規定，長笛二重奏是不能參加的。」

「不是全日本管樂聯盟主辦的，而是縣政府主辦的管樂合奏比賽，長笛二重奏也能參加。」

「這樣啊，所以妳才想演奏長笛二重奏的曲子〈行星凱倫〉。」

「希望取得作曲家新藤直太朗先生的同意，並借用樂譜。」

「妳怎麼會想演奏〈行星凱倫〉？我會根據妳的答案，決定要不要向家父傳話。」

看到留言版上誠一的發文，我一陣緊張。

該怎麼回答才好？

距離合奏比賽的報名期限，只剩下六天。

我參加的管樂社，社員只有三年級的我和一年級的學妹。據說，全日本學過管樂的人口超過一千萬人，大家到底都躲在哪裡呢？

其實，我早就必須退出社團活動，專心準備高中入學考。

（倉澤學姊，請不用擔心，我一個人也沒問題。）

學妹告訴我，明年她母校的國小銅管樂社，會有超過十人加入社團。她曾回母校拜訪，向學弟妹宣傳。看到她這麼熱心，我鬆一口氣。即使最後只來一半，仍會有五名新社員，這樣社團就能勉強存續。假如有六個人，便能報名可聯合參賽的小型編制部門，及全日本管樂聯盟主辦的合奏比賽。換句話說，總算能朝著遠大的目標進行社團活動。既然如此，我也想讓敬愛我、一直陪伴我的學妹體驗一下正式舞台。

開設長笛教室的母親曾不厭其煩地告誡我，銅管合奏重要的不是編制，也不是技術，首重樂曲。母親認爲我該專心準備升學考試，反對我報名參賽，所以我必須自己找曲子。在關鍵時期強行參賽，有必要向世故的母親展現，我無論如何都想吹奏某首曲子的堅定意志。常見的名曲大概無法說服母親，我好不容易選出的，是日本原創樂曲〈行星凱倫〉。

即將屆齡退休的社團顧問收藏許多錄音帶，我從中得知這首曲子。由於拷貝許多次，輾轉經過許多人的手，音質已劣化。據說，某校學生以這首曲子贏得金牌。沒有地區、校名、比賽名稱等資料，只有曲子兀自流傳，是一捲神祕的錄音帶……

五拍子的旋律悠然起始，來到樂曲中段時節奏加快，然後漸趨和緩，是緩、急、緩的三層結構。快節奏的中段部分，高音與低音的十六分音符旋律朝著結尾，慢慢以齊奏畫下句點。儘管是五拍子的帥氣曲調，卻依稀帶著一絲悲涼。

聽完後，我打心底渴望吹奏這首曲子。我真的有這種感覺。

作曲者是新藤直太朗。

他是個上班族，同時以音樂家的身分持續活動。

聽說他的樂譜曾出版，但不管向網路商店或實體書店詢問，都得到絕版的回覆，教人束手無策。我懷著連一根稻草都想抓的心情，連日深夜瀏覽管樂社相關網站，希望有人保留影本。

就在我快放棄時，奇蹟出現。

不僅是稻草，我突然一下抓到浮在水面的救命繩。

那是一個很難被搜尋引擎找到的網站。

站長名叫新藤誠一，和作曲家姓氏相同，難不成……我心跳加速。

他的自我介紹寫著，以前是普門館常勝學校的管樂社學生，高一得過合奏比賽的金牌。他參加的合奏比賽是分部自行舉辦，看到獲得金牌的樂曲，我感動到忍不住比出勝利手勢。那是他父親作曲的長笛二重奏〈行星凱倫〉。高中畢業後，他決定就讀東京的音樂大學，在入學前，幾乎每天更新部落格。

之前怎麼一直沒發現這個網站？我不禁納悶。

莫非是故意設計成搜尋引擎不容易找到……？

讀到最後一篇日記，我恍然大悟。這個部落格超過五年沒更新，訪客人數的計數器應該長期掛零吧。形同在浩瀚無際的宇宙裡，即使用天文望遠鏡也觀測不到的星星。若沒有外力，星星就沒有壽命，只是寂靜地飄浮。

瀏覽誠一的部落格，似乎僅更新到大學生活開始前，顯然任務已達成，我不禁感到失望。不過我發現仍可留言，於是抱持一線希望，試著與這顆星星通訊。

我從遙遠的地方，幾乎每天合掌祈禱心意能夠傳達……

不斷不斷地祈禱，終於……

誠一回應我的呼喚。

「妳怎麼會想演奏〈行星凱倫〉？我會根據妳的答案，決定要不要向家父傳話。」

我注視著電腦螢幕上的文字，小學咬指甲的習慣彷彿又跑出來。我覺得這是一種考驗，忍不住想抗議：你還不是在高一時吹過？

我輸入文字又刪除，思考長大成人後的他想聽到的答案。煞費苦心地挑選、慎重組合出的文字，像在完成前可重打無數次的毛織品，我的心情愈來愈複雜。

這眞的是我想傳達的心情嗎？

這和面對面交談有什麼不一樣？

我沒有要好的同學。聽到我吹長笛以外的嗜好，女生都會退避三舍。我無奈地想起自己的嗜好——製作模型。我的收藏包括本地引以爲傲的田宮牌（TAMIYA）軍事模型系列，及陸上自衛隊六一式戰車。塗裝往往是一次決勝負，噴槍卻朝著意想不到的地方噴出顏料，怎麼辦？既然失敗，解決問題就是了。我心想還是別耍小花招，把腦袋切換成吹奏長笛時的模式，按下鍵盤。

「聽完我很感動，是非常深刻的感動。」

「妳花那麼久的時間回答，感想卻是陳腔濫調。」

「抱歉。」

「我認為擅長描述音樂、藝術、電影和小說情節，是一種能力。不過，那是職業評論家的工作。敢於坦承自己只能表達『大受感動』、『那是超越欣賞或情節的世界』，這樣的人很難得。」

「什麼意思？」

「妳通過第一個測試。」

「真的嗎？」

「家父喜歡妳這型的。妳還年輕，或許難以鑑別世上的對錯，現在最好持續追求美好的、讓妳感動的事物。這是人類珍貴且崇高的欲望。每個人都認為正確的事物，隨著時代改變成為錯誤也不稀奇。然而，美好的、讓人感動的事物卻永恆不變。這可作為你們青少年下判斷的指針。」

「好。」

「好？我很訝異。轉換成文字，看起來真順眼。我想多聽聽妳的感想，妳不妨努力試著表達。」

「兩名長笛演奏者，感覺像隔著遙遠的距離通訊。」

「這首曲子的意象，就是從地球和約五十億公里外的星星通訊。」

「五十億公里？」

「這是人類太空航行不可能抵達的距離。有生之年，兩人不可能相會。」

「是這個緣故嗎？在我聽來，也像是言不由衷的鎮魂歌。」

「言不由衷？眞負面啊。」

「我覺得是兩人的悲歌。聽完曲子，我幾乎要落淚。這不是負面的意思，如果冒犯到你，我向你道歉。」

「不，或許妳說的對。因爲人並沒有心，只是我們相信人應該有心罷了。實際上，人與人之間宛如吹得鼓鼓的氣球，互相支撐著。這種想法太極端了嗎？」

「人沒有心？我從未這麼思考過。」

「當妳變成孤單一人，就能深刻體會到這一點。會想創造出『心』。不管對方是動物、植物，或無法成爲行星的衛星。」

「難不成這首曲子會挑選聽眾？」

「妳可以自由解釋，或許實際演奏就會明白。我會向家父徵求同意，將樂譜和錄音檔公開在留言版。」

「眞的、眞的太謝謝你了！不過，方便讓我提供住址和電話，請你寄給我嗎？寄宅配運費可以到付，我想向你致謝。」

「妳第一次留言時寫上的名字，我當成妳的網路代號。最好不要把個人資訊提供給來路不明的人。」

「誠一先生不是來路不明的人。對了，我的父母經營樂器行，也開設網站，上面有店家的地址，還是麻煩你寄到那邊？請讓我致謝。」

「不好意思，對我來說，妳也是來路不明的人之一。我希望和妳的交流僅限於這個園地。幸好部落格超過五年沒更新，現在沒人會來看。我告訴妳怎麼下載檔案吧。」

「眞的可以嗎？」

「在這裡，我能助妳一臂之力。〈行星凱倫〉是一首很有個性的曲子，我可以藉著影片教妳演奏和運指的訣竅。」

「謝謝你。光是提供樂譜和錄音檔，我就非常感激了，實在不好意思要你再幫我做什麼。」

「若希望獲得成果，凡事都加以利用才是聰明的作法。」

「我想要抵抗誘惑的智慧。」

「智慧？妳眞的很有趣。那麼，要是我也拜託妳一些事，妳就能毫無顧忌地依賴我嗎？」

「我能幫上什麼忙嗎？」

「有件事我想聽聽妳的意見。或許妳的建議會帶來意想不到的突破，我忽然有這種感覺。」

「你正在爲這件事煩惱嗎？」

「或許和許多事都有關係。」

「雖然不曉得能否幫上忙，還是請你說說看。」

「這是發生在某個城市的事，姑且稱為S市吧。A，還有A的朋友B，到S市的精品店購物。B找到一件中意的上衣，進入試衣間，卻遲遲沒回應。A等得不耐煩，詢問店

員，店員卻說**『您是一個人光臨的』**。」

「這是很久以前，發生在開發中國家的事嗎？」

「是現代日本，S市的這家精品店，似乎連續發生相同狀況。換成是妳，會怎麼解釋？不必立刻回答，往後在交談中告訴我意見就行。假如一個人想不出來，也可向妳信任的朋友求助。只要妳留言，我就會出現。看看時鐘，目前是晚上十點多。時間太晚，不好跟妳這樣的小姐繼續聊天，明天再會。」

宛如永遠沒有句點的對話，在此結束。

我望向房間的壁鐘，晚上十點十一分。

小姐，很晚了……從來沒有人這麼紳士地對待我，心底一陣溫暖。

誠一最後丟給我的球——奇妙的問題，我反覆重讀。這起事件有兩個重點。

一、進入試衣間的B突然消失。

二、店員不記得B。

感覺是似曾相識的都市傳說。現實中，眞有可能發生這種情況嗎？我不禁納悶。

如同反映誠一守信的一面，不到五分鐘，網站就上傳樂譜和錄音檔。我依循指示，將兩個檔案存入USB隨身碟。「檔案確實收到了，謝謝。」我在留言板簡短道謝後，印出樂譜，將錄音檔燒進CD片。

我興奮地疊好厚厚的樂譜，在桌上「咚咚」理齊。

「喂，我回來了！」

玄關傳來父親的聲音。我說著「你回來啦」，起身去迎接。他的聲音聽起來十分疲憊，最近工作似乎很忙。

「飯準備好了。」

我接過父親的皮包。

「步美，妳媽呢？」

「跟音樂教室的學生家長吵架，去睡悶覺了。」

「這樣啊……」

我繼續接過父親皺巴巴的外套。

「肚子好餓，今晚吃什麼？」

「麻婆茄子。」我補上一句：「還有啤酒。」

「挺不賴的。」

父親在餐桌前坐下，我送上一罐啤酒，隨即拿遙控器打開電視。接著，我把母親用平底鍋煮好的麻婆茄子和味噌湯重新加熱。

「展示用的POP，能畫的部分我都先畫好。廣告信的收件人資料也貼完了。」

「妳啊……」咕嚕咕嚕喝著啤酒的父親，把罐子從唇邊拿開，趴在桌上說：「眞是個好孩子。」

「才不是呢。」

「對了，步美，那支長笛又賣出去嘍。」

父親又喝一口啤酒。我把盛麻婆茄子的盤子「咚」一聲放在父親面前。父親嚇一跳，望向我。

「爸打消轉賣給其他店的念頭了吧？」

「因爲妳反對，我重新擺回賣場，結果賣掉了。唔，雖然是破盤價，而且到現在連進貨價都還沒回本……上次的女高中生沒買，這已是第七人。」

「這樣啊。」

我打開電鍋，邊盛飯邊思索。有時我會瞞著學校幫忙看店，所以知道顧客名單放在哪裡。我盤算著是否要像之前那樣，個別寄廣告信過去？將內容偷偷換成印刷廠給我的「高價收購」版廣告樣本。

有一次，長笛歷任主人之一的叔叔來店裡，跟他交談時，我發現一件事。每次換主人，那支長笛的價格就離定價愈來愈遠，若是轉賣給其他店，不就能賺取差額？然而，我想錯了。雕刻花紋的純銀長笛太特殊，一般人敬而遠之，加上是小廠牌的產品，其他店收購的價格很低。即使當銀子秤斤賣，頂多是一公斤三、四萬圓。於是，陷入每況愈下的惡性循環。

不過，我喜歡那支長笛，沒什麼道理可言。父親購進那支笛子時的感動，至今我仍無法忘記。我百看不厭，那支長笛變成中古品回來後，我曾偷偷拆解又組合回去。自從發現星星的祕密，我更是愛不釋手。那是商品，不能開口說我想要。只能希望一直擺在店裡，總有一天自己買下。

父親頻頻歪頭，喃喃自語：難不成我……爲了步美……詛咒的眞相……怎麼可能……

「爸在說什麼？」我把加熱過頭、不小心沸滾的味噌湯，端到父親面前。

「沒事。呃，對了，妳有喜歡的人嗎？」

「咦咦？」

我莫名心跳加速，想起不曾見面的誠一。我們年紀差很多，也不曉得他的長相、身材和聲音，不知往後會不會喜歡上他……但他問了我奇怪的問題，我不禁猶豫，是不是該跟父親提一下？

「要是我交男朋友，爸會生氣吧？」

「喂喂喂，爸怎麼可能爲那種事生氣？步美，妳聽著，爸的心胸就像藍天一樣寬廣。」

一罐啤酒就喝醉的父親指著窗戶，但外頭早染上夜晚深沉的黑。

還是別提吧。

「現在是備考期間，可是穗村說有重要的事，大家才特地到社辦集合。然而，她本人不僅獨占透進窗戶的溫暖陽光，還趁著這股暖意，睡得不省人事。因此，我想進行投票，決定如何修理她。」

成島的話聲，鑽進趴著的我胳臂和耳朵之間的縫隙。

我的確不小心趴在社辦的長桌上睡著，不過我睡到一半就醒了，正在思考，卻變成像在假睡一樣，錯失爬起來的時機。而且，成島似乎明知我醒著，卻故意這麼說，我很好奇她要怎麼收尾。

「不論何時，穗村的頭髮都又黑又亮，我想趁機剪下拿去做醬油……贊成這個方案的請舉手。」

「頭髮能做醬油嗎？」後藤單純地提出疑問。

「可以。上条借我的書裡寫著，由於含有胺基酸，戰爭時期是用人的頭髮做醬油。」

「騙人！」我猛然抬頭。

星期五午後的社辦裡，成島、芹澤、後藤圍在我四周。「到底要幹麼？」「什麼事？」「學姊，很緊急嗎？」三人的話聲重疊在一起。

考試前一週，所有社團停止活動。過去是「原則上停止」，但從今年開始變成「禁止」。至於原因，主要是太多社團無視考試準備週，繼續練習。如果原則崩壞，一切都會變得毫無節制。當然，一向對備考週視若無睹，成天自主練習的管樂社也成為眾矢之的，這次社辦甚至遭到封鎖。

而我將三人召集到被封鎖的社辦。我站起來，雙手放在長桌上，儼然一副議長的模樣，意氣風發地開口：

「社團活動休息，又有空閒，所以明天星期六，我們去逛街吧。」

好嗎？我用眼神掃視三人。不料，三人紛紛離開，我連忙從後面拉住她們的制服。原以為大家會很開心，沒想到完全相反。

成島轉過來，一臉凶惡地說：

「妳念點書好嗎？念書！小心再沒多久，妳的腦袋就要全空了。」

「上次我考得不錯啊。」

「考試分數又不是存款。」

「芹、芹澤願意陪我吧？我雖然窮，不過我可以請妳吃麥當勞。」

我揪住芹澤的制服。她微微低頭，噘起嘴，一臉困窘地回答：

「要我陪妳也行，可是明天我想念書，也想練琴。」

「那、那最尊敬學姊的後藤呢？」

後藤睜圓雙眼，眨眨睫毛：

「咦？當然要念書啊。」

是啦，我也是有在念書的。我對體力有自信，撇開成績和效率不談，光是坐在書桌前面，只要下定決心，不管坐多久都不怕苦。不過，這幾天腦袋實在塞太多東西，差點沒爆炸。

成島長嘆一口氣，「難道妳是想轉換心情？」

「管樂社天天都要練習，不是這種時候，根本沒時間逛街。」我擺出豁出去的態度，接著不計形象地流淚傾訴：「從去年起，我一直沒買新衣服。便宜的就好，爲了度過今年冬天，請給我一點時尚建議吧。」

三人同時背對我，腦袋湊在一起，撇下我逕自交談。

「穗村學姊看起來不土啊……」後藤說。

「上条透露，她的衣服都是母親和朋友幫忙挑的。」芹澤說。

「就算挑衣服不行，她也很擅長撕開果凍膜不溢出一滴汁。」成島說。

終於得到結論，三人道歉：星期六還是不行。我啞口無言。

「呃，提到上条學長，我想起一件事……」後藤湊近我的耳朵，像要分享祕密。「我朋友在伊勢丹的青少年流行館遇到學長，說學長給他許多建議，對時尚超在行。」

畢竟春太常被抓去幫上条家次女和三女提東西，或獨自去領姊姊訂購的商品，甚至替她們買衣服。

「春太就算了。好吧，沒辦法，我一個人逛街。」

「無論如何，學姊就是要挑這麼緊張的時期去買衣服嗎？我最愛這樣的穗村學姊了，請加油。那麼，我先告辭。」

後藤咯咯輕笑，離開社辦。

時間太多的成島和芹澤，在我面前討論考試結束後的社團活動。如果中間減少練習量或完全沒練習，需要撥出相對的時間彌補，才能恢復之前的水準。

「第一次的合奏會是什麼狀況，我現在就好期待。」

成島的語氣別有深意，芹澤接過話：

「不管怎樣，大家還是會趁著讀書空檔，偷偷練習喘口氣吧？」

「我猜也是。」

「就是說嘛。」

「依芹澤來看，休息前的穗村到什麼程度？」

「遇上比賽，很多人會不顧自身斤兩，用力大吹一通，不過她上週勉強跨越這個水平。」

聽到大吹一通，我頓時毛骨悚然。不是大吃一通，而是大吹一通。我又聽到一句箴言，深切體會到，鞭策激勵就像絕妙地融合嚴厲和溫柔的炒飯。

星期六上午，學校放假，我搭電車上街，只揹著小肩包，雙手自由。從東海道線與東海道新幹線交會的車站建築走進地下道，途中各式各樣的岔路與標誌看得我眼花繚亂。我循著記憶筆直前進，發現通往地面的細窄樓梯，上頭灑下燦爛的陽光。

我爬上樓梯，在有遮雨棚的步道上前進，遇到十字路口右彎。不久，左側出現駿府城，我來到的地方是——噹噹！舉辦夏季地區大賽的市民文化會館。

我在幹麼？

掉頭往前走。商店街傳來廣播聲，是輕快的流行樂，但沒有一首我知道的曲子，旋律左耳進右耳出。感覺被社會潮流拋下，有點寂寞。

我折回車站旁的購物中心，停下腳步。

一名男子坐在入口附近的籬笆圍磚上，正在讀口袋書。男子戴著我熟悉的眼鏡，穿短外套、素面襯衫，搭配合身長褲，跟在學校見面時的印象相去甚遠……

是草壁老師！

原來他今天放假。

我剛要衝過去打招呼，身上的連帽T恤忽然被一把扯住。咦？沒來得及尖叫，我就像在河裡遭到鱷魚攻擊的水牛，被拖進購物中心的柱子後方。

我驚慌失措，一個男生食指抵住嘴唇，說著「噓！」逼近。

是春太。我連忙轉動眼珠，發現他帥氣地穿著深綠格紋法蘭絨衫配牛仔褲。背部緊貼在柱子上，只有頭轉向另一邊。視線的焦點是草壁老師。

幹麼鬼鬼祟祟——剛要問春太，一群顧客湧出購物中心，一陣喧囂打斷我的話。

春太舉起手機，從柱子後偷拍草壁老師。然後，他回過頭，檢查拍到的照片，滿意地按下儲存鍵，說一聲：

「好。」

「好你個頭！」

我憤怒地說，給他的腦袋一掌。

「小千，妳來幹麼？」

「這是我的問題！」

我氣勢洶洶地逼近，春太不斷後退，幾乎要超出柱子。不料，他把我反推回來，忽然痛苦地喊一聲：「啊！」

「啊？」我才不會上當，「啊什麼啊？」

「眞的啦，妳看，快看！」我一起偷看春太指示的方向——柱子另一頭。草壁老師抬頭瞄一眼手表，闔上口袋書，收進皮包裡站起，背對車站走出去。

「幸好不是跟人有約……」春太鬆一口氣。

老師！我正想呼喊著衝過去，背後的春太雙手摀住我的口鼻，再次拖到柱子後面。危機防衛本能啓動，我用力咬住春太的手指。好痛！

我們站在購物中心門口的柱子旁，不斷猛烈喘氣。

「妳看，手指留下妳的齒痕了，萬一休假結束不能吹法國號怎麼辦！」

「居然在備考期間跟蹤老師……看到你這副蠢樣，我都快被你的沒出息氣到流淚。」

「我是想更瞭解老師！」

我把臉色蒼白的春太挾在腋下，踩著搖搖晃晃的腳步前進。

「你自盡吧，跳進駿府城的護城河自盡吧！我陪你上路！」

「冷靜下來，妳冷靜下來啊！」

我在熱鬧的步行者專用道正中央，暫時平息激動的呼吸。往來的遊客朝我投以好奇的視線。

我總算恢復平靜，墊起腳尖，望向人潮擁擠的道路前方。有著格子花紋、特色十足的道路各處，設置著納入街道風俗畫及浮世繪元素的雕像藝術品，四照花行道樹賞心悅目。

「……是不是追丟老師了？」

「我知道他要去哪裡。」春太調整背包位置，毫不迷惘地跨出腳步。

「等等、等等，」我追上去，「你解釋一下。」

「大概上星期吧，草壁老師把樂譜忘在音樂教室的鋼琴上，我覺得是個大好機會，便把樂譜送到職員室。」

大好機會……不必連你的私心都公開。「然後呢？」

「我沒注意到樂譜裡夾著信封和信，不小心在樓梯弄掉。那是寄給老師的郵件。」

「難道你看了？」

「撿起時當然會看到啊。那是某場研討會的會場介紹。這是我猜的，既然會帶到學校詳讀，應該是準備參加吧。」

「那就是老師今天要去的地方？」

「老師只有備考期間有空。我又很閒，好奇地過來探探，卻在車站前方遇個正著。」

「眞是看走眼了，你怎麼能侵犯老師的隱私？」

春太露出生氣的表情，「如果牽涉到老師的隱私，我就不會在這裡，也不會告訴妳。」

「都偷拍人家了，毫無說服力……」

「啊，妳看，小千！」春太漂亮地轉移話題，望向前方。人潮另一頭是草壁老師的背影。

老師！我正要跑過去，這次胳臂被抓住，拖到路邊。春太把我逼到拉下鐵門的鞋店前，緊緊攢住我的手：

「妳這隻發情的母貓！萬一老師發現我們在跟蹤怎麼辦！」

「什、什麼怎麼辦，根據我的常識，在外頭遇到老師，當然要打招呼……」

我目光游移地回答，然後一陣納悶：咦，爲什麼是我挨罵？

春太放開我的手，「啊，好吧，我不找藉口。既然是假日的行動，當然是隱私。」他態度一轉，強勢地望向前方。「老師是眾所期盼成爲國際指揮大師的人物，卻在這種地方當公立高中教師，我想瞭解一下理由。」

「眞教人啞口無言。」

「畢竟老師是我們的船長。」

我明白他的比喻。不是耍帥，而是活生生的現實。在業餘管樂世界裡，指導者的影響至關重大。

「就算是這樣……」

「妳記得去年春天嗎？我們只有五個社員，處在漆黑的汪洋中。爲我們照亮前方的，不就是老師嗎？」

當時的回憶浮現，我支吾起來。

「可是，老師的過去還是……」

「其實，我眞正想知道的是別的事。」

「咦？」

「老師還能爲南高管樂社擔任船長幾年？」

「……」

注視著丟下我往前走的春太，還有草壁老師遠離的背影。爲什麼呢？腳像生了根般動彈不得。我漸漸難以維持視線，不由得按住胸口。又來了，有點痛。

春太停在雜沓的道路中轉向我，然後看著我呼喚：

「小千，妳不走嗎？」

「要！」

我趕上春太。偷偷跟蹤草壁老師令人心虛，但我決定只有這一次，要和春太一起矇騙、安撫這份內疚。

我們從主要道路拐彎，進入小規模住商大樓林立的巷道。草壁老師停在其中一棟大樓前，拿著手上的紙和大樓外觀比對。其他還有上了年紀的長輩前來。確定老師進去後，我和春太靠上去。那似乎是一棟專門出租大小會議室的住商大樓，外頭掛著一塊看板，公布各個會場。

企業聯合說明會、商業法務入門、投資組合資產的節稅之道——都是些看起來很深奧的名詞，令人困惑。「就是這個。」春太告訴我草壁老師要去的地方。那是一樓會場的講習會。

ＩＴ技能提升講習會「人工智慧與數據科學的現在與未來」

我一陣錯愕。雖然只看到字面，但這不符合草壁老師的形象。不過，既然老師利用寶貴的休假前來參加，我決定解釋爲「老師求知若渴」。

「由於完全超乎我的想像，我才會好奇到不行。」

「是嗎？」

「主辦單位是ＮＰＯ法人，但這個團體十分可疑。這棟住商大樓也很奇怪。」看過老師私人信件的春太一臉困惑，「這場活動從名稱開始就頗詭異，居然把『ＩＴ技能提升講習會』和『人工智慧與數據科學的現在與未來』放在一起，根本是攪亂觀點、混淆視聽。在我心中，可與『活化石』和『小巨人』這類矛盾詞彙相匹敵。」

「會不會是你想太多？」

「妳這麼說，我豈不是像千方百計瞎掰出跟蹤理由的變態？」

事實就是如此，我直盯著他。春太乾咳一聲，接著說：

「這場講習會，感覺超級理工吧？」
「是啊……」
「好像是以電腦初學者和老人家爲對象。」
「咦？」
「草壁老師怎麼會來參加這種活動？」春太納悶地歪頭，移動到大門公告欄前。「只有上午時段，十點十五分到十一點四十五分。居然以十五分鐘爲單位做區隔，這個主辦單位不簡單。」他在字裡行間鑽牛角尖。附帶一提，春太說的是時間的尾數效果，譬如約在十點見面，有些人就會覺得前後十分鐘都算是十點，不守時的人會滿不在乎地遲到。
「你打算一直等到結束？」
煩惱的春太轉過頭：「對了，小千，妳今天出來做什麼？」我說來買冬季衣服，他問我預算，我便附耳小聲透露。
「兩萬圓？難道是阿姨塞錢給妳，要妳不許再提買新長笛的事？」
「嗯，兩萬圓，很厲害吧？」
「小千，妳眞是太廉價了。」
「咦，你說什麼？」
「不，等等。青少年全身上下的行頭，加一加大概就這個價錢吧。不愧是阿姨，抓準一箭雙鵰的機會。乾脆花光光，以免後悔。」
「咦？」
「要我幫妳提東西或幹麼都行，妳請我吃午飯吧。五百圓的餐就好，我沒錢了。」

「等等，今天五百圓不算什麼，可是女孩子血拼起來沒完沒了，是沒有出口的迷宮喔。」

「妳在溫書假說這什麼話？」

我當場抱頭。

「不好意思，小千一定會被店員當成肥羊宰。我看看，身材和冬菜姊差不多……好，我想到怎麼穿搭了。」

「你啊，」我用力大嘆一口氣，「哪有這樣隨隨便便就決定的？」

「小千沒什麼品味，唔，雖然有點犯規，不過買件長版大衣吧，這樣裡面的穿搭失敗也能遮醜。自然可愛系的白色大衣不錯。如果預算有剩，就買現在身上的不同色帽T。喜歡的衣服妳會輪流穿個不停。卡其色應該滿適合，意外地跟什麼顏色都很搭。啊，栗子色或牛奶糖色也可以。」

就、就是這種調調！我壓抑內心的吶喊，說著：「怎樣啦？」

「聽好，小千，一個人適合什麼，別人看得出來。求教別人也是一種才能。」

我覺得好像被唬嚨過去，「……眞、眞的嗎？」

「成語不是說，旁觀者清嗎？」

「也、也對。」

「到上次我陪姊姊去的精品店吧。雖然縫製手法有點粗糙，但成品還不壞。尺寸就要用賭的。不用花一小時。」

找到不錯的雜事打發時間，春太顯得神采奕奕。

「喂，齋木，你是講師吧？學生都在等了。」

一名眼睛距離極寬的長臉男子，催促著正在研究參加者名單的我，聽起來有如低音提琴的粗弦發出的聲音。這是我的新上司，我私底下都稱呼他「曼波魚」，有時會不小心叫出「曼波魚先生」，被他踹屁股。他算是來自愛知「海山商事」的客人，一個月前左右，開始擔任有限公司「羽衣興產」的監察人員。傳聞他在那裡捅了婁子，只好投靠我們社長。

社長眞是個爛好人。他對西裝那麼講究，年過花甲的現在，卻穿起便裝和服。石川的牛首紬（註）和服，這一帶大概只有他會穿吧。即使是不熟悉和服的人，目光也會受牛首紬閃耀的光澤吸引。現在才散發出鄉下常見的傳統黑幫老大威嚴，是要做什麼？

不瞞各位，其實我和曼波魚一樣，是被社長收留的。

當時我失去工作，前途茫茫，餓著肚子在鬧區遊蕩，是社長給我工作，拉我一把。由於精通電腦，我自認爲對「羽衣興產」的新事業頗有貢獻。

地下錢莊和非法藥物這類生意前途無亮。在人人一隻手機的現代，一般人一定會插手生意，牽連我們。

最近，某學生集團想販賣違禁品大麻，給知名私立高中的學生，以失敗告終。傳聞有

註：石川縣白山山腳下的牛首村生產的紬織物，採用粗而有節的蠶絲製成，質地富有樸拙的雅趣。

個鍵盤口風琴還是什麼的演奏家，協助警方解開密碼。那個學生集團似乎想設法隱藏身分，但實在蠢到家。

在這方面，社長有意思多了。社長不會向弱者榨取錢財，而是擅長從厲害的人——國家身上撈取油水。表面上，他是婦女服飾店的老闆，其實是用別的名義進行法人登記，努力投入PFI（民間融資提案制度）。PFI是運用民間資金與技術的公共服務事業，其中之一是設置避難場所的布告欄。與廣告結合在一起，一面布告欄的建設費用，只要兩年就能回本，而且設置期限還有二十八年之久。這段期間，每年可獲得十二萬圓的廣告收益。想想布告欄的數目，我不禁爲社長的慧眼咋舌。

另一方面，社長成立NPO法人，進行街貓絕育手術。許多地方政府會補助手術費，一年約有兩百到五百萬圓的預算。社長巧妙地招攬志工，號稱「喵喵計畫」，將一般要價二、三萬圓的絕育手術費殺價到近五千圓左右。我總算明白，爲什麼事務所有那麼多招財貓。

這個社長教人討厭不起來。他沒培育接班人，打算在自己這一代結束「羽衣興產」。社長有四個上了年紀才生下的女兒，都嫁給平民百姓。她們經常帶孫子來看外公。社長一定是不想給女兒添麻煩，也想將遺產分給她們吧。

不要客氣，要動腦袋。這是社長對我說過的話。追隨社長的員工，長年以來只有我一個人，但現在又跑來一隻曼波魚。

就這樣到了今天。

「喂，齋木，你在聽嗎？」

「聽到了，曼波魚先生。」

果然又被踹。那是擦得亮晶晶的菲拉格慕（Ferragamo）皮鞋，踢起來很痛耶。

「要尊敬長上。」

在曼波魚的催促下，我拿著參加者名單，從會場門口偷看。我擔任講師主辦的「IT技能提升講習會」常客臉孔占一半以上，全是老頭子和老太婆。我會好好教導他們，而他們會感謝我，爽快地向「羽衣興產」的子公司（社長兼員工：曼波魚）買下一整組最新款的電腦。

「裡面有個年輕的高中老師。」我回報。

「哪裡？」曼波魚也探頭看。

「最後一排角落。」

那裡坐著一個長相端正，很適合黑框眼鏡的男子，散發出一股乾淨的氣質，感覺教養非凡。參加者名單上寫著：草壁信二郎，二十七歲，縣立清水南高等學校，音樂教師。

「生面孔嗎？齋木，你也寄廣告信給公務員？」

「公務員不知世事，是推銷上好的肥羊，但這次我沒寄。」

「那怎麼會有這號人物？」

「天曉得。或許他學生的祖父母是我們講座的學生，從那裡得到消息。」

「然後，那個老師主動報名嗎？」

「就算是那樣，也沒問題啊。我們又不是在搞詐騙。我沒陷害別人、踐踏別人，只是與對方交換我需要的物品——錢。而且，上個月有知名科學雜誌刊登那篇報導，所以他才會被廣告信的內容吸引也說不定。」

「那篇報導?」

「對。」

曼波魚冷哼一聲，厭惡地嘆口氣：「眞是世界末日。」

「是近在眼前的現實。」

我轉頭再次窺望會場，曼波魚訝異地問：

「怎麼?」

「……草壁信二郎，這名字似乎在哪裡聽過。」

「是嗎?」

「不，大概是心理作用。愼重起見，你能趁上課期間幫忙調查一下嗎?在可能的範圍內就行。」

「你在命令誰?」

「這是身爲部下的請求。」

「哼，瞧你那油嘴滑舌，眞是跟那傢伙一個樣。」

「誰?」

「沒事。就算要查，目前只知道他的名字。即使是專家，也很難查出什麼名堂。」

「也對，我只是耍帥說說。」

「你希望享年到今天爲止嗎?」菲拉格慕的鞋跟用力踩在我的腳上，很痛耶。「倒是……沒問題嗎?講習會標題居然用什麼『人工智慧與數據科學的現在與未來』，未免太深奧。」

「除了那名教師以外，內容早已通知參加者。這是免費報名的講習會，就當是觀察市場反應，也可在眾多外行人面前練習推銷術。」

「這些人都是來當你的練習台？」

「世上有些事，值得親自走一趟聆聽。這次的講習會，我不會談到任何深奧的內容。」

「既然要談人工智慧，感覺會聊到CPU、電腦系統結構之類。」

「怎麼可能？我會代換成夜空的星星。」

「星星？」

我靠在住商大樓的通道牆上，望向骯髒的低矮天花板。「當你對著星星許願，不論你是誰，內心懷抱的願望，都能夠成真——這是我喜歡的知名歌曲中的一段。」

曼波魚面露訝異：「這曲子怎麼了嗎？」

「古今東西，人類眺望星星的歷史是一樣的。從散布在夜空的繁星中，找到喜愛的星星。電腦帶給人類最大的恩惠，並非提升勞動生產力。這部分從三十年前開始，就沒任何改變。進化的部分，是從天文數字般的資訊中，瞬間找到需要的資訊的搜尋功能。」

「搜尋功能？」

「沒錯，很簡單。每個現代人都得到一面白雪公主的魔法鏡子。」

能夠滿足一切的好奇心，相反地，連不必知道的事情都知道了。

「提到搜尋，包括『WAHOO!』這些代表性的搜尋引擎。」

「如果少了搜尋引擎，全世界百分之九十九的電腦只不過是個無用的盒子。我要由此帶入人工智慧的話題。這麼一提，曼波魚先生過來後，常看『WAHOO!智囊團』吧？你很閒嗎？」

「你不能少說一句嗎？」曼波魚整個人罩上來般給了我一記頭槌，撞得我前後搖晃。

「小千媽的女兒煩惱實在太好笑，我忍不住留言回答。」

「上次是什麼問題？」

「女兒沒吃到南瓜可樂餅，關在房間不肯出來。爲人父母眞辛苦。」

我一手按著頭，盯著曼波魚。這個人活像危險的化身，有時卻會說出這樣的話。明明從正面看去，臉呈紡錘狀，雙眼分開，相貌凶惡，活脫脫就是隻曼波魚。

「爲人父母……？沒想到你會說這種話，在愛知那裡碰上什麼事嗎？」

「囉嗦，還有五分鐘就要開始，快點準備。」

我決定稍微改變對這個人的態度。先讓他看一下實物吧，我打開休眠狀態的筆電。

「提到爲人父母，我忽然想到，你喜歡美國恐怖小說家史蒂芬・金嗎？」

曼波魚歪著頭，我逕自說下去：

「他有部長篇小說《動物墳場》（*Pet Sematary*）。故事裡有座可讓死者復活的墳場，他向讀者提出疑問：你是否不惜借助詛咒的力量，也要讓失去的家人、心愛的人復活？英國小說家雅各（William Wymark Jacobs）有篇家喻戶曉的短篇小說〈猴掌〉（*The Monkey's Paw*），稱得上是這個主題的始祖。」

「齋木，你到底想說什麼？」

「我得到那個詛咒的墳場，想在最近拿出來賣。」

曼波魚分開的眼睛睜大。

「這次的講習會，我挑選可能潛意識地渴望它的人選參加。」我迅速操作筆電，將原始碼顯示在螢幕上。「這就是我命名爲『凱倫』的原始碼。」

「凱倫……？」

「舉個例子，只要將『希望復活的人』的資料埋葬在此，就能讓那個人在凱倫星球上長存不朽。」

「聽起來根本是唬爛。」

「我想也是。不過如同你知道的，這是再過幾年，就可正式實際運用的技術。」

一陣沉默後，曼波魚沉重地開口：

「你是說Digital Twin——數位雙胞胎嗎？」

我點點頭，「啪」一聲闔上筆電。

未來就在眼前。讓人類生死境界變得曖昧模糊的未來。

時間到了。我進入會場，望向坐在最後一排角落的教師草壁信二郎，這個形同臨時報名參加的年輕教師，注視著我，一動不動。雖然散發出沉穩的氛圍，但我發現他的身上也有苦惱的陰影。

我忽然心想，也許這名教師和凱倫的開發者一樣，失去親近的重要人物——摯愛。

一抵達精品店，春太就在陳列上衣和大衣的櫃子前一步步橫向移動，著手替我挑選。

「原來你是常客……」我想起他被二姊和三姊當成牛馬使喚的事。

「是啊。這裡可網購，非常方便。此外，也可在家試穿。」他埋怨著假日懶得出門的姊姊們，接二連三挑出衣物：「來，這件，還有這件。」我抱著這些衣服前往試衣間。店員瞪大眼看著我們。

或許是這樣被催著換了好幾次衣服，我居然覺得疲累，心想不行，吁一口氣調整呼吸。

我拉開試衣間的簾子，感覺外面有人，不禁抬起頭。

那是一個用秋季圍巾遮住半張臉的少女，和一五二公分的後藤差不多高，或稍矮一些。她的頭髮中分，露出額頭，頭髮往內側捲，夾在耳後。

我以爲她在排隊，急忙走出去，但她手上沒有要試穿的衣服。只見她揹著水點花紋背包，一手提著大紙袋。經過時我望向她，她便急忙轉向展示櫃，作勢挑選，拿起上衣。結實的大紙袋邊角，撞到她嬌小的身體，感覺頗礙事。

「是妳的朋友嗎？」在物色上衣的春太用側臉問我。

「不認識，不過她剛才好像在看我。」

「她從一開始就在看。妳在換衣服時，她一直在外面。明明沒要試穿，卻站在試衣間旁不肯離開。」

「咦，眞的嗎？」

「她的大紙袋令人好奇，店員好像也有點困擾。」

我陪妳去——這次試穿春太也跟來。以秋季圍巾遮住嘴巴的少女占據試衣間附近的展示架。咦……我發現她頻頻窺望的目標，是總共三間的試衣間。

春太輕撞少女的肩膀。我眼尖地看見他的手指趁機勾一下紙袋提把。紙袋掉下來，春太說著「啊，對不起，沒事吧？」，蹲下率先伸手。少女的臉色頓時發白，發出「噫」一聲，丟下紙袋，逃也似地離開店裡。

「你幹麼把人家弄哭？」我輕戳春太。

「做得太過火了嗎？」春太雙手提起紙袋，歉疚地說。「我瞄一下裡面，沒有附標籤的衣服或針孔攝影機之類危險的東西。」

瞄一眼就看得這麼清楚？針孔攝影機……這麼一提，藤咲高中發生過類似的事件。

「那她幹麼要跑？」

「我的表情那麼可怕嗎？」春太指著自己。

「不會啊。」

宛如少女漫畫情節的邂逅場面，應該要開心吧？好久沒看見女生對春太多餘的帥氣外表無動於衷。

我們都納悶不已。店員過來關心，春太把少女丟下的紙袋交給店員。他的表情尷尬，似乎覺得後悔。

「萬一她不回來，給店裡添麻煩就不好了。」春太像在自言自語，接著轉過身。「我去追那個女生。小千，妳決定要買哪件了吧？」

「呃，是啊。」

相中的衣服已交給店員。託春太的福，似乎能在預算內解決。

「結完帳在店門口等我。」

自告奮勇要提東西的春太瀟灑消失，只留下我和店員。客人，請問要怎麼辦？那就結帳吧——我走向收銀台。

找錢時，背後一股慌張的氣息逼近，我回過頭。

剛才的少女衝進來，撲在櫃檯上問：「不好意思，我把東西忘在店裡。」在近處一看，她的相貌比管樂社的學妹們稚氣，搞不好還是國中生。

店員想先包裝衣物，我禮讓說：「我等一下沒關係。」

少女泫然欲泣地行一禮，雙手接下看起來很結實的大紙袋。她珍惜地把紙袋緊抱在胸口，也不仔細看路就往前衝。我剛想著「她沒問題吧」，春太氣喘吁吁地進入店裡，不出所料，少女迎面撞上去。

春太像殉職的刑警般無力倒下，少女則虛脫地癱坐。我搭住她的肩膀問：「有沒有受傷？」幸好春太的身體成為緩衝墊。少女赫然回神，往後跳開，一個勁地賠罪：「天哪，我怎麼這樣？對不起、對不起、對不起、對不起！」

「這是常有的事，不必擔心。如果妳覺得抱歉，幫我抬那隻腳。」我抓起春太的一腳，挾在腋下。

「啊，好。」少女不知所措，但還是照著做。

一、二、三，我們拖著春太，離開精品店。

來到較寬闊的人行道，我得知少女的紙袋裝了什麼。袋裡只有一個模型盒，外面畫有戰車，印著看起來很難的英文。是以色列軍方的知名戰車，梅卡瓦1／35模型，適合高級玩家。

「很、很噁心吧？」

看著少女羞怯的模樣，我窺知她爲這渺小的嗜好，遭周圍的同齡少女以怎樣的眼光對待。

「才不會。」我搖搖頭，發自內心說：「換成是我，根本不可能組合這麼精巧的模型。」

「大、大家一開始……都、都覺得有趣……會這樣說……」

「就是啊。」

「今天也一樣……我本來……沒打算買……房間的壁櫃裡……還積了四十盒左右……」

話題似乎逐漸失去脈絡，什麼叫「積」？我小聲問癱坐在旁邊的春太，他應道：「意思是都沒拆吧？」然後，他帶著嘆息補充，少女恐怕是貨眞價實的模型宅。照這個速度下去，在成年前，她的房間就會先被模型塞滿。

少女垂著頭，吸吸鼻涕。「大、大家都像這樣……一個個遠離我……。我、我怕得連對學妹都不敢講。聽、聽說做模型很流行……可是，我身邊沒半個人玩……我好納悶大家、都躲在哪裡……」

我不禁同情起少女。「世界這麼大，一定會有妳的同好。春太，對吧？」

「我可不認識。」

「對了，之前很照顧我們的倉澤樂器行老闆，不是說女兒迷上做模型嗎？」

「……那是我。」

我和春太都瞪圓雙眼，連忙問：

「妳就是那個上小學時，暑假的自由研究主題選擇拆解長笛的女兒？」

「嗚！我爸居然連這種事情都說出來……」

不論對方年紀比我大還是小、是什麼身分，我發現聊了這麼久，居然還沒自我介紹。

「我叫穗村千夏，跟我一起的是上条春太，我們讀南高二年級。妳呢？」

「我是倉澤步美，讀三中。」

「三中？三中的幾年級？」

「三年級。」

我和春太一起抓住她纖細的肩膀，幾乎同時問：「妳高中要考哪裡？」「妳打算上哪一所學校？」

她慢慢抬頭，嘴唇微微打開：「兩、兩、兩位以後會是我的學長姊，雖、雖然也要我考得上南高……」

我目不轉睛地看著她，壓低聲音問：

「抱歉，問個奇怪的問題。」

「奇、奇怪的問題？」

「妳可以當我是問怪問題的怪學姊。」

「呃，不，哪裡……」

「拜託。」

「啊，好。」

「進南高後，妳決定要參加什麼社團了嗎？」

「咦？」

「放心，這不是操之過急的社團招募。」

「………」

「抱歉，我好像還是問了怪問題。忘掉吧。」

「管、管樂社。如、如果沒有長笛和模型，我就什麼都不剩。」

短暫的沉默後，在雜沓的人聲中，我聽見春太的呼喚，赫然回神。

「小千？」

我應該要開心得跳起來，卻無法打心底高興，不禁感到困惑。我覺得呼吸有點困難，瞞著兩人悄悄深呼吸，總算發現胸口疼痛的原因。

沒辦法永遠維持現狀。高中時光不斷流逝，我、春太、馬倫、成島、芹澤離開後，仍會有新的學弟妹出現，繼承我們。再也不會像去年春天那樣，不斷想著：大家都躲在哪裡呢？明年片桐學長的妹妹會入社，南高管樂社這艘船一定會愈來愈大。即使有什麼是我們這一代無緣目睹的，下一代、下下一代的學弟妹一定能親眼見證。
然而，我的心中某處，卻不願意接受這個事實。
春太向倉澤說明：「我們是南高管樂社的。她吹長笛，我吹法國號。」
「原、原來是這樣。」
微風吹拂著我，表情恢復明亮：「是的，對不起喔。」
「爲、爲什麼要道歉？」
「雖然只能跟妳相處一年，不過我會好好珍惜。」
倉澤眨著眼回望我。我似乎聽見春太小聲說：我好羨慕小千這種什麼話都能說出口的個性。他低頭看表，轉向倉澤問：
「接下來妳有事嗎？」
倉澤沒發現是在問她，左右張望。春太再問一次，她緊緊抱住裝模型的紙袋。感覺她的沉默漸漸化成一堵厚牆。正當我以爲她不會回答，準備放棄時，聽見她拚命鼓起勇氣回答：
「沒、沒有。」
「那麼，這也算是一種緣分，大家一起去吃午飯吧。」
她抬起頭，我「咦」一聲，急忙拉住春太的袖子：「不用去老師那裡嗎？」
「這邊比較有趣。」
我用力拉他的袖子：「眞的可以嗎？」
「不過妳要請我們，吃便宜的就好。」

「嗯，好。」我點點頭，用拇指抹了抹眼角。「眞拿你沒辦法。」

「這個時間，每家店人潮都開始變多，快走吧。」

春太邁開腳步。我拿過他手上的購物袋，轉向倉澤，拉起她的手說：「一起去吧。」

「咦，妳要參加縣政府主辦的合奏比賽？」

我們坐在五百圓義大利麵餐廳的桌位旁，春太拚命把大盤培根蛋麵塞進嘴裡，一邊問。

「是二重奏。」

倉澤的語氣沒那麼緊張了。她展現旺盛的食欲，在盤子上轉動叉子捲麵。我覺得可能吃不夠又加點的披薩送來，兩人同時伸出手。

緊臨後方的座位傳來笑聲，大蒜和橄欖油的香味圍繞著我們。客人不斷增加，店內人聲鼎沸。

「妳是考生吧？家人沒反對嗎？」我擔心地問。

「我爸還好，跟我媽還在爭執。」

我想起倉澤樂器行的太太在教授長笛和短笛。

春太吞下嘴裡的披薩，「妳要吹什麼曲子？」

「日本的原創曲。」

「原創曲啊。我國中時，曾有學校因曲子發生糾紛。妳們學校的顧問有沒有確實處理好著作權問題？」

「縣政府的管樂聯盟立刻同意，聯盟成員好像知道這首曲子。」倉澤本來要報出曲名，又打消主意。「這麼說來，我一直放在裡面。」她把水點花紋背包拉過來，取出一捲老舊的錄音帶。

錄音帶。我上高中後才知道這種東西，最大的好處是可利用快轉和倒帶鍵，調節到短短數秒的絕妙位置。跟CD或MP3不同，曲子中間會有空檔，非常適合練習演奏，在南高管樂社，是春太普及開來的。

倉澤把錄音帶遞給春太。表面的白色標籤上，用簽字筆寫著「行星凱倫」。不曉得她爲什麼不直接說出來，默默觀察指出版權問題的春太的反應。

「我也不知道所有長笛二重奏的曲子，第一次看到這個曲名。」

「以前的比賽裡，有學生用這首曲子拿下金牌。」

「眞的？方便在這裡聽嗎？」

「不好意思，我有別的錄音檔，可是跟隨身聽一起放在家裡……」

春太把無法播放的卡帶翻過來交給我。這時他的一句話，害我大吃一驚：

「光看曲子的標題就知道，妳的母親應該不會答應吧。」

春太冷淡的態度令我焦急：

「連聽都沒聽過，你怎麼能這麼說？」

「我媽也是一樣的反應。」倉澤嘆氣似地低喃，微微歪頭問：「爲什麼呢？」

春太拿紙巾擦擦嘴，喝一口開水：

「世上沒有行星凱倫，因爲凱倫是衛星。」

倉澤不禁一愣。

停、停，暫停一下，我雙手交叉，暫時打斷對話，在桌子底下輕踹春太的腳尖。

「你什麼時候變成天文學家？」

「我上次看老師好像很內行，爲了跟老師聊得投機，跑去圖書館借書研究一下。」

原來你就是這樣超前我的？「不是看替代醬油的書？」

「……那引起成島的爆笑，很好啊。類似的還有尿激酶（Urokinase），一種具有抗凝血作用的藥物，是從成年男性的排泄物精製而成。界雄聽了似乎很感動。」

嘴裡的番茄肉醬麵忽然變得難吃。

我連聲向倉澤道歉，要春太回到正題。

「有『雙行星』這樣一個詞。妳們可以想像一下，在田徑比賽中擲鏈球。」

春太旋轉手腕。認真的倉澤，目光受到圓形軌道吸引。

「實際速度更緩慢，不過兩個大小幾乎相同的行星，以這隻手腕爲共同重心，進行公轉，就叫『雙行星』。類似地球與月亮的關係，不過月亮比地球小太多。不好意思賣了關子，總之，太陽系裡有一對唯一稱得上『雙行星』的星星，就是距離地球非常遙遠的冥王星，和它的衛星凱倫。妳們知道冥王星吧？」

倉澤點點頭，做了個深呼吸問：「那麼巨大的衛星，就在冥王星旁邊？」

「沒錯。原本備受期待能加入行星夥伴的衛星，本來就要加入太陽系水、金、地、火、木、土、天、海、冥後面的星星，不幸的星星——凱倫。」

「不幸的星星……」

「對。由於天文技術的發達，發現冥王星其實沒有天文學家以爲的那麼大。雖然還是很大，不過，後來又發現另一個比冥王星更適合稱爲『行星』的星球。最後，冥王星從九大行星中除名，理所當然地，原本是雙行星的凱倫也無緣榮登行星榜。這是行星的定義不夠明確引發的悲劇，全世界有許多人爲此傷心難過。寫下〈行星凱倫〉的日本人，或許也是其中之一。」

倉澤拿叉子的手完全停下，專心聆聽。

「回到最開頭吧。『行星凱倫』這個詞並不正確。在官方場合使用不正確的詞，容易招來批評。若不怕誤會，說得極端點，這就是文化與次文化的差別。妳的母親是藝術界人士，如果希望國中生的女兒學習到正確知識，任何父母對這樣的曲名，都不會有好臉色。」

倉澤露出困惑的表情，不過她似乎有些瞭解：「原來是這樣啊。」她背靠在椅子上，垮下肩膀。

我不禁擔心，總覺得該說點什麼，於是噘起嘴問：

「妳報名了吧？」

她垂著目光，點一下頭。

「如果作曲家是個了不起的人，或許是故意這樣命名的，不是嗎？凱倫，不幸的星星耶？曲子的名稱不就反映出這個事實？純粹出於喜好，挑選這首曲子演奏，有什麼不可以？」

春太訝異地看著我：

「小千……」

「幹麼？我討厭滿口歪理的人。我支持這個世界是以情感運作的。」

原本僵住的倉澤，嘴巴慢慢動了起來：

「每個人都認爲正確的事，隨著時代改變成爲錯誤也不稀奇。然而，美好的、讓人感動的事物，卻是永恆不變的……」

她的聲音小到幾乎聽不見，我忍不住反問：「咦？」

「我、我覺得可以。〈行星凱倫〉的作曲家是新藤直太朗，他的兒子誠一以這首曲子拿到金牌。誠一先生提供我錄音檔和樂譜。每天晚上，我都在網路上和他交談，他甚至給我許多演奏的建議……」

她像吐露極大的痛苦般接著說：

「我喜歡他，我愛上他了。這和名字或外表都沒關係。我學妹也很喜歡這首曲子，十分努力練習。」

喜歡……

我和春太挺直背脊，挪動屁股在椅子上重新坐好。

「抱歉……」春太道歉，「我不該和妳母親說一樣的話。」

「嗯，有什麼問題，可以告訴我們。」我傾身向前。

短暫的沉默後，倉澤下定決心般咬緊下唇，匆匆說起她和新藤誠一神祕的邂逅。

五年前停止更新的網站。

還有回應呼喚的他，希望倉澤幫忙解決的、發生在S市精品店試衣間的消失事件——

她彷彿嗅出眼前的兩人，一定能解決這個自己無法勝任的難題。

「關於數位雙胞胎，我想進一步請教……」

講座八十分鐘，發問時間十分鐘，與「ＩＴ技術提升講習會」的常客閒聊後，著手收拾的我，被草壁信二郎這名年輕的音樂教師叫住。他似乎守在會場角落，靜候我有空。

我在講習會上暗示未來可能進行人格複製。中間我只提到一次「數位雙胞胎」這個詞，我覺得他很敏銳。

這名教師在最後一刻報名，形同臨時參加。我很想知道，草壁是怎麼取得應該沒寄給他的廣告信。正猶豫要不要撥時間給他，手機恰巧響起。我不經意地朝住商大樓的通道一看，發現曼波魚藏起半個身子，在向我招手。我向草壁舉起作響的手機，告罪「請稍等我一下」，離開會場，前往曼波魚所在的通道。

曼波魚將一疊問卷遞給我。我抽出草壁信二郎的那份，迅速瀏覽。在「往後希望收到進階課程等宣傳廣告嗎？」的問題底下，並未勾選「是」。

「齋木，我稍微查到那個老師的底細。」

「咦？」

「你不是以部下的身分拜託我這個上司？」

「呃，是這樣沒錯，可是只有名字，虧你查得到。」

「你像說書人般扯得天花亂墜時，我為了別的事打電話給社長。」

「哦？」

我想起年過花甲，穿起和服很稱頭的社長。他今天應該關在事務所，幫孫子們用攜帶型遊戲機蒐集寶可夢怪獸。他甚至蒐集到非常稀有的怪獸，這份努力令人感動。這麼一提，他曾談及在醫院認識的寶可夢同伴，是一個小女孩，記得叫京香。那個女孩最後沒能出院，不幸過世。收到女孩的母親寄來的致謝函，老人默默垂淚，那景象實在教人不忍。

「社長是個古典音樂通，知道草壁信二郎。名字和年紀都符合。」曼波魚的小圓嘴張動著。「他是個才華洋溢、備受矚目的新世代指揮家。身為音樂家山邊富士彥的徒弟，五年前本來要在德國的交響樂團訪日紀念公演上指揮，卻在當天鬧失蹤，引發一些風波。社長去看過那場公演，所以記得。」

「指揮家在公演當天不見，這是常有的情況嗎？」

「社長形容為破天荒。」

「是喔？」

「山邊富士彥臨時替他上台指揮，但山邊患有嚴重的宿疾，傳聞他就是因為那次折騰，減壽好幾年。」

「他是遭音樂界放逐，跑來地方學校當老師嗎？」

「不曉得。據說公演當天，他不在日本。」

我從會場入口，偷瞄一眼坐在折疊椅上等待的草壁信二郎。好久沒看見坐得這麼端正的人。背後傳來曼波魚的話聲：

「社長說了很有意思的事。有些年輕指揮家過度追求成果，會在練習中動輒打斷演奏，喋喋不休地陳述自身的音樂觀，這種人會被討厭。」

「……他是這種型嗎？」

「相反，完全相反。他的練習時間極短，很受樂團成員肯定。愈是演奏技術高超的交響樂團，愈希望指揮家能要言不煩、適切地說明想表現什麼。這麼一來，練習會變得精簡，樂團成員會很開心。」

聽到曼波魚這樣描述指揮家的才華，我十分意外。若是既聰明又能言善道，豈不是跟商業界的領導人沒兩樣了嗎？對手愈是這麼厲害的角色，我就愈來勁。

「你要怎麼做？」曼波魚問。

「我不知道他來參加的目的，不過，他不就是個別有隱情、來歷特殊的老師嗎？」提防之心可媲美武裝，但對草壁似乎沒必要。「最重要的是……」

「最重要的是？」

「音樂教育是出了名的花錢，比上醫大還貴。即使是指揮家，依然得接受鋼琴和視唱聽寫等訓練。」

「你的意思是，他家很有錢？」

「是父母可輕易爲孩子掏出四、五千萬圓的家庭。」

默默注視我的曼波魚表情一沉，我說錯什麼了嗎？

「你要把他的父母扯下水？」

「我知道不能踩的線在哪裡。」我焦急地從口袋掏出面紙，用力擤鼻子掩飾。

「待會我端茶過去，我也想一起聽。」

「好吧。我們是NPO法人，請走親切隨和路線。而且，我們是平等的關係，並非上下階級。」

「你這個老油條，我就忍耐一下吧。」

我拿著手機，裝作講完急事的模樣返回會場。草壁以外的參加者都離開了。

「抱歉，讓你久等。」

「不好意思，耽誤你的午餐時間。」

草壁從折疊椅上起身，恭敬行禮。

「哪裡、哪裡，我無所謂。這時間不管去什麼地方都很擠，而且會議室接下來也沒人預約。」

我接過他的名片，有些驚訝。原來最近的老師也有名片？我從名片夾裡取出頭銜是「NPO法人　三星電腦研究開發機構」的一張遞給他。三星，暗示冥王星的衛星，凱倫、許德拉（Hydra）和尼克斯（Nix）。

慎重起見，我試著進行確認：

「請問，你是從哪裡得知今天的講習會？」

「聽社團的學生說的，他的祖母上過齋木先生的課。」

祖母，在南高有孫子……我皺起眉頭沉潛到記憶裡。是後藤奶奶嗎？我想到了，好像是希望和療養中的親人用智慧型手機聯絡，所以來上課。是我一時疏忽，把今天的廣告信寄給那位奶奶嗎？

畢竟我免費教授的課程，從未接到抗議或發生糾紛。那麼，這名叫草壁的教師，是純粹感興趣嗎？我得到這樣的推論。是出於音樂家的感性，還是好奇心？那麼就容易攏絡了。

我拉過折疊椅，與他隔著長桌對坐。本來想從閒聊開始，但我打消念頭。只見他正襟危坐，擺出聆聽的姿勢。

「草壁先生要詢問『數位雙胞胎』的事吧？」

「是的。」

「我在講習會上提過，可當成一個人格的複本。『數位雙胞胎』這種技術，是讓電腦模仿一個人的行動、思考、習慣、聲音，來進行決定。根據歐美學者的預測，幾年內就能實際應用，甚至只要三十年左右，便能將人類完整的意識上傳到電腦。」

「意思是，可在電腦裡創造出另一個自己？」

草壁單純地流露疑惑的眼神，微微歪頭。看來不是在說一般論，而是在徵求我的意見。

「回答這個問題之前，」我豎起食指，「要舉個相當突兀的例子，請做好心理準備。今天會場有位高齡的老先生，他是某家連鎖餐廳的老闆。恕我不怕忌諱地說，假設他一離開會場，就被車子撞死。」

不出所料，草壁面露疑惑，但我沒理會，繼續道：

「站在被留下來的人的立場，他等於是擅自從這個世界退場。他不在了，但留下來的人身處的世界，時間仍不斷流逝。即使幸運克服遺書和生前贈與等麻煩，或許有些人需要他的建言，有些人一直以來活在他的引導之下。對於這些被留下來的人，可以提供什麼幫助？其中一個建議，就是製作他的意志的複本。」

我觀察草壁的反應，但他搖搖頭：

「確實太突兀了，我有些跟不上。」

「聽到這裡，你有什麼想法？」

「好像科幻作品的世界，只能說太離奇……」

「但草壁先生似乎很感興趣，畢竟你參加這次的講習會。」

他沒上鉤，而是沉默。這沉默顯示出答案。

「回到你剛才的問題，我認爲在電腦中製作另一個人格，是極有可能的事。回到企業家的例子，這不是要他的複本來經營公司。他應該擁有很棒的繼承人。說得極端點，當繼承人需要建議、迷失自我、不知該如何做決定時，複本可透過『是』或『不是』來引導他。我們的心非常脆弱。不管任何人，只要失去至親，總會遇到想問『如果是他，會怎麼做？』的瞬間或狀況。」

草壁的雙眼一亮，彷彿微微搖晃，注視著我。

人的眞心最容易顯現在臉上。尤其是眼神，如實反映出活生生的感情。

確實很容易拉攏，我對自己的直覺感到滿意，繼續解說：

「我在會前看一下報名者名單，草壁先生在高中擔任音樂教師吧？你的學生裡，有沒有人每天寫日記？」

「寫日記？」

「沒錯。寫日記，也可說是某種個人史。」

草壁扶著下巴，像在思索。「不，學生應該都沒這種習慣……」

「這一點你就錯了。現在的學生幾乎每一個人、每天都會寫日記，完全不是從前的人可比較的。即使寫得少，一天也至少會花上十五分鐘，多的人會超過五小時。」

我從西裝口袋取出一般手機和智慧型手機。草壁浮現理解的神色，我接著道：

「我更進一步說明『數位雙胞胎』吧。『數位雙胞胎』是根據透過電子郵件、部落格、臉書等社群網站，及電腦和智慧型手機的操作記錄等，蒐集而來的資料爲基礎，讓電腦學習使用者對事物的觀點、想法、習慣、好惡。整理先前的敘述，就是從龐大的數位日記進行自我複製。當然，資料愈多，愈能貼近自身。」

草壁眼鏡底下的雙眸瞇起，停頓一下，然後開口：

「或許聽起來像外行人的疑問，但不容易吧？」

「這可不能小看，美國的企業正在開發能進行機器學習的人工智慧。它叫華生，已在猜謎節目中打倒冠軍選手。」

草壁驚訝地看著我，卻冷靜地回答：

「不必依賴網路上的資訊，直接請目標對象協助，讓他們輸入資訊，不是比較快嗎？」

「你是指口頭輸入，或填寫預先設計好的問卷？」

「對，這樣比較不會漏掉必要的資訊。」

「如果能得到目標對象或其近親的協助，確實會是有用的資訊。」我強調「如果能得到協助」這一點。「不過，請目標對象一口氣回答，也會有相對的風險。沒有人會誠實填寫問卷，這很常見吧？最好是避免直接要求對方回答眞心話，而是一點一點慢慢蒐集。」

草壁注視著我，「做爲複製資料的基礎資訊，是透過齋木先生在講習會上說的搜尋功能取得嗎？」

「沒錯。網際網路很方便，但在體制上，也成爲一種容易監控的網路。只要輸入一次，紀錄和操作資訊就無法刪除，而且很方便就能找到。所有數位資料都是由1和0構成的資訊，只要搜尋特定排列方式的0與1，就能立刻找到想要的資訊。」

草壁不解地偏著頭，「那麼，涉及隱私的公開、非公開的過濾器機密性怎麼辦？」

好問題，怎麼不在講習會的發問時間提出來？「聽說，在某共產國家，短短一個月內，可得到近兩億人的所有私人電子郵件、對話錄音檔和圖片檔。若不擇手段，居然能做到這種地步。撇開『這種行爲是否正當』的道德判斷，草壁先生對『隱私』似乎有所誤解。」

「誤解？」

「請看看街上。咖啡廳、高級日本餐廳、飯店休息室、高級健身中心，去到郊外，還有高爾夫球場。在這些地方，隨時隨地都有人以不會留下紀錄的形式交談。有些是無傷大雅的閒聊和生意經，有些是密商和陰謀，甚至有影響歷史的對話。只要我們成天面對電腦和智慧型手機，永遠都無法參與這些。」

草壁深深吸氣，沉默不語。

至於我，很享受與他的談話。不，我發現從剛才開始，他一直讓我暢所欲言。這就是受到樂團成員支持的前指揮家的本事嗎？

不一會，他沉靜地開口：

「將資訊區分爲公開、非公開時，就沒有隱私可言。」

我不置可否。「藉由能夠進行機器學習的人工智慧，『數位雙胞胎』進化到無法和本人區別。剛才我拿某位企業家當例子，不過，即使是對網路陌生的老人，只要邀請他們參加高齡者的電腦教室，每天傳郵件、寫部落格、臉書，約三、四年的時間，就能累積到複製所需的大部分資訊。」

「難不成齋木先生的『ＩＴ技能提升講習會』，也具有這樣的目的？」

聽到他的問題，我的嘴角浮現微笑：

「如果草壁先生今天一天就察覺到，我不得不對你過人的眼力表示欽佩。不過，我們是非營利團體，是義工。」我打開筆電，重新啓動，迅速操作。「這是個好機會。我在講習中放了投影片，但就讓草壁先生實際看看『數位雙胞胎』吧。」

「這不是機密嗎？」

「無所謂，反正也不會少塊肉。」我將筆電的螢幕轉向他。

「這是……」

「製作者命名爲『凱倫』的原始碼。」

草壁抬起頭，「既然公開原始碼，表示沒用到其他公司的技術？」

「沒想到你會指出這一點，你很內行嘛。」

我刺探地說，他卻絲毫不爲所動：

「來這裡之前，我看過幾本相關領域的雜誌。因爲我是外行人，只有這點程度的知識。」

「這樣啊。」我有些理解了。「針對這份程式，我進行過分析和查詢。」

「齋木先生自己嗎？」

「這點程式技術我還有，結果沒問題。基本上不支援語音，只能做到文字輸入的通訊。這份程式成功支援名詞、代名詞、動詞、助動詞、接續詞等複雜的日語，還配備其他公司沒有的、很有趣的思考程序，這一點往後我會再說明。」

草壁客氣地提出疑問：

「就算是這樣，距離完全的實用化，還需要時間吧？」

「我們不是要開發機器人，而是只有可愛的人腦。」

草壁回望我，喉結上下移動：

「從倫理的觀點……」

「原來你是要討論這個？」

我煩惱著該怎麼回答。

這時，倒有瓶裝茶的紙杯送到長桌上。草壁的、我的，還有另一杯──抬頭一看，曼波魚抱著托盤站在一旁。

「原來如此，這是一種遊戲。」

曼波魚拖著尾音，拉開折疊椅，在我旁邊坐下。草壁起身要交換名片，他舉起一手制止：

「今天我是來支援齋木的，因爲他一直沒要打住話題的樣子，我忍不住偷聽。請原諒我的無禮和冒失。」

「我才是，抱歉耽誤齋木講師的時間。」

草壁瞄時鐘一眼，行禮賠罪。

「請別介意。」曼波魚張開圓嘟嘟的嘴巴。「倒是齋木，現在的藝人和音樂家，都會在部落格和臉書發表個人訊息吧？」

「咦？是啊。」

「如果蒐集這類個人資訊，當成『數位雙胞胎』的資料基礎，就能在自己的電腦裡拷貝喜愛的藝人。偶像的粉絲一定會爭先恐後調查資訊，創造出更貼近本人的人格吧。如此一來，便能和這個人格進行模擬戀愛，或傾吐煩惱。若是作爲遊戲，一定十分有趣，感覺會在阿宅和年輕人之間大爲風行。」

我不曉得該如何表達的事，曼波魚居然兩、三下就整理出要點，我頗爲吃驚。這與人權、倫理問題如影隨形的複製人不同。以現狀來說，即使無法應用在社會上，也能夠做爲一種遊戲成立。光是在旁邊聆聽，就敏銳地注意到這一點，我覺得曼波魚對金錢的嗅覺眞是非比尋常。

草壁張大眼，愕然地靠倒在折疊椅的椅背上。

「不管有多少反對意見，『數位雙胞胎』都會不斷進化嗎？」

我點點頭，回答：「也可能走上和Linux作業系統相同的道路。全世界的志工透過網路相連，不斷進行驗證與改良，而且是在短時間內。」

不知是幸或不幸，人是擁有自我意識的生物。我是什麼人？爲了什麼而生？人不由自主凝視著自己的生與死，甚至思考起「複製人的自我意識」這種多餘的事。

活生生的人一旦誕生，就沒那麼容易不見。

在這一點上，「數位雙胞胎」按一下滑鼠就能消滅，輕而易舉地回歸虛無。

沉默再次造訪，草壁望向筆電螢幕。

「這程式經過實證嗎？」

「我可以告訴你，裡面複製了某個五年前過世的男高中生的人格。今天講習會的出席者來信，就是他回覆的。很多人看了回覆後，決定參加。」

「什麼！」

草壁發出呻吟。

曼波魚驚訝地注視我，露出想通許多事的眼神。

「他不在人世了，但他留下部落格、網站等龐大的資料。這程式是根據這些資料複製的。」

沒必要說出這名高中生的名字。他被譽爲天才長笛手，卻英年早逝。

我看過他的演奏影片。那高超的技巧、寬廣的音色、深邃的音樂表現，即使是門外漢的我，都感受得到。他年紀輕輕，就習得讓結構單純的長笛發出驚人音色的技術。

他的人格，正從人類無法企及的孤獨星球發出訊息。

今天的我太多話了。我知道理由，眼前的草壁信二郎很像他，同樣是將來備受矚目的音樂家。

未來不一定是光明的。

也可能是一片漆黑的絕望。

這樣一個人，要在哪裡尋覓希望之光？

不小心沉默太久，讓人誤會我遺忘眼前的交談對象，我繼續說明：

「『凱倫』的製作者是那名高中生的父親，也是我以前任職的公司主管。」

用完午餐後，我們前往漫畫喫茶店上網。路旁的住商大樓四樓就有一家，三樓是二手服飾店，從高級古董衣到新商品都有賣，是我一個人不敢進入的地方。

店不大，從吵鬧的街上走進裡面，淡淡的暖色間接照明和適度的陰暗，營造出特別的空間。我不曾踏進網咖或漫畫喫茶店，對我來說，使用規則長年以來都是個謎。先結帳還是後結帳？「十二小時的套餐費用」是什麼？可以睡在漫畫堆裡嗎？我模仿春太，在櫃檯登記爲免費會員，各別選擇座位。

我們聚在倉澤挑選的、兩邊沒有客人的包廂。她坐在扶手躺椅，我和春太站在兩旁。其實，如果我們有智慧型手機，就不必這麼麻煩，但三人都沒有，沒辦法。

我和春太肩膀挨在一塊，用吸管喝著免費飲料吧的可爾必思。

「欸，這是不是太稀啦？」

「嗯，很小氣。」

未來的學長姊抱怨著無聊小事時，倉澤按著滑鼠，來到新藤誠一的網站。

全黑的畫面中央放了一張星景照片。約莫是長時間曝光拍攝而成，星星畫出大大的圓弧，我覺得很美。倉澤從底下的選單進入留言版。和車站留言版一樣，拜訪網站的人都可以自由讀寫。

留言版滿是新藤誠一和倉澤的對話。

「誠一先生的照片在哪裡？」我放低音量問。

「只有穿學生服的背影，也沒有和朋友的合照……他個子很高……我覺得高個子的男生真的很帥。」

倉澤神情嚴肅地呢喃，雙頰緋紅。我恍然大悟，難怪第一次見面時，她對春太無動於衷。

「這樣啊……」

「啊，有新的影片。」她轉頭開心地說。

「影片？」

「誠一先生的演奏影片。」

「是喔？」

「啊，這是我上星期拜託他的，學妹的部分的吹奏影片。進入正題之前，我可以先向他道個謝嗎？星期六的這個時段，或許他會回覆。」

「當然可以。」

我應道，倉澤雙手敲打鍵盤。

「誠一先生，你好，我是小步。今天我是在街上的網咖留言的。謝謝你上傳的影片！」

「我可以看一下嗎？」春太湊近畫面。「ＩＰ位址不一樣，對方會相信妳是眞的倉澤嗎？」

「依誠一先生的指示，我會在第一則留言藏進一些數字。」

「類似暗號嗎？」春太問。

「對，是誠一先生個人檔案裡的生日，三月三十一日，三三一。誠一先生的生日，剛好是入學年度的最後一天（註）。」

倉澤的側臉露出微笑。她的笑容滲透出天生的和善，是今天初次看到的表情。

「這篇文章裡有數字嗎？」

我盯著她的第一篇留言，納悶地歪頭。春太爲我解釋：

「有三個逗點，三個句點，一個驚嘆號。」

倉澤睜大雙眼，帶著椅子往後退，像在說這就是正確答案。

「我也這麼猜想，因爲只有這個答案。」

我搭上春太的順風車，暗暗祈禱倉澤不會識破我的無腦。

倉澤的瞳眸閃閃發亮，浮現信賴之色。不，別用那種眼神看我。她不曉得在想什麼，雙手遞出店裡附的耳機：

「呃……我回家再看就行了，學長姊要先看影片嗎？」

「不用客氣啦。」我雙手在面前亂搖。

「我希望學長姊聽聽看。」

那聲音近乎懇求，我望向旁邊的春太。他小聲問倉澤：

「網咖和公共電腦，不是不能下載檔案嗎？」

這麼一提，學校的電腦教室似乎也這麼規定……

「有可以存進雲端的服務。」

「這樣啊。那麼，同爲長笛演奏者，小千應該聽聽看。」

什麼雲端、IP位址，從剛才就冒出一堆聽不懂的名詞，但既然有人催促，我便戴上耳機。下載的影片開始播放，令人驚訝的是，畫面上只有長笛和手指的特寫。

影片有些陰暗，稱不上鮮明。

只有二重奏的其中一邊，不知整體聽起來是什麼樣子，但有一種舞曲的印象。是變形的獨特節奏，揪心又痛苦，彷彿蹣跚而行。我以爲是三拍子，打著節拍，不料拍子多出來。四拍子更是不合……依稀在哪裡聽過，很像柴可夫斯基的第六號交響曲《悲愴》，比賽中沒演奏的第二樂章的部分。是五拍子？

感覺運指很難，我注視著影片。光看手指動作彷彿就能聽到音樂，我頓時明白誠一的意圖。這是影片，可以調成靜音，把自己想表達的意境，與誠一的手指動作配合在一起。她找到一個優秀的教練。誠一是作曲家的兒子，這或許是當然的。

演奏結束，我望向手表指針，宛如預設要在合奏比賽吹奏，在五分鐘內結束。我取下耳機，交給春太。

註：日本教育法規定，兒童滿六歲生日後的第一個四月一日起，應進入小學就讀。

坐著的倉澤抬頭望著我，開口：

「我聽從誠一先生的建議，進行新藤式丹田訓練。」

丹田訓練我知道，可是……「新藤式？」我不禁蹙眉。

「抬起腳跟，深深吸氣十秒鐘，接下來只抬起一腳，重複相同動作各十次。趁刷牙時做，很奇妙的練習。聽說兩、三個星期就會有成果。」

「還能仔細刷牙，一石二鳥。」

「沒錯！」

倉澤揚聲附和，又急忙摀住嘴巴，東張西望。那動作可愛得教人想一把抱上去。我注意到她的神情變化。接觸到電腦，連接上新藤誠一的網站後，她的雙頰就一直潮紅。

春太看完影片，雙手取下耳機，一臉感動：「真的很厲害，音孔開闔的時間像精密機器一樣精準。」我點頭附和。吹快節奏的曲子時，音孔開闔時間不一造成的落差不容忽視。

椅子咿呀作響，倉澤再度轉向電腦，我們跟著轉移注意力。

「誠一先生回覆了。」

她移動滑鼠滾輪，目不轉睛地注視畫面。網站留言版更新了：

「原來妳今天不是在家裡留言。意外地，很多人會看影片練習。不只是音樂，聽說出國學藝回來的廚師，也會請當地的師傅用影片傳送食譜和製作過程。」

倉澤敲打鍵盤：

「學妹一定會很開心。後半的樂句，她的手指總算跟上。」

新藤誠一立刻回覆：

「妳學妹剛學不久吧？不過，她的練習量很大。這樣的演奏者，要將腦中的意像傳遞到指頭，需要一點時間。那感覺就像見樹不見林吧。有趣的是，只要越過高山，便會一口氣進步。」

「謝謝。只是，我們超乎預期地陷入苦戰，可能會在比賽中出糗。」

「有機會出糗是很幸福的。」

我默默看著他們對話。這則回覆令人感動。

新藤誠一到底是什麼人？

倉澤打了好幾個跪地賠罪的顏文字，然後難受地按住胸口，注視著留言版。我心想：啊，她眞的深深爲他吸引，並且開始對無法縮短的距離感到焦急。他們甚至看不到彼此的臉，只能透過網路傳達感情。

新藤誠一留言：

「啊，對了，妳在提防我不成比例的好意呢。」

「不是的。光是錄音檔和樂譜，我就無以回報了。除非我也報答你一些什麼，否則實在是不好再接受你的善意。」

「那麼，之前我告訴過妳的懸疑事件，我想聽聽妳的意見。只要妳能提供解謎的線索，我就竭盡所能協助妳，做爲回報。」

倉澤轉頭，以濕潤的瞳眸看向我們。那是尋求協助、想設法解決新藤誠一的煩惱的眼神，像在說這是她唯一做得到的事……

終於進入正題。

發生在S市精品店試衣間的消失事件。

三人一起吃午飯時，她告訴過我們內容。

我瞄一眼春太，他點點頭，用臼齒嚼著冰塊：

「妳可以跟新藤誠一說，我們是妳的朋友。」

倉澤不好意思地行一禮，轉向電腦螢幕。有些遲疑的鍵盤聲響起。

「關於解謎，我有事想跟你商量。」

「什麼事？」

「你之前表示，如果一個人推理太難，可以向信任的朋友求助。今天我認識兩個好朋友，我能向他們徵求意見嗎？」

「好朋友嗎？這樣啊。他們在妳旁邊？」

「對。我應該一開始就告訴你，抱歉。」

「有好朋友的日常生活啊。真懷念。對現在的我來說，那就像是幾百公里、幾萬公里遠的風景。妳以前說，遇到我是奇蹟。而妳在一天內就交到要好的朋友，也是奇蹟。我同意。」

「謝謝你。」

「我才要道謝。我能遇到妳，同樣是奇蹟。妳把不再是人的我，又變回人。」

不再是人……？倉澤眨著眼，彷彿有些困惑。新藤誠一繼續留言：

「快點告訴我，妳對那起神祕事件的看法吧。」

倉澤回過神，迅速回應：

「好的。我們三個要腦力激盪一下，可以稍等嗎？」

「我習慣等待，要等多久都行。」

看著留言版文字的春太眼神似乎產生變化。

「我會加油！」

倉澤打完字，靠在扶手躺椅上，鬆一口氣。

「好，總算輪到我出場啦？我簡直迫不及待。」

春太在沙丁魚罐頭狀態的包廂裡上前一步。這種時候，他眞的很可靠。我去續杯三人份的飲料，剛才空空如也的霜淇淋吃到飽品項已補滿，於是開心地拿托盤端回包廂，只見春太一臉嚴肅地在和倉澤討論。

「我也要加入！」我出聲自薦，春太轉頭回應：「我們在討論都市傳說。」

「都市傳說？『裂嘴女』、『床底下的男人』之類的嗎？」

「那些是恐怖系的，屬於神祕系的有『巴黎世界博覽會消失的貴婦談到人與客房』。」

聽到春太的話，倉澤著手在網路上搜尋。

「都市傳說開始紮根，好像是因爲美國民俗學家寫下的古典名著《搭便車的人》（*Vanishing hitchhiker*）。」

「咦，不是起源於日本嗎？」

我訝異地問，春太舔著霜淇淋解釋：

「教現代國文的老師說，接近怪談的作品，從室町時代末期開始，就有〈番町盤子屋〉的原型故事，然後在江戶時代傳播開來。」

「番町盤子屋？」

「大意是說，有個大宅的女傭阿菊，不小心打破十枚一套的昂貴盤子，被主人追究責任，最後在院子裡投井自殺。」

「太慘了吧？」

「從此以後，每天晚上阿菊的鬼魂都會從井裡現身，數著盤子：一枚、兩枚……八枚、九枚……少一枚……」

「大家一起勸她『Don't mind』，不就解決了嗎！」

「小千，冷靜點，先做個深呼吸。回到新藤誠一想解決的事件吧。」

「嗯……」

「這情節是源自於都市傳說。」

「是一九六九年，法國的『奧爾良事件』。」

倉澤又爲我用網路查詢。

「對。在都市傳說中，也算是古典的一類。情節是法國奧爾良這個城市的精品店裡，許多女性在試衣間消失。」

我似乎在哪裡聽過這類故事。「是被暗中綁票，或賣到國外的傳聞嗎？」

「撇開各種推測不談，S市的精品店事件，可說和『奧爾良事件』一模一樣。我們知道的都市傳說，以現代風格比喻，就類似篇幅只有一張稿紙的暢銷小說吧。雖然我們沒付錢買。」

「哦……」我覺得這個比喻很妙。

「在玉石混淆的都市傳說裡，不是每一則都能暢銷。因爲是無憑無據的傳聞，只有特別有趣、令人印象深刻的才會留存下來。要暢銷有個公式，典型的要素之一就是『人物消失』。」

春太顧忌周圍的包廂，小聲而清楚地說明。

我們最害怕的事物。

毫無意義、理由，甚至沒有過程，重要的事物憑空消失，格外令人害怕。

如果都市傳說的目的就是要喚起恐懼，那麼，再也沒有比這更有效果的主題。

追根究柢，我們的本能就是害怕黑暗——虛無。之所以害怕死亡，也是因爲人一死，自我的意識就會消失。

倉澤操作滑鼠，捲動電腦畫面。她在回溯留言版過去的紀錄。那是新藤誠一描述的，發生在S市的消失事件。

這是發生在某座城市的事，姑且稱為S市吧。A，還有A的朋友B，到S市的精品店購物。B找到一件中意的上衣，進入試衣間，卻遲遲沒回應。A等得不耐煩，詢問店員，店員卻說「您是一個人光臨的」。

這跟吃午飯時，倉澤給我們看的筆記內容相同。後來，倉澤與新藤誠一出現這樣的對話：

「那是很久以前，發生在開發中國家的事嗎？」

「是現代日本，與S市一樣的精品店，似乎連續發生這樣的狀況……」

我嚥了嚥口水，戳戳春太的肩膀：

「現在要解開這個謎，對吧？」

「新藤誠一是說『我想聽聽妳的看法』。他應該有某種程度的瞭解，但沒自信是正確答案吧……」

「意思是，希望我們協助他解謎？」

「留言版上的聯手合作嗎？不愧是小千，正中要點。」

好久沒被春太稱讚，我害羞地說：「沒什麼啦。」

「要得到他手中的資訊，必須看我們能提供怎樣的看法，禮尚往來。」

「沒錯、沒錯。」

「那馬上開始，妳覺得如何？」

我早就轉換成轎上大爺的心情，等著春太解謎，所以他突然一問，我整個人傻住。幹麼這麼壞？

「……搞不好是整人節目之類的。」

「電視台要求店家串通？」

「嗯。」

「那樣的話，也可能是網路的影音分享網站。那類網站會根據播放次數，分紅給上傳者，搞不好是大規模的整人企畫。」

「不好意思，」倉澤客氣地插入我和春太之間。「我也這麼猜想，立刻就去查。但傳播倫理法規變得嚴格，禁止電視節目對一般民眾進行這種整人企畫。」

「眞的嗎？」春太一臉佩服，「那影片網站呢？」

「我也查過外國網站，可是沒找到。」

「這樣啊。不過，如果做那種事，應該會被店家控告，也不能故技重施許多次……」他一手搔著頭。

聽到「店家」，我問倉澤：

「S市的精品店，是今天我們去買衣服的那家店吧？」

「誠一先生沒特別點明，不過我猜應該就是那家店。因爲網路上有傳聞。」

「所以，妳才會跑去現場勘查嗎？」春太問。

「對，我猜到是那家店後，就三不五時跑去看。」

爲了幫忙新藤誠一，如此頻繁跑去那裡？我忍不住驚訝。電車錢也不是一筆小數目……

春太接著開口：「妳有沒有看見關鍵的那一瞬間？」

她搖搖頭，「不過，店裡一定會出現一位先生。今天沒看到他，但他總是親熱地跟店員交談，我很好奇他是誰。」

「對方大概幾歲？」

不知爲何，倉澤的聲音有些沮喪：「我想應該不只二十多歲。」

「不只二十多歲？那是三十多還是四十多歲嗎？」

「我看不出來。對不起，派不上用場……」

這也難怪。在國中女生眼裡，所有成年男性都是歐吉桑。若說三十多歲，看起來頗像，但即使說是四、五十歲，也可以接受。

一道既深又長的嘆息響起，是春太。

「難道妳期待見到新藤誠一？」

「咦？」倉澤回頭仰望春太，表情一僵。

春太指著電腦畫面。是新藤誠一、兩則之前的留言：「或許和許多事都有關係。」

「他很可能就住在這個市內。妳覺得只要去到案發現場，或許就能遇見他，對吧？」

我對著半空計算起來。呃，五年前是高三，如果大學四年就畢業，現在是出社會的第一年。不無可能。

倉澤臉紅到耳根，嘴巴一張一闔：

「……我、我不可以……想、想、想要見他嗎？」

「我明白妳的心情，可是最好不要。」

我瞭解春太想說什麼。自從不久前發生的事——藤咲高中的岩崎帶來音樂密碼，要考慮的因素變多了。

我覷著一臉難爲情地低下頭的倉澤，說著「不好意思，我看一下好嗎？」，抓住滑鼠。她點一下頭，於是我稍微回溯前面的留言。

（兩名長笛演奏者像隔著遙遠的距離通訊。）

（這首曲子的意象，就是從地球和約五十億公里外的星星通訊。）
（五十億公里？）
（是人類太空航行不可能抵達的距離。有生之年，兩人不可能相會。）
我望向倉澤，她的頭似乎垂得更低。
遙不可及的距離……
兩名長笛演奏者不可能相會……
我再次重讀那令人心痛的文章，憶起她的一舉一動，想像她懷著怎樣的心情咀嚼這些對話。我忍不住把新藤誠一和她，與長笛二重奏樂曲〈行星凱倫〉的暗喻重疊在一起。
我無意識地咬住下唇。
只要去到學校，就能見到草壁老師的我很幸福。
如果解開失蹤案件之謎，兩人的距離會縮短一些嗎？
雖然不曉得接下來有什麼在等待，但若她強烈地渴望，即使只有一步，還是應該前進。現在，有我和春太協助她。
看看手表，我忽然發現：
「對了……欸，春太，我們會不會讓新藤誠一等太久？」
「他說習慣等待，要等多久都行，所以沒關係。」
我輕扯他的衣服。我們背對倉澤移動到包廂角落，小聲交談：
「既然特地移師到漫畫喫茶店，你有自信解謎吧？」
「當然。吃飯時看到倉澤的筆記，我就想出來了。」

扶手躺椅傳來咿呀聲，我知道倉澤正豎耳偷聽。她站起來，擠進我們之間：

「你曉得答案？」

包廂本來就窄，這下三個人還擠在角落，春太被兩個女生包夾，露出打心底厭惡的表情。

「至少新藤誠一提出的問題，我可以當場回答。因爲那篇文章是刻意那樣寫的。」

「問題……？」倉澤茫然地抬頭，不明白春太想表達什麼。

「那篇文章缺少幾個重要詞彙，關鍵在於能不能發現。在某種意義上，或許接近腦筋急轉彎吧。」

「什、什麼意思？」

春太走到電腦前面，開始說明。

「看，比如這一句：『A，還有A的朋友B，到S市的精品店購物』。」

「呃，對……」

倉澤彎身端詳畫面，我也湊過去。

「上面並沒有寫『一起』。」

「『凱倫』裡複製五年前過世的高中生人格。對於我們以文字輸入的問題，他能以名詞、代名詞、動詞、助動詞、接續詞等複雜的日文回應。今天講習會參加者的來信，就是他回覆的。」

我拉過一旁的筆電，望向螢幕。

上面顯示程式的原始碼，宛如讓死者復活的儀式咒文。爲了對『凱倫』的製作者——高中生的父親，及對他的執著表達敬意，我補充一句：

「非常完美。」

坐在長桌對側的草壁吸一口氣，嘴唇幾乎不動地說：

「那個高中生會過世，是因爲……」

「一場意外。」

我僅僅簡短回答。

記憶復甦。當時我還在上一個職場，透過電視新聞快訊得知那場意外。直昇機拍攝的影像，讓人感覺不到一絲有人生還的可能性。因爲實在太淒慘，我覺得那是發生在另一個遙遠世界的事。高中生的父親從公司早退，應該是趕往現場。那位父親唯一的希望化爲泡影。如今回想，從那天起，目睹地獄景象的他就拋棄人的身分。

我抬起頭，打破尷尬的沉默：

「『數位雙胞胎』也有缺點。」

「缺點？」

「復活的人格不會長大。」

我自信地笑著，繼續說：

「草壁先生懷著強烈的興趣，出席這次的講習會。不過，你看起來不像其他參加者，想讓死者復活，與他們交談。剛才我也說明，不管任何人，只要失去心愛的人，一定都曾有過這樣的念頭：『如果是他，會怎麼做？』比方失去伴侶的未亡人，遇到再婚的機會，應該會想問：『只有我再次得到幸福，可以嗎？』」

我聽見有人喉嚨作響，是草壁。我一口氣深入對方的陣地：

「草壁先生還很年輕，假若你正面臨人生歧路，希望某人推你一把，與『數位雙胞胎』對話，應該會很有助益。」

「希望某人推我一把……？」

他略帶顫抖地回道。

「草壁先生心中也有這樣的人吧？像是摯友、恩師……」

然後我熱切地說：

「或是情人。」

草壁的眼神大大地搖晃，倏然望向我。

原來如此，他失去的是情人。

備受矚目的新世代指揮家，於五年前的公演失蹤，當天不在日本——一切似乎快串聯起來。對方在大海的彼端，而草壁沒能見到那個人的最後一面，是嗎？

不，等等，我轉念一想，認識的音樂家曾大發豪語，表示就算遇到父母的葬禮，還是會選擇登台演出，草壁一定有別的理由……

我在腦中組合話語，想刺探對方的真心。這時，坐在旁邊的曼波魚交抱雙臂問：

「『凱倫』安裝的人工智慧程式可以信任嗎？」

「當然，因爲不必思考Frame Problem——框架問題。」

「框架問題？關於人工智慧，我只知道御茶水博士（註），能不能說得更淺白一點？」

草壁動搖的眼神移向曼波魚。這樣啊，他還沒完全信任我。我察覺曼波魚的介入是伸出援手。把他逼急也得不到答案，而且這剛好能趕走變得沉重的氣氛。

「舉個知名哲學家用過的例子。我們隸屬的NPO法人的代表，我都叫他『社長』——社長總是拋開工作，沉迷於用攜帶型遊戲機蒐集寶可夢，連非常稀罕的怪獸都蒐集到手。」

「那相當辛苦呢。」曼波魚板著臉幫腔。

「其實我也在蒐集，所以很想要社長的紀錄檔。我打算用偷的，但不想留下證據，於是製作一個搭載人工智慧的機器人，派它去偷。假設這個機器人叫『框架一號』，我下令『去事務所把遊戲機拿來』，『框架一號』十分優秀，順利執行任務，可是社長爲了安全，在遊戲機上設置限時炸彈，在某些條件下會引爆，導致離開辦公室的『框架一號』爆炸。」

「與其被人奪走，情願自行毀掉，跟戀愛一樣。感覺是社長會幹的事。」

曼波魚托著腮幫子，一一爲我補充安裝虛構炸彈的理由。

「……這件事之所以發生，是因爲『框架一號』雖然理解『取出遊戲機』的目的，卻

註：手塚治虫的作品《原子小金剛》裡，令原子小金剛重生的科學家。

無法理解附帶的狀況『拿走遊戲機，等於拿走炸彈』。」

草壁的臉上浮現理解的神色。

專注說話的我摸來紙杯，喝一口茶。

「爲了達成目的，我開發能夠考慮附帶事項的人工智慧型機器人『框架二號』。但二號進入事務所，來到遊戲機前，卻停止動作，於是限時炸彈啓動，二號爆炸。因爲二號開始思考和引爆相關的所有附帶事項發生的機率，像是『移動遊戲機，上面的炸彈就會爆炸嗎？』、『必須在移動遊戲機前，先把炸彈移走嗎？』、『有沒有其他陷阱？』、『這個遊戲機是眞的嗎？』，根本沒完沒了。這些問題多達無限，要考慮完全部因素，需要龐大的計算時間。」

曼波魚露出傻住的表情，「一口氣變成廢物機器人。」

「會愈來愈沒用。」

「什麼意思？」

「我心想，這次一定要達成目的，開發出不會考慮無關問題的改良版人工智慧型機器人『框架三號』。但三號還沒進房間就停下。因爲三號在進入房間前，爲了列出與目的無關的事項，陷入無止境的思考。理所當然，與目的無關的事項多不勝數，若要全部納入考慮，需要龐大的計算時間。請和一號比較看看，三號連事務所的門都跨不進去。」

聽到這裡，草壁總算開口：

「框架問題，是指必須預先設定好思考的框架嗎？」

我欣喜一笑。這個人果然領悟力很強，即使是專業領域以外的事，也能夠徹底吸收。

「沒錯，所以人工智慧的運用才如此困難。人工智慧與人類比賽的例子，想必你也聽過雙陸棋和西洋棋的對奕，就是這麼回事。」

「那麼『凱倫』……」

「他能做到的溝通，僅限於透過郵件、部落格、臉書等社群網站累積的話語，因此不符合框架問題。將輸入的問題依詞節細細分解，如果把此一過程稱爲『分析』，就是將分析後的文字串累積起來，再利用這個字庫進行『學習』、『計畫』、『產生』，然後輸出。」

接下來是『凱倫』的關鍵部分，我的語氣變得有些激動：

「還記得我用日記來比喻嗎?平常我們輸入的龐大數位資訊裡，包括『日期』和『時間』等等。『凱倫』安裝一種程式，可根據日本全國過去的天氣資訊，分析輸入的文章如何受到天氣左右。除了天氣以外，也可依一年中的特定時期、時間帶，來選擇心理層面的詞彙。」

我滔滔不絕，就好像『凱倫』的製作者靈魂附在我身上。

「下雨的日子，戀愛的情緒特別高昂；季節交替的時期，情緒則會變得不穩定；女性會因獨特的生理現象而心情煩躁；到了傍晚，腦袋總算清醒過來——在『凱倫』上復活的人格，會擁有獨特的人味。」

草壁的眼神移向筆電。我知道他在想什麼。

「你很好奇這個高中生的人格嗎？」

「呃，嗯……」

「現在正好是測試期間。他在詞彙的選擇上有情緒不穩的傾向。對於講習會的郵件詢問，他照著我們教導的回應，但或許無法和人聊太久。」

草壁嘆氣，重新坐正。

死者以這種形式復活，與生者產生關聯。會覺得難以接受，也是人之常情。

只是，被留下來的人很脆弱。

察覺曼波魚盯著我，我以眼神回應：你能靜觀其變，別插手嗎？我有辦法攻陷草壁。我要他主動說出口。

草壁遲疑一下，「是、是不是還有最根本的問題？」

「最根本的問題？」

「『數位雙胞胎』的基礎資料是否正確。」

「什麼意思？」

「齋木先生描述的社群網路，以某種意義來說，是建構在虛擬的人際關係上。」

看吧，來了。

「你的意思是，由於手機和電腦的普及，現代社會的人際關係變得稀薄，比不上活生生的人與人之間的互動？」

「……沒錯。」

「這是草壁先生自己的想法嗎？」

「……在學校也有很多老師這麼教導。」

「這樣啊。」這句話讓我確信，他還沒完全融入教職。「每一個時代都是如此，世代之間的歧視一點都不稀罕。中高年人對年輕人既羨慕又恐懼，滿不在乎地竄改記憶，聲稱他們年輕的時候能幹許多。」

我把折疊椅的椅背壓出吱咯聲響，斬釘截鐵地說：

「透過網路建構的關係，也是不折不扣的人際關係。」

「可、可是……」

「人際關係沒有虛擬或現實，也沒有正確或不正確之別。況且，人際關係始終有著虛擬的一面，不是嗎？從幾百年前起，人們就會透過閱讀，與未曾謀面的作者對話。」

「那、那是……」

「草壁先生，你在擔心什麼？」

「擔心……？」

「沒錯。與不知道長相、聲音、本名的對象心靈相通，這種情形自古以來就屢見不鮮。尤其是在藝術和文化的世界裡。」

他目不轉睛地看著我，彷彿忘了眨眼。

只差一步。

「草壁先生應該也有過無數次、多如繁星的經驗。」

「……多如繁星？」

「沒錯。草壁先生是音樂老師吧？不管是巴哈、莫札特還是蕭伯特，解讀、感受他們注入音符的感情、呼吸，這樣的過程不就如同超越時空的對話嗎？作曲家寫下樂譜這份只有演奏者才能解讀的書信，而演奏者的回信，則傳遞給未曾謀面的聽眾。你不覺得這裡頭也有互通的心意嗎？」

這個人想要『凱倫』，他會是第一號。就利用他做爲升級的樣本吧。正當我如此確信的瞬間——

草壁的眼神出現變化。動搖的眼神消失，內心的波瀾平息，浮現大夢初醒般的表情。明明前一刻就快被我說服。

難道我說錯什麼？我不該得意忘形，踏入不熟悉的音樂領域嗎？我想挽回失分，卻不知犯什麼錯。

草壁的視線再次投向筆電。眼鏡底下，透著悲傷的黑瞳注視著活在『凱倫』世界裡的高中生。住手，不要用那種目光看他。

「這下我明白了。」

「……明白？你發現什麼？」

這回輪到我不安。他的嘴唇沉痛地、緩慢地掀動：

「我發現『數位雙胞胎』的致命缺點，人……一旦死亡就結束了。」

漫畫喫茶店的包廂裡，倉澤再次坐到扶手躺椅上，我和春太從她背後探頭看電腦畫面。

依據春太的推理，我們整理出想法。倉澤一臉緊張地連上留言版：

「誠一先生，讓你久等。現在方便聊天嗎？」

不久，出現新藤誠一的訊息：

「請說。」

「如果精品店的消失事件曾眞實發生，至少沒演變成刑事案件。否則，有人連續在公共場所消失，一定會登上全國新聞，也不需要用『S市』來代稱。」

出現一小段沉默。

「Misterioso! 這起事件裡，沒有人被告，也沒有發展成刑事案件。」

「到這裡都不出所料，沒有演變成公開的案子。」

春太開口，在旁邊看的我客氣地扯扯他的衣服：

「……抱歉，最開頭的Misterioso是什麼意思？」

「是音樂術語，『神祕地』的意思。相當有趣的反應，很像音樂家。」

「是喔？」

春太嘆一口氣，在我耳邊悄聲補充：「有時候，草壁老師不是也會不小心脫口而出嗎？」

「我剛想起來了。」我小聲回道。

「好，快點繼續吧。」

春太下達指示。倉澤點點頭，送出訊息：

「誠一先生告訴我的消失事件，應該就是都市傳說的『奧爾良事件』。」

「我知道奧爾良事件，不需要說明。」

「我看到誠一先生剛才的回信，發現一個根本的不同之處。

「根本的不同之處？哪裡？」

「消失的並不是『B』和『店員的記憶』。不見的是「事件本身」，我這樣想對嗎？」

新藤誠一沒立刻回覆，我們屏息等待。

「più animato! 只差一點。再多說一些吧！」

「音樂術語，『更生氣蓬勃地』的意思。」

春太有些激動地呢喃。聽到這話，倉澤上身前傾，操作滑鼠，敲打鍵盤：

「因爲消失事件根本不存在。

A和A的朋友B，並不是一起去精品店。文章裡完全沒有這樣的描述。

另外，文章並不是寫『B從試衣間消失』，而是『B找到中意的上衣，進入試衣間，遲遲沒有回應』。一般的話，應該會寫『遲遲沒有出來』。

接下來是結論。

B去的是精品店的購物網站。

B在網站上挑選衣服和鞋子，宅配到家裡，試穿後不滿意可退貨。雖然麻煩，但不必出門就能買到想要的東西。換句話說，B的房間就是試衣間。

另一方面，A在實體店面。

B「沒有回應」，可解讀爲——比方，兩人原本用電話或簡訊對話，卻突然聯絡不上。

換句話說，所謂的『事件』，是兩人的通訊或是線路被阻斷，對嗎？」
倉澤打完字，默默轉向春太。
「我不知道是不是正確答案，但用推理來塡補缺少的事實，就會變成這樣。」
別小看青少年——春太以挑戰的眼神盯著電腦螢幕。
A和B在不同的地點。
聯繫兩人的線路……
這則現代版「奧爾良事件」，被春太漂亮地解開。我想起他說過「這家店可網購，所以很方便。另外，也可在家試穿」。我們和倉澤結識的精品店，成爲線索。
留言版更新，顯示新藤誠一的留言：
「很有意思的回答。方便告訴我妳怎麼想到這個答案的嗎？」
春太想附耳建議，但倉澤搖搖頭，憑自身的意志敲打鍵盤。她拚命思索措詞，刪除又重新輸入。
「誠一先生不可能對國中生的我提出無法解決的難題。你甚至會爲深夜還在留言版流連的我擔心，所以不可能刁難我。我認爲你一定準備了符合邏輯的答案。」
我和春太對望。
「符合邏輯嗎？那麼，爲什麼店員對聯絡不上B的A說『您是一個人來的』？」
「我想A是混亂了。」
「這不合邏輯。至少在以前，這樣的人際關係是不可能成立的。」
「我們生活在現代，聯絡不上朋友，就是『事件』。」

「事件？」

「沒錯。」

「確實，或許已變成這樣的時代。」

「如果誠一先生從留言版消失，我一定會和Ａ一樣——不，一定會更加驚慌失措。」

春太看著倉澤的眼神，浮現疼惜的神色。她令人憐愛的專一，揪緊我的心。

倉澤坐在扶手躺椅上，一動也不動，等待著新藤誠一的回覆。

不久後，回覆出現：

「pietoso……妳還發現什麼？」

「pietoso，音樂術語『憐憫地』。」

春太低喃，向倉澤打信號：「要換我來嗎？」她的臉上失去表情，喉嚨微微上下一顫，像是急忙嚥下湧上喉頭的情緒，但她仍繼續敲打鍵盤：

「我正像這樣與誠一先生對話。我人在這裡，但這裡並沒有真正的我。」

傳來吸鼻涕的聲音，是倉澤。

「什麼意思？」

「見到誠一先生，親口說出的話，才是我能傳達給誠一先生真正的話。那裡的我才是我。在這裡對話的，這些花費許多時間、刪了又寫、寫了又刪、再三斟酌、做作的文章裡，沒有真正的我。在這裡的我，是我的另一個人格。」

「妳的另一個人格？」

「沒錯。誠一先生不在乎嗎？現在輸入這些文字的不是我。我是一個人，卻有兩個人。」

看著打完字後垂下頭的倉澤，我和春太都沉默不語。奇妙的是，我漸漸覺得她不是短短幾小時前剛認識的那個少女了。

時間不停流逝。

「con forza!」

「con forza，音樂術語，表示『強而有力、熱烈地』……」

春太傾身向前，我也注視著留言版上的變化。來自新藤誠一的訊息不斷更新出現，宛如祝福的紙花飛舞。

「我太驚訝了，妳的回答超乎我的預期。

遠遠超乎預期，得到再正確不過的答案。

我完全沒想到，一個國中女生能夠看透『數位雙胞胎』構造上的缺陷。」

「『數位雙胞胎』……？」

我不禁後仰。那是什麼？倉澤再三眨眼，春太也歪起腦袋，似乎不知道那是什麼。

「能和妳連上線，太好了。

能和妳對話，太好了。

我不會再冒充。

很抱歉欺騙妳。」

「咦……」倉澤啞聲驚呼，不知所措。

「我是誠一的父親，新藤直太朗。是長笛二重奏〈行星凱倫〉的作曲者。」

我和春太對望。

靜如止水的包廂裡，倉澤目不轉睛地注視著電腦畫面，目光卻飄向遠方。

留言版出現新訊息：

「以結果來說，我對妳做了很無禮的事，請讓我道歉。

妳一定會懷疑我是不是眞的新藤直太朗？即使是眞的，爲什麼要冒充兒子誠一？」

倉澤僵在原地，彷彿忘了呼吸。

爲什麼呢？浮現在我的胸口的，是一種奇妙的恍然大悟。

能夠大方出借絕版的樂譜和錄音檔，詳細指導演奏方法和運指訣竅，甚至是樂曲背景的人，少之又少。如果不是新藤誠一，只剩下……

「我來吧。」

春太把鍵盤拉到面前，強而有力地敲擊起來：

「換人了。我是小步的好朋友，阿春。另一個盟友小千也在一起。」

怎麼只有我是眞名——我打消插嘴的念頭。

「是你們協助小步的嗎？謝謝。」

「或許你會覺得不太舒服，但我就不客套了。只有長笛和手部特寫的影片，是要隱瞞你的眞實年齡嗎？」

「沒錯。不過，那對小步和她的學妹，還是有幫助。請用來做爲比賽練習的參考吧。」

「有件事我不明白。」

「什麼事？」

「說到底，透過『奧爾良事件』，你究竟想知道什麼？」

「除了你們的解釋以外，現實中真的發生過S市的精品店消失事件。」

「眞的？怎麼可能？」

「請你們想想，如果狀況像你們回答的那樣，不會在網路上引發討論。」

「啊……」春太愣住。這麼說來，確實如此。

「可以談談是怎麼回事嗎？」

「B在實體店面的試衣間消失的時間，最長只有幾分鐘。引發騷動前，B就出現了。B從試衣間消失的瞬間，A慌忙把這件事寫在部落格和推特上，所以在網路上引起話題。奇怪的是，後來A再也沒提起這件事，彷彿從未發生。」

春太輸入店名和地址。

「地點是這裡嗎？」

「沒錯。在網路上輸入店名、試衣間、消失這些關鍵字，就能查到。店名和地址是我們和倉澤認識的精品店。機關非常簡單。試衣間有密門，B依照預先得到的指示躲起來。等於只有A一個人受騙，但發現事實後，精品店和A之間達成和解。當然，B從一開始就拿到酬勞，包括封口費在內。

我猜，事實應該就是如此。」

「是自導自演？」

「這部分很難解釋。」

「跟你剛才說的『數位雙胞胎』有關嗎？」

「這也很難解釋。」

「那麼，你都知道這些了，到底還想要小步做什麼？」

「精品店的消失事件，應該有個籌畫一切的幕後黑手。

我知道那個人是誰。雖然會引來責備，還是實話實說吧。其實，我想要利用小步的好奇心，讓她去現場看看那個人。

不過，我不願意直接講明地點。我期待她會自行去調查。」

這件事實在太離奇，令人幾乎難以跟上，但我忍不住生氣，春太也嫌惡地皺起眉。

「我第一次對你感到生氣。爲什麼你不自己去看？」

「我再也不想踏出外面一步。

還有，我用『幕後黑手』這個詞，似乎給你們造成不安和誤解。

我認識的那個人，絕對不會危害女人和孩童。

如果我的推測沒錯，精品店消失事件是源自扭曲的動機。而製造這個動機的，或許就是我。」

「動機……？」

春太半信半疑，眉心糾結。

「春太，怎麼辦？」

我還沒完全理解，語氣裡帶著焦急。

怎麼辦呢？春太煩惱下一步棋該怎麼走——該問什麼？沒想到，倉澤的手靜靜放上鍵盤。她看著留言版上的對話，繼續更新訊息：

「新藤直太朗先生，我是小步。」

回覆隔一段時間才出現，對方似乎有些震驚。

「妳知道我對妳撒謊、利用妳，還願意相信我嗎？」

「我相信你。多虧有你，我才能下定決心報名比賽。」

「謝謝妳。」

「我想知道，誠一先生呢？誠一先生在哪裡，又在做什麼？」

「小步，我不能回答妳這個問題。因爲我也漸漸不明白了。」

「不明白？怎麼會？」

「我代替誠一送句話給還有未來的妳吧。

提問的人，最瞭解答案是什麼。

妳的情感相當豐富。演奏著〈行星凱倫〉，妳應該已隱約察覺。」

「他在距離地球五十億公里外的地方嗎？

有生之年，我們都無法相見嗎？」

倉澤被電腦螢幕照亮的表情出現變化。她的眼眶泛紅，不顧旁人眼光地吸著鼻涕。

我和春太屏息注視著兩人交談。

「小步，對不起。」

「直太朗先生住在市內嗎？」

「對。我退掉以前和誠一租的公寓，住在父母留下的老家。」

倉澤歪著頭望向春太，我明白這意味著什麼。

「今天去哪裡我都可以奉陪。」

春太低聲喃喃，倉澤又望向我。

「我當然也要去。」

我把準備考試這件事從腦袋裡趕走，我就是這樣愈來愈笨的。

倉澤昂然揚首，敲打鍵盤：

「請和我做個交易。

我看過直太朗先生稱為『幕後黑手』的人。儘管看過好幾次，記得他的相貌，不過我不太能形容，也很難在留言版上傳達，你能不能和我見個面？」

「這樣啊。雖然想傳張照片，但我手上沒有他的照片。即使詞不達意也沒關係，可以告訴我他的特徵嗎？」

「不要。」

「不要？那我告訴妳住址，方便請妳來一趟嗎？」

「好。」

「妳打算一個人來？」

「不，阿春和小千會陪我。」

「這樣比較好。既然如此，索性把演員都找齊。我會把心中幕後黑手的人選也叫來。

我剛才說他不會危害女人和孩童，你們絕不會遇到危險，大可放心。」

「幾點過去比較好？」

「如果你們在市內，下午四點左右如何？」

「好的。」

「我會上傳住址，五分鐘後刪除，請抄下來。我有心理準備，見到妳後，無論妳怎麼責罵，我都甘願承受。

另外，我有東西想交給妳。

待會見……」

訊息更新到這裡。

看到留言版上的住址，春太露出納悶的樣子。他好像一時猜不出是哪一區。

手搭在倉澤肩上的我知道大概的位置。

就在上次我巧遇藤咲高中的岩崎的公園附近，後藤她們稱爲「鬼城公園」的地方……

我想起掛在公園邊界的網子上，那些「禁止玩球」、「禁止大聲喧譁」、「禁止嬰兒哭鬧」的手寫看板。

「人……一旦死亡就結束了。」

沒什麼好驚訝的，他只是說出天經地義的事實，生命僅有一回。只要看看伊斯蘭教世界的混亂，及基督教原理主義和自由主義的對立，就可知道宗教無法給出更多的答案。

然而，現在的我是什麼德行？彷彿被殺個猝不及防，像個傻子似地茫然張口。先前那番長篇大論，全都從腦袋裡蒸發。

曼波魚的側臉賊笑一下，恢復原本低沉的嗓音問：

「『數位雙胞胎』致命的缺點是什麼？」

草壁思考片刻，靜靜回答：

「齋木先生說，複製的基礎資料是數位日記。」

曼波魚轉向我，點點頭。「是啊，這傢伙確實是這麼說的。現代的日記，是紙本無法匹敵的龐大個人史。」

「這個前提不成立。」

「哦？」

「只供自己閱讀的私人祕密紙本日記，和爲了供別人觀看而寫的數位日記，應該是不同的。對著自我內在書寫的內容，與對外人表達的內容，本質上不一樣。」

這是『凱倫』的開發者和我最擔心的一點。曼波魚張開圓嘟嘟的嘴巴：

「你是指，就算能讀到莫札特與蕭伯特的樂譜，也無法讀到他們日記裡的祕密內容？」

草壁閉上眼，「……也可這麼說。」

我聽見曼波魚沙啞的笑聲：

「看來齋木在最後說了多餘的話。」

「不，直到最後，他的話都非常值得參考。」草壁搖搖頭，「既然提到偉大的表現者，我就以『表現』來比喻吧。選擇公開在任何人都可看到的網路世界，數位日記就是一種表現形式。表現無可避免地會帶有修飾和虛張聲勢的成分，但眞正的日記，絕不是一種表現。」

「日記是給自己看的……不知從什麼時候開始，這個前提消失了？」

「沒錯。」

「欸，草壁先生。」曼波魚手肘輕放在長桌上，探出上半身。「希望你明白，『數位雙胞胎』的技術並非一蹴可幾。齋木並沒有撒謊，依我來看，也並未誇張。有人需要這樣的技術，而他以自己的方式苦心孤詣，才會如此辯護。我不希望你連這一點都否定。」

聽到曼波魚尖銳的語氣，我總算清醒似地產生反應。我望向一動也不動的草壁。

「我明白。齋木先生的說明懇切詳盡，連門外漢的我都能理解，所以我才能和自身的經驗重疊在一起思考。」

「經驗？」曼波魚反問。

「我曾和外國的對象通過上百封電子郵件。」

「是草壁先生希望復活的人格嗎？」

「……」

「抱歉，問了這麼魯莽的問題。看在今天講習會免費的份上，還請包涵。」

「是我在留學期間認識的人，雖然爲時短暫，但曾在一起。」

曼波魚的雙眼睜大。

草壁淡淡地、不帶感情地娓娓道來：

「即使距離遙遠，我也覺得我們會緊緊相繫，和面對面交談沒什麼不同。然而，日復一日，看著眼前的文字，我發現雖然確實是想傳達的心思，卻不是自己的話。大概是因爲，我有可以把感情從文字裡刪掉的時間。透過鍵盤打出的文字，超越我原本的能力，取悅對方，也傷害對方。即使以『數位雙胞胎』技術複製我，那雖然是我，卻也不是我，而是另一個我。」

不知是第幾次的沉默造訪。

吁……我以周圍的人都能聽見的音量，大大嘆一口氣。曼波魚和草壁在看我，所以我回給他們一個眼神。要是歐美人士，應該會聳聳肩。

「我不得不說，你這種想法太落伍。有些日記是希望別人看到的，包括修飾和浮誇在內，你怎麼能斷定那並非眞心？時代改變了，表現的形式也不同。我相信，寫在社群網站上的數位日記中，仍存在著人的本質。」

「齋木……」曼波魚語帶責怪。

「不，請讓我說完。即使在這裡討論沒有實體的事物，也只是在雞同鴨講。『凱倫』的程式幾乎完成，人工智慧的課題之一就快要克服。」

我找回原本的節奏，草壁對我投以詢問的眼神：

「……人工智慧的課題？」

「這個難題就相當於剛才提到的框架問題。人工智慧與人腦決定性的不同，在於面對意外時的判斷能力。」

曼波魚揚起一邊眉毛。

「你說意外，可是人與人的對話，不就充滿意外嗎？」

「所以，要利用心理學術語中說的『正常化偏誤』（Normalcy bias），來植入『不可能』這樣的成見，逐漸讓人工智慧瞭解正常的範圍。」

「齋木，那是指忽視或視而不見嗎？」

嚴格地說，好比讓人工智慧在遇上意外的危機災害時，判斷「不會有事」，往延遲逃生的方向思考。不過，我想曼波魚應該明白，所以沒必要解釋。

「是的，不過逐步改善中。」

「原來人工智慧不會察顏觀色，是天然呆啊。」

這個外行到家的笨東西！還是應該解釋一下。

「少說得那麼容易！爲了跨過這道高牆，我正在蒐集數據。」

草壁挺身坐直，「人工智慧無法在眞正的意義上感到驚訝，是嗎？」

可惡。我現在清楚地瞭解，這傢伙是我最不擅長應付的類型。那謹愼措詞的語氣也是，居然一口氣跨越細節理論，輕易命中核心。

我鬆開襯衫的領口，雙手在長桌上交握，像切換開關似地，語氣轉爲公事公辦：

「況且，在連『何謂人類的感情』都無法完整定義的現狀下，要求人工智慧擁有感情，未免太苛刻。程式設計師並非魔法師。『凱倫』的思考基礎，完全源自數位日記。至於碰到人類預期以外的事，會發出怎樣的訊息，還在分析中。」

曼波魚湊近我的耳朵，「難道，是你在社長出資的精品店裡進行實驗？」

「請說是蒐集樣本。」

拜託，不要在草壁面前講悄悄話。這傢伙耳朵很好，會被他聽光的。我朝他一瞄，不出所料，四目相接。

「……精品店？實驗？」

看吧，他聽到了。

我嘆著氣說明：

「我列出頻繁更新部落格和推特的人，進行以都市傳說爲題材的心理實驗。」

「聽到心理實驗，感覺沒什麼好印象。」

「唔，說到侵害個人空間的實驗，就類似密德米斯特做的心理實驗，有人在旁邊時，尿尿的時間會縮短。草壁先生也可在男廁試試。」

我總動員知性掩飾，曼波魚微微歪頭，小指插進耳洞裡掏著：

「哪裡像？」

「你到底站在哪邊？」

不是小聲反目的時候，我無可奈何，繼續說明：

「以都市傳說爲主題的心理實驗，需要合作者，所以我從目標對象的臉書朋友裡挑選。當然，會事先說明原委，小心避免糾紛，也沒忘記支付酬勞。」

草壁筆直注視我，那雙眼睛浮現純粹的目光。

「齋木先生。」

「什麼事？」

「爲什麼你……那麼急著完成『凱倫』？」

這回我眞的像傻瓜般張大嘴巴。

這傢伙在說什麼？

他到底是來做什麼的？

草壁立刻行禮：

「這是門外漢的傻問題，抱歉。」

曼波魚忍不住笑出來。渾厚的笑聲在會議室裡迴響一陣後，他恢復銳利的眼神。這時，他輕舉一手制止我，像要接手主導場面。

「草壁先生，你是不是和齋木一樣，正在爲某些事猶豫？」

和我一樣……？

「我嗎？」

「對。你不是眞的相信有『數位雙胞胎』，才報名這場講習會吧？」

草壁臉色一沉，微微低頭。

「我另有目的。不過，聽到齋木先生的話，短短的一瞬之間，我做了一場美夢。那是原以爲再也不可能經歷的奇妙體驗。」

曼波魚的表情歪曲，彷彿承受著極大的痛楚。

「看來，我又不客氣地踩著你的痛處。」

「有些事情，因爲對方是陌生人才說得出口，不是嗎？」

「這樣啊……」

隔了兩拍呼吸，草壁難受地吐露：

「我絕對不是懷著打趣或看好戲的心情報名的。」

「草壁先生是老師，應該很清楚社會常識。如果有人因爲免費，就抱著隨便的心態來參加，容易影響講習會的氣氛，也會打擊講師的士氣。對我們來說，你是不速之客。」

曼波魚沉聲牽制，草壁低著頭陷入靜默。曼波魚的唇角浮現笑意，或許是覺得自己說什麼「社會常識」很可笑，又或許是覺得這整件事荒謬至極。他發出既深又長的嘆息聲：

「噯，我們也沒資格說別人。抱歉，草壁先生，我們針對你調查了一下。你以前是知名的指揮家吧？多年以前，本來預定在德國的交響樂團的訪日公演中指揮，卻臨時鬧失蹤。」

草壁睜大眼，但沒更多的反應，也許是內疚。

「那我就能省掉說明了。當時我造成的麻煩，不只衝擊德國交響樂團的相關人員，和恩師山邊富士彥。接下來將舉行公演的日本樂團成員，也受到波及。他們相信我這個後生晚輩，也希望山邊富士彥重返樂壇，卻因那次換角風波，無法實現。」

據說，他曾是受樂團成員愛戴的指揮家。以結果來看，他害眾人期盼回歸舞台的指揮家縮短壽命，自己也鬧失蹤，辜負厚愛。

草壁以追憶的語調，自言自語似地繼續道：

「五年過去，我終於下定決心，要去見四散在全國各地的他們。如果他們還記得我，無論什麼責備我都願意承受。或許他們會覺得，我這時候再出現只是平添困擾，甚至可能不想理我，那也是我自作自受。」

「你要回去當指揮家嗎？」

曼波魚平靜地問，草壁輕輕搖頭：

「要讓停止的時鐘前進，我必須去見他們、去受傷。其中一位是——」

草壁取出一張舊名片，擱在長桌上。

我探頭一看，不禁錯愕，忍不住把屁股底下的折疊椅壓得吱咯作響。

那是新藤直太朗的名片。他離職前的。

「你認識這位先生嗎？」

我目不轉睛地盯著名片。曼波魚注意到我的臉色變化，發出「喂」一聲：

「齋木，你認識？」

我答不出話，抬頭注視草壁。他又開口：

「一開始，我拜訪新藤先生原本任職的公司總務，詢問他現在的住址。」

這傢伙怎會這麼沒常識？現今個資保護觀念如此盛行，公司絕不可能透露給外人。

「然後，我利用過去的經歷和教師頭銜，盡一切努力，查到他住在同一個市內。我透過學生的祖母，懷著連一根稻草都想抓的心情，來參加這場講習會。聽到齋木先生提到『凱倫』時，我心中湧現期待。很少有人會以冥王星的衛星爲產品命名，而我聽他提過有個獨子。」

爲了釐清混亂的思緒，我深呼吸，撐著桌面站起。回過神時，我已破口大罵：

「事到如今，再去見每一個不曉得在哪裡的樂團成員？未免太可笑。」

「……或許是很可笑。」

「老師的工作那麼閒嗎？」

「時間有限，但世界很小。」

我的喉嚨咕嚕一響。這時，口袋裡轉爲靜音的手機突然震動。我不理會，手機卻震個不停，對方不肯死心。到底是誰啦？我掏出手機看來電顯示，曼波魚不耐煩地吩咐：「齋木，掛掉。」我呆呆地看著手機，覺得這也算是命中注定。

「是『凱倫』的開發者打來的。」

我將顯示「新藤直太朗」的手機螢幕轉向兩人。只見他們浮現和我一樣驚愕的表情。

「對方幾乎從未直接聯絡我。我要接了。」

不等回應，我按下通話鍵，拿到耳邊。

好久沒聽到他的聲音，單方面提出要求的平淡語氣還是老樣子。

我用一半的注意力聽著，另一半回溯記憶。

過去活在毫無成就感的專案與公司派系鬥爭中的我，爲追求單純的目的、單純地活著的新藤直太朗吸引。當時我二十八歲，他五十歲。新藤能力出眾，卻因爲意見不合，變成部長的眼中釘，被逐出升遷之路，如同一匹孤狼。

他獨力養育孩子。當他認爲夫妻倆這輩子注定膝下無子，幾乎死心時，懷上兒子。然而，妻子卻在高齡初產中過世，只留下孩子。這是我後來才知道的。

「你在聽嗎？」電話另一頭的聲音問。

「有，下午四點過去就是了嗎？」

接著，我忍不住補了一句：「爲何這麼突然？」

草壁從折疊椅上站起，眼神中帶著懇求。

這個人也是長年以來有如浮萍吧。不知爲何，我的嘴角浮現笑容。偶爾順從一下本能好了。

「那你能答應我的要求嗎？有個人想見你。他叫草壁信二郎，你認識他嗎？希望你可以見他。」

電話另一頭落入沉默，接著傳來驚訝的反應。我想起看到他的最後一眼，那張臉失去感情，有如旁觀者。怎麼，原來你還能發出這種聲音嘛。

草壁向我行禮，我重新握好手機。猶豫片刻後，發問：

「還有一件事。你爲何要設計出『數位雙胞胎』這種怪物軟體？如果有什麼你還沒說出的動機，可以趁現在告訴我嗎？死去的人不會復生，這一點你應該比任何人都清楚。」

掛斷電話後，曼波魚靜靜地抬頭望著我，眞後悔說了不像我會說的話。曼波魚敲敲手表，開口：

「……還有將近兩小時，要怎麼打發空檔？」

「重點是這個嗎？」

我苦澀地啐道。

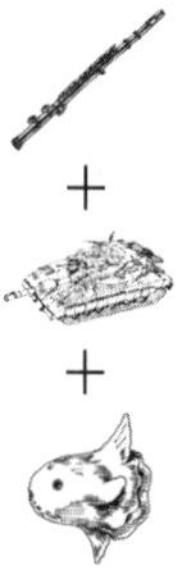

——變得孤單一人，就會徹底體悟到，會想要打造一顆心。不管對方是動物、植物，

還是無法成爲行星的衛星。

說穿了，在這個世界，想要孤單一人更困難。

根本無法變得孤單。

即使相信自己是廣大無邊的宇宙裡唯一的一個人，也只是一廂情願的誤解。

因爲有人在觀測。

因爲隨時都能通訊。

體認到眨眼便能傳達的距離，和永遠無法到達的距離的，國中少女的故事。

瞭解夜空的星光是過去的星光，從仰望的地點跨出一步的，教師的故事。

以及與國中少女連繫在一起，年老男子重生的故事，即將迎向終點。

染上金黃的銀杏行道樹，爲住宅區的景色點綴季節的色彩。

「禁止玩球」、「禁止捉迷藏」、「禁止喧譁」、「禁止嬰兒哭鬧」。

感覺公園孤立在這裡。放眼望去，只見穿著運動服慢跑的人、牽狗散步的女人，此外一片閒散。沒有母親，也沒有玩耍的小孩，瞭望台、溜滑梯、繩索網等木製遊樂器材，每一項都在地面投下寂寥的影子。

我把手放到耳後。

這個時間帶似乎沒播放蚊音，不覺得耳鳴。

比馬路高出一層的公園土地，設有附遮陽棚的長椅，口袋見底的我們坐著打發時間。

春太和倉澤靠在椅背上，腳貼在地面，沒有亂晃。我一個人坐也不是，站也不是，焦躁地踱步。

眼前的構圖，宛如反映出教室裡功課好和不好的學生，讓全靠直覺與運氣活到今天的我沮喪不已。

不行，不能這樣。

風勢變強，把一只寶特瓶從草叢裡吹出來。我忽然想起藤咲管樂社的校友們付出的努力。最近的公園都不放垃圾筒了。我和春太對望一眼，他說「好」，打開背包，於是我應一聲「謝啦」，把保特瓶塞進去。兩個人一起，一點一滴地做好能做的事吧。

「時間還早，不過出發吧。」春太站起來。

「咦，要出發了嗎？」我問。

「就在這附近吧？還得找到路才行。」

我拉扯春太的胳臂，移動到稍微離開倉澤的地方，小聲說話。

「仔細想想，我們是要去不認識的人家裡耶。」

「事到如今才在說什麼？我跟冬菜姊報備過啦。」

「星期六的這個時間帶，她會不會在喝酒？」

「我也這麼想，保險起見，多聯絡了亞實姊。」

「……這算保險嗎？」

「她們才喝六罐酎嗨（註），算是十分清醒，還能在電話另一頭背九九乘法。」

註：「燒酎Highball」的簡稱，是以其他飲料兌燒酎等蒸餾酒調成的低酒精飲料。

「我覺得根本很有事。」

「遇到緊急狀況，我會保護小千和倉澤。這是身為男人的職責。」

「你明明比我弱好嗎？」

「別小看我。如果以妳為對手，可以打到平手。」

正當我們進行毫無生產性的對話時，一直沉默的倉澤走下小木屋風格的階梯。我和春太急起直追，趕上她停步的背影。

倉澤的視線投向遠方，我們跟著望去。

一個逆光的人影站在綠網圍繞的地方，抬頭看著手寫看板。來公園時，沒發現這個人。

咦……

騙人！

是草壁老師！

居然又意想不到地見面！世上居然有這麼巧的事……

無三不成禮，況且都第四次了，我剛要開口大喊「老～師～」，卻又吞下肚。老師的側臉顯得極為嚴峻，散發難以靠近的氛圍。他注意到我們，眼鏡底下的瞳眸轉向這裡。

「老師好。」

「穗村同學，還有上条同學……？」

老師的神色轉為驚慌。

那股驚慌也感染我。糟糕，正值溫書假！我提著購物袋，而且，該怎麼解釋為何我假日會跟春太混在一起？

草壁老師混亂的眼神轉向春太。倉澤躲在春太背後似地站著。老師微微彎腰，推推眼鏡，歪了歪頭，似乎正拚命搜尋記憶，焦急地回想：南高有這麼一個學生嗎？

「她是倉澤步美，讀三中三年級。」我笑著解釋。

「三中……？」

不妙，我再次慌了手腳，愈來愈難解釋。從上午跟蹤老師，到出現在公園的經緯實在太複雜，我彷彿一直在自爆。

春太附耳對倉澤低語，似乎在介紹草壁老師。老師和倉澤以眼神打招呼。

呃，那個——我支支吾吾地想開口。

「老師，打擾了，我們馬上告退。」

春太搶先凜然地說著，從後面揪住我的帽T。力道很大，像在警告「不許多嘴」，我「咕耶」地呻吟。

草壁老師噗哧一笑。

一陣強風吹動公園的大樹，捲起沙塵，老師轉向乾涸的噴水池。

「這就是後藤同學提過的『鬼城公園』？」

「啊，對。」我回答。原來後藤也跟老師說了……

「知道，和親眼看見、體驗，真的很不一樣。」

「咦？」

「這裡應該很快就會恢復人氣，我有預感。」

不曉得在草壁老師眼裡，這座荒廢的公園是什麼模樣。老師慢慢把手伸進夾克，從內袋取出一張折得小小的紙。

「妳似乎滿熟悉這一帶，可以請教一下嗎？我想去一個地方，但找不到路，實在丟臉。」

老師說著「應該就在附近」，打開便條。上面用原子筆抄著住址，雖然我不可能知道正確位置，仍伸長脖子看個究竟。

草壁老師的話聲從我頭上傳來：

「是一戶姓新藤的人家。」

旁邊的倉澤輕輕地「咦」一聲。

春太湊過來，蹙眉說：「小千，這個……」

「嗯。」我掏出從漫畫喫茶店拿來的紙杯墊，與抄在背面的住址比對，一模一樣。我忍不住抬頭問：「老師，你認識新藤直太朗先生嗎？」

草壁老師對我們的反應很困惑，「……以前有一些交情。」

「呃，我們也要去新藤先生家。」

「他要我們四點過去。」

春太和我同時開口，這次換老師「咦」一聲僵住。接著，出現一段為了鎮定混亂、調整呼吸的空白。

「……我預定在同一時間拜訪。」

聽到老師的話，我不禁和春太對望。新藤直太朗的訊息在腦中復甦：

「既然如此，索性把演員都找齊吧。我會將心中幕後黑手的嫌犯也叫來。」

「難、難不成精品店消失事件的幕後黑手是——」

小千，冷靜點！春太雙手摀住我的嘴巴。我望向倉澤，但她不停搖頭。直接目擊幕後黑手的她否定，所以策畫精品店消失事件的不是老師。說的也是，想想就知道嘛，老師才沒那麼閒……

草壁老師抱起手臂，輕握拳頭抵著下巴，像是在思考：

「我不太明白現在的狀況。」

「我同意。還有時間，我說明一下我們這邊的經過吧。」

春太開口，瞄倉澤一眼。我知道他準備只說個大概。

「好，麻煩了。」

「倉澤和新藤直太朗是網路留言版上的朋友，他們今天要見面。」

「新藤先生和她？但他們年紀都能當父女了……」

「倉澤希望對方同意她演奏長笛二重奏的曲子，是因爲這樣認識的。」

草壁老師彎身問倉澤：

「是〈行星凱倫〉嗎？」

倉澤赫然一驚，春太也睜大眼：

「老師知道？」

「知道啊，是五拍子的二重奏。哦，妳要在演奏會還是比賽中吹這首曲子。」

倉澤點點頭，注視老師許久，卻緊抿著唇。老師回以微笑，轉移話題。

「那上条和穗村怎麼會在一起？」

「她家是倉澤樂器行，上次跟老師提過的——」

「原來如此。」草壁老師直起身，露出抱歉的神情：「我這邊的狀況有點複雜，不好向你們說明。如果可以，我還不想告訴你們。而且，等一下有兩個人要來。」

老師再三撫摸鼻梁，彷彿在回溯記憶。「大概……是先跟你們約好，然後我插進來。不過，有事找新藤先生的，是等一下要會合的兩個人。」

「總之，先過去吧。」春太提議。

「是啊。」老師望向公園大門。「這一帶沒有地號告示板，就算是透天厝，仍有很多人家沒掛出門牌（註），真傷腦筋。即使想問路，也沒看到什麼人。」

「原來這一帶很多人家沒掛門牌。」我低喃著，覺得這樣很不方便。

「就算沒有門牌，郵件和宅配依然能送達。最近應該是出於各種理由，才不放門牌吧。不過，門牌這種文化是日本獨有，外國是看不到的。」

老師不愧喝過洋墨水，春太用力推開我似地上前一步：

「我們正準備要找路。這種時候，如果有智慧型手機，就可以使用地圖或導航功能了。」

「抱歉，我也沒有智慧型手機，不然會方便許多。現代會迷路的人，或許是瀕臨絕種的動物。」老師微笑，半帶玩笑地說：「既然大家都沒有，我們就像尋找松露的小豬一樣，努力搜尋吧。」

這比喻好妙，四隻小豬嘎嘎叫著，搜尋公園周圍。

精力最旺盛的小豬再次折回公園，「嚄嚄」仰望綠色網子後面的人家。那是建在單行道巷內的雙層透天厝。大門到玄關之間雜草叢生，屋簷下的排水管折斷懸垂著。爬藤來到電線桿，居然還有人把自行車亂丟在這裡。

原以爲是空屋，沒列入搜尋目標，但二樓窗戶開著一條縫。

這時一陣汽車引擎聲傳來。

一輛白色大型轎車沒減速，直接開進小單行道，差點撞上我。這是我高中生涯第二次差點被車撞。

車子很快停下。嚇軟了腿癱坐的我訝異地抬頭，只見駕駛座和副駕駛座打開，走出兩名男子。兩人都穿著剪裁合身的西裝。

「有沒有受傷？」

開車的男子跑過來。他又高又瘦，膚色曬得恰到好處，一雙眼睛銳利地發光。他的背後是一名上了年紀的男子，身材胖實，長臉上的雙眸間隔很開，圓嘟嘟的嘴巴特色十足，散發一種摸上去涼涼滑滑、水族館裡的曼波魚般可愛的氣質。兩人都沒打領帶，看起來不像從事正當行業的人，不曉得是不是只有我這麼認爲。

較年輕的男子蹲下，在我面前豎起食指和中指。

「這是幾根？」

「耶……」

註：日本習慣在門牌上顯示住戶姓氏，甚至是所有居住成員的姓名。

「糟糕，好像撞壞腦袋。」

站在他後面的曼波魚男，沉聲平板地低語：「喂，齋木，這女生應該沒事。她以驚人的反射神經避開了。」

像要證明他的話，我站起來拍拍裙子，狠狠瞪向他們：

「開車請小心一點！」

「抱歉，小姐，這算是聊表歉意。」

曼波魚男掏出長皮夾，抽出一張紙。

「我、我才不會收錢！」

沒想到，曼波魚男遞出的是哈根達斯冰淇淋兌換卷，可換兩個迷你杯。我感激地收下。

名叫齋木的男子，和曼波魚男背對我竊竊私語。

「……錢包裡放那個滿方便的。」

「……這是最基本的。」

我聽見有人慌張地趕來。小千，怎麼了！是聽到騷動的春太，接著草壁老師和倉澤也聚集到小巷。

春太護住我，草壁老師擋在前面。老師看一眼抓著我的手的倉澤，轉向那兩人說：

「這三個都是我的學生。」

他們似乎是草壁老師認識的人。曼波魚男表情沒什麼變化，但年輕的齋木輕嘆一口氣，搔搔頭，點名似地問：

「網路代號『小步』是哪個？」

倉澤輕輕舉手。

「網路代號『阿春』呢？」

這次換春太舉手。

「最後，網路代號『小千』。」

我也舉手。

草壁老師左右張望，神情愈來愈困惑。

「怎麼回事？」

「看來，新藤直太朗要找的人都到齊了。」齋木靜靜回答。

「原來你知道？」

「後來他又聯絡我。只是，我也不清楚他在想什麼。開發者的聲音總是比較大。」

「那件事最好不要告訴我的學生……」

「『數位雙胞胎』的事嗎？」

「是的。」

「的確還早。」

齋木嚴肅地注視我們三人，沉默片刻，也許是在思考該怎麼說，然後開口：

「喂，你們三個，我們會盡量留意，不過，等一下我們可能會跟新藤直太朗談到很深奧的事。你們在旁邊聽著，應該會遇到跟不上、聽不懂的地方。到時你們就當『現在聽不懂跳過』，不要追究。什麼都想知道、什麼都想要的青少年，不會有光明的未來。總有一天，你們會理解。請你們答應，不會讓草壁先生這麼了不起的老師爲難。」

草壁老師愣住，我默默吸氣，看著齋木。我這才知道要和老師會合的，就是眼前的兩人。倉澤微微點頭，春太心不甘情不願地拉著老師的手，以眼神詢問：他們是誰？

「這兩位是——」

草壁老師想要介紹，曼波魚男卻舉起一手制止：

「喂喂喂，不用麻煩。我們的名字不值得高中生記住。反正以後也不會再見面。」

那尖銳的語氣，似乎讓老師察覺什麼，只見他閉上眼睛。

「……我知道了。」

我更搞不懂這兩個人究竟是什麼來頭了。

透天厝布滿爬藤，宛如鬼屋，齋木推開大門，發出「嘰……」一聲。果然，這就是新

藤直太朗的家。

我們踩著淹過腳踝的雜草，尾隨在後。

齋木來到玄關前，沒按門鈴，而是摸索著西裝口袋。

「不按門鈴嗎？」草壁老師問。

「反正他不會應門。」

齋木掏出一串備份鑰匙，將其中一把插進鎖孔，旋轉後推開玄關門。看他這麼不客

氣，我和春太不禁瞪圓眼。

「他在二樓，走吧。」

齋木和曼波魚男就像討債的黑道分子，大步走進去，我擔心地望向草壁老師：這兩個

人沒問題嗎？倉澤匆匆穿過我們之間，脫掉鞋子，跟上他們。

走廊傳出傾軋聲。

屋內陰暗，空氣十分混濁，我的呼吸有些侷促。有一股在室內晾衣物的味道。

我們隨著倉澤走上樓梯。二樓走廊盡頭處的房門開著，她的背影僵在原地。

我、草壁老師和春太跑過去，頓時倒抽一口氣。

光源只有厚窗簾的一點隙縫及電腦螢幕。到處堆滿深奧的專門書籍和雜誌，淹沒近一半的房間。唯獨放電腦的空間很整齊，證明主人僅使用那裡。

桌上擺著四個螢幕，各別顯示不同的畫面。

椅子只有一張，上面坐著一位銀色長髮的老伯。他穿著樸素的襯衫和熨痕消失的長褲，與這棟老屋一樣，散發出腐朽、酸餿的氛圍。

齋木和曼波魚男默默站在房裡。老伯輕舉一手制止他們靠近，像在說「你們先安靜點」。接著，他深陷的眼窩轉向草壁老師。兩人之間出現一段默默溝通般的空白，老師退後一步。

老伯向倉澤深深行禮，緩慢地開口。話聲含糊不清，顯然平日沒和任何人交談。

「……妳是小步吧？」

「對。」

「我是新藤直太朗。妳應該有許多話想說，不過我們可以先把事情處理一下嗎？」

倉澤點點頭，手伸向旁邊，指著齋木：

「他就是我常在精品店看到的人。」

得知人物消失事件的幕後黑手，訝異的似乎只有我和春太。齋木眨著眼，像是一時無法理解，低喃著：

「新藤先生，這是怎麼回事？」

「……網路上盛傳，街上頻繁發生宛如都市傳說『奧爾良事件』的古怪事件……」

齋木若無其事地反問：

「這怎麼了嗎？」

「我沒拜託你這麼做，爲何如此亂來？」

「爲了讓軟體順利完成，這是必要的數據資料，沒有其他理由。」

「沒想到，連你都踏上非人的道路。」

「希望你形容爲，將克服困難的渴望，轉化成力量去挑戰。親眼目睹『數位雙胞胎』完成以前，我會不擇手段。如同新藤先生所希望的。」

「……」

我和春太聽著新藤直太朗與齋木的對話，對望一眼。種種疑惑湧上心頭，想問的事像泡沫一樣浮現。

「請問……」倉澤微弱出聲。她的表情與我們不同，是比困惑更沉痛的神色。

「誠一先生呢？誠一先生在哪裡，在做什麼？」

停頓一拍。

新藤直太朗難受地開口：

「小步，眞的很抱歉。妳一而再、再而三，鍥而不捨地造訪誠一的網站……我實在無法視而不見。請原諒我假冒誠一……」

「誠一先生在哪裡，又在做什麼？」

倉澤再次詢問，新藤直太朗垂下頭。房內的空氣變得頗爲沉重。

默默旁觀的齋木，大大嘆一口氣：

「我不太清楚這是什麼狀況，不過，明白地告訴她是不是比較好？」

眾人望向他。新藤直太朗無法說出口的事，由他來說——感覺他被賦予這樣的角色。

「誠一過世了。五年前的三月，高中畢業，還沒滿十八歲，便結束他的一生。那是個意外。」

齋木的語氣淡漠。他穿過陰暗的房間，拉過桌上並排的鍵盤之一，用一手操作滑鼠，進行搜尋。

春太茫然看著。

電腦螢幕上接二連三出現搜尋結果。

過於駭人的影像令我屏息，倉澤雙手摀住嘴巴。

那是隧道發生火災，冒出濃濃黑煙，連穿橘色衣物的救援隊都無法進入現場的影像。另一張照片是隧道內部，天花板崩塌，許多汽車被壓扁。其中有一輛巴士。螢幕上也有電視新聞畫面的截圖，部分字幕顯示「高中生畢業旅行」。

這就是新藤誠一的網站不再更新的理由。我覺得這應該是一則大新聞，不過，當時倉澤才十歲。我隱約聽見她的手掌間，傳出壓抑的悲嘆聲。

草壁老師走到電腦螢幕前，垂在身體兩側的手握成拳，僵著臉低喃：「前途無量的少年，竟發生這樣的慘劇……」

螢幕的光淡淡照亮齋木的臉。

「草壁先生，你直到最後都持否定態度的『數位雙胞胎』、『凱倫』的開發，一切的起點就在這裡。」

老師回望的眼中帶著痛楚。

「數位雙胞胎」、「凱倫」的開發，不明白的詞彙接二連三冒出，我十分困惑。我覷向身旁的春太，他抱著胳臂，不服地噘起嘴沉默著。

新藤直太朗緩緩轉過頭，「……否定？」

「沒錯。」齋木靜靜回答。「他指出新藤先生一直擔心的『數位雙胞胎』的缺陷。」

新藤直太朗上半身靠向椅背，壓出「嘰」一聲，唇角抽搐似地一動。

「噢，那不算什麼問題。」

「不算問題？」齋木有些疑惑。

「『凱倫』往後將拯救許多人的靈魂。」

「新藤先生……」

「沒問題，要繼續開發下去。」

那話聲帶著一股盲信的、狂熱的色彩。

「即使用『數位雙胞胎』形式復活的誠一，變成別的人格也無所謂嗎？」

新藤直太朗瞪向齋木，「你……誤會了。」

「誤會？」

「這麼說來，你一直想知道我開發『數位雙胞胎』這種怪物軟體的動機。」

「不是爲了讓誠一復活嗎？」

「不是，人一旦死亡就結束了。妻子的離世，讓我認清這個事實。」

齋木皺起眉，露出不解的表情。

「這樣可以嗎？開發的大前提會崩潰。」

「不，從一開始，就沒有任何東西崩潰。沒告訴你眞相，我向你道歉。」

「咦？」

「手機日漸普及，往後會有愈來愈多人遇上和我一樣的苦惱。尤其是碰到大地震或大事故，家屬可能會遭遇永遠無法解開的謎團。這個軟體，就是爲了解開那些謎團。」

「永遠無法解開的謎團？」

「誠一最後留下一樣東西給我。」

新藤直太朗打開書桌抽屜，從深處取出一個用夾鍊袋裝著的手機。機體破裂，部分焦黑，明顯毀損，無法操作。

接著，新藤直太朗交給倉澤。

「隧道剛崩塌時，在巴士裡的誠一還活著。他用盡最後的力氣，傳簡訊給我。」

齋木備受衝擊：「我怎麼沒聽說！」

「我不能告訴你，因爲那是未完成的遺言。」

新藤直太朗操作滑鼠，其中一個螢幕顯示出一則簡訊的儲存畫面。應該是新藤誠一傳給父親的最後訊息。

草壁老師默默注視著螢幕。

〔主旨〕

〔內文〕爸爸，ぁ

原本一直跟不上事態發展的我和春太忍不住驚呼，慌張地跑到螢幕前，同時望向螢幕。

這種文章——

我們在「舊校舍全開事件」看過。

「手機的輸入法預測功能……？」

我緊張地叫道。

輸入最後的「ぁ」字，應該會依據新藤誠一使用過的順序列出預測字詞。裡面有他想要的詞嗎？是來不及點選嗎？或者，根本不在列表中？

以食指和拇指完成的語言拼圖。

他想在最後傳達什麼？

那不是以聲音，而是以即時輸入的文字遺留下來。

文字有心嗎？文章有感情嗎？輸入的文字，是本人真正想說的話嗎？

齋木的臉色發白，往後仰倒。

電腦螢幕的光被我們遮住，新藤直太朗化成孤獨的黑影。縮起的黑影低低吐出一句：

「這個謎題，只有『數位雙胞胎』才能解開。」

齋木無力地癱坐，消沉地垮下肩膀。

曼波魚男面無表情地嘆一口氣。

一道安靜的腳步聲響起。將夾鍊袋裡的手機抱在懷裡，倉澤來到新藤直太朗面前。她總算振作起來，有力氣發問了。散發出耀眼光芒的兩個焦點——她的雙眼，目不轉睛地俯視著新藤直太朗，嘴唇靜靜張開：

「一群大人聚在一起，愁眉苦臉個什麼勁？」

「愁眉苦臉？」

新藤直太朗畏怯地抬起頭。

「以『あ』開頭的單字，除了『ありがとう』（謝謝）以外，還能有什麼？」

「小步，不可以任意判斷別人的心。沒人知道究竟是不是。如果是『謝謝』，應該在預測列表的前面。我沒自信扮演好誠一父親的角色。」

「就是『謝謝』。」

就是說嘛，一道聲音淡淡附和。是撇開臉的曼波魚男。

新藤直太朗的嘴唇一歪，感覺像是第一次看到的微笑。

「萬一是『啊啊最後眞想給老爸一拳爽快一下』，該怎麼辦？」

倉澤忍不住跟著微笑：

「就是『謝謝』啦。」
「萬一是『我絕對不原諒那傢伙』該怎麼辦？」
「就是『謝謝』。」
「如果是『大白痴』呢？」
「就是『謝謝』。」
「小步……」
「我覺得『謝謝』之後，他應該想說『即使我不在，請爸爸也要繼續往前走』。」
這是她不斷思考，最後得到的答案。房間裡充滿深沉的寂靜。
「給我這個來日無多的老頭？那些話不適合笨拙又愚昧的我。不過，小步，即使我想像過成千上萬、多如繁星的詞句，在痛苦與懊悔中，無法成眠地度過每一天，還是無法輕易找到答案。如果放任自己墜落到深淵，就無法進行邏輯一致的思考。再也沒有痛楚，沒有感情，只剩下疲勞，等待時間流逝。」
「爲什麼？」倉澤輕呼一聲，閉上雙眼，看起來很傷心。「眞的找不到答案嗎？」
「這是我的問題，我自己會解決。」
她浮現困窘的表情，微微低頭：
「是這樣嗎……」
「不過，小步，我找到別的答案。或許是誠一引導我找到的，就是和妳對話的留言版。」
「咦？」

「在這個世界上，想要孤單一人，反倒困難許多。人無法真正的孤獨。」

倉澤筆直望向新藤直太朗。

「是的……」

「〈行星凱倫〉練習得如何？樂譜、錄音檔、練習法，需要的我都已交給妳。」

她的眼神稍微和緩，「託你的福，我似乎可以和學妹一起努力練好。」

「妳應該在練習中發現到，第十七小節開始的運指很難吧。誠一在比賽中吹錯四個地方，但順利掩飾過去。他眞的很亂來，聽得我內心七上八下。」

「那麼，或許我會在正式比賽時出錯。」

「就理直氣壯地出糗吧。」

「還有機會出糗，是很幸福的事吧？」

「沒錯。」

傳來拉動椅子的聲響。新藤直太朗抓住椅背，撐著身體站起，移動到房間角落，取出埋沒在大量書籍中的樂器盒。他提著樂器，回到倉澤面前。

「這是誠一的遺物之一。是給年輕人用的款式，不適合上了年紀的我。妳帶回去吧。」

「咦……」

「算是我欺騙妳的賠禮。」

「這怎麼可以……」

「拜託，我希望妳這個年輕人收下。」

新藤直太朗半強迫地把東西塞給倉澤，倉澤頓時不知所措。

她看到烙印在樂器盒上的品牌名，似乎發現什麼，蹲下在地上打開盒蓋。裡面裝著一隻拆解的長笛。純銀……？我近距離接觸過許多次，所以憑那光澤就認出來。草壁老師蹙眉走近，我和春太也跟上去。

老師和春太都露出難以置信的表情，我發出「啊」地驚呼。散發銀光的頭部管和主管上，雕刻著規則的花紋，是我看過的圖案。那是隱藏著星星祕密的長笛……

水滴落下，輕盈地彈開。

約莫是忍耐瀕臨極限，一行淚水滑下倉澤的臉頰，落在唇上。淚水模糊的唇線動了起來：

「對不起、對不起，這是誠一先生的長笛，請直太朗先生繼續留著吧。」

「小步？」

「我家的樂器行有一支一模一樣的雕刻長笛，我想自己買下。」

新藤直太朗睜大眼，深呼吸後回望她：

「原來它們到了誠一和小步的手上啊。」

我知道這款長笛國內只進兩支，不禁屏住氣息，感覺見證了奇蹟。

（他在距離地球五十億公里外的地方嗎？）

（有生之年，我們都無法相見嗎？）

忽近忽遠地渴求彼此的兩名長笛演奏家的靈魂，或許早注定在適當的時間，得到這樣的結局。

將邂逅託付給下一名演奏者、繼承人……

♪

我、春太和倉澤暫時返回公園。

傍晚的夕陽射入眼中，一陣風拂過，公園的樹葉同時壓低，我的頭髮也被吹起。我無法整理大量湧入的訊息，注視著新藤直太朗的家。只有草壁老師一個人留下來和他談話。我們在等老師出來。

我不清楚兩人是什麼關係。

總覺得不好發問。

（什麼都想知道、什麼都想要的青少年，不會有光明的未來。總有一天，你們會理解。請你們答應，不會讓草壁先生這麼了不起的老師爲難。）

齋木的話掠過腦際，像敲進身體卻不痛的釘子，深深殘留在胸口深處。想要拔除，卻又拔不掉。

我知道，我知道了。

我不會想問，也不會想要知道。

不過……

起碼我可以等吧？

我想起臨去之際的對話。

……………………

「我可不會放棄！」

當時在房裡，齋木格外大聲地喊道。他乾涸的喉嚨咕嚕作響，肩膀上下起伏，然後重新來過似地喘一口氣：

「我會親眼看到『數位雙胞胎』完成。」

椅子上的新藤直太朗虛弱地微笑。這時，一隻手粗魯地從背後抓住激動的齋木西裝後領。

「齋木，冷卻一下腦袋吧。」

曼波魚男張著圓嘟嘟的嘴巴勸阻。

「腦袋？我的腦袋靈光得很！」

「『數位雙胞胎』還不是我們的能力可以負荷的。」

「那根本不算什麼！」

「你也知道，讓猴子玩火太危險的道理吧？回歸自然是最好的。『喵喵計畫』才適合我們。」

我和春太渾身一顫。那聽起來像是會被貓咪淹沒的可愛計畫是什麼？

「那可不是好玩的活動啊，高中生……」

齋木嘴角一撇，像咬到苦澀的東西。到底是什麼啦？

曼波魚男來到新藤直太朗面前，又是一陣短暫的沉默。

「新藤先生，打擾了。」

「不會……」

兩人剛要離開，新藤直太朗忽然伸手挽留。曼波魚男回頭，問道：

「新藤先生，怎麼了？」

「抱歉，可以拜託你們一件事嗎？」

「什麼事？」

……

……………

如此這般，掛在公園綠網上的手寫看板，兩人用工作梯和老虎鉗一一拆除。

我和春太仰頭望著這一幕。不只是「禁止玩球」、「禁止喧譁」的看板，連設置在高處的黑色喇叭也拆下。

「原來是新藤先生放的看板。」春太說。

「……嗯。」我小聲應道。

我和春太懷著複雜的思緒，見證公園逐漸恢復原狀的瞬間。

要幫忙嗎？我對作業中的兩人喊道。

工作梯上的曼波魚男背對著我們，冷漠地揮手：「噓、噓！」

真是奇妙的兩人。

太陽的輪廓逐漸暈開，我們移動到倉澤待的有遮雨棚的長椅處。

坐在長椅上的倉澤垂著頭，宛如某種物體般一動也不動。即使想跟她搭話，也不曉得該說些什麼。我好幾次想要說出動聽、樂觀的話，又打消念頭。

不知從什麼時候開始，我相信即使艱難，只要是喜歡音樂、喜歡樂器的人，都一定能自己克服難關。所以，我們坐在她兩側，慢慢縮短距離。我們隨時都會趕到妳身邊，像這樣陪著妳喔。

春太對著半空低聲開口：

「小千，妳知道什麼是『數位雙胞胎』了嗎？」

「咦？完全不知道。」

「我就知道……」

「不知道也不會怎樣啊，大概吧……」

山中小屋風格的階梯底下傳來呼喚聲：「要幫忙嗎？」接著，傳來粗魯的回應：「連你也說一樣的話！學生等你等得不耐煩啦，快點過去！」

草壁老師走上階梯。

「你們不必等我的……」

我充耳不聞，只問：「這麼快？」

嗯，草壁老師應一聲，眼鏡底下的雙眸瞇起。看來順利談完了。

「新藤先生情況如何？」春太關切道。

「我扶他上床休息，正在睡覺。」

我想起新藤先生那張憔悴的臉，春太靜靜地說：「……這樣啊。」

草壁老師來到被我們包夾的倉澤前面，對一直垂頭喪氣的她開口：

「我可以替新藤先生要一張比賽的門票嗎？」

她慢慢抬頭，嘴唇微微開闔：

「我準備……要送給他……」

「這樣很好，他十分在意妳的演奏。」

「咦？」

「那個時候，只有妳能回答以『あ』開頭的詞句是什麼。新藤先生要我傳話，他說『謝謝妳』。」

草壁老師把手伸進外套內側，掏出便條紙，讓倉澤看紙上的文字。

……住址？

「誠一的墓地，就在新藤先生故鄉的這座城市內。聽說誠一母親的墓也移過來，比賽前要不要去獻個花？」

倉澤倏然站起，一頭栽進草壁老師的懷裡，放聲大哭。陣陣抽噎、傳達活生生熱度般的聲音響徹公園。

漸深的晚秋夕陽綻放峻烈的光輝，同時西邊天空的橘紅逐漸消失。剎那間，我確實看見閃爍的星星。近在咫尺，卻遙不可及。似可觸碰，卻搆不著的距離。美好的邂逅、悲傷的離別、愛憐的記憶，我想全部擁入懷中，迎向即將到來的冬季。

參考文獻．謝辭

撰寫本書的過程中，參考、引用了以下的文獻。

《尋找星星》石川由香里 著／WAVE出版
《全現代語譯日本書紀（上）（下）》宇治谷孟 著／講談社學術文庫
《麻由美老師的管樂教室》緒形麻由美著／音樂之友社
《日本蝙蝠研究誌　翼手目的自然史》前田喜四雄 著／東京大學出版會
《趣味合唱辭典》武田雅博 著／音樂之友社
《熟悉又陌生的趣味雜學事典》音樂雜學委員會 著／YAMAHA MUSIC MEDIA
《心理學探究八八則》松井洋、田島信元 著／BRAIN出版
《彩色版　給大人的東京散步導覽（增強改訂版）》三浦展 著／COLOR新書y.
《給家有「尼特族小孩」的父母的書》澤井繁男 著／PHP研究所
《更讓人捨不得入睡的太空尋奇　眞的有「外星生命」嗎？》佐藤勝彥 著／寶島社
《我，華生，會思考的電腦？IBM打敗Jeopardy!益智競賽兩大冠軍高手的華生電腦》（*Final Jeopardy: Man vs. Machine And The Quest To Know Everything*）史帝芬．貝克（Stephen Baker）著　土屋政雄 譯　金山博、武田浩一 解說／早川書房
《人工智慧爲何需要哲學？框架問題的起源與發展》John McCarthy、P. J. Hayes著　三浦謙 譯／哲學書房

參考文獻的主旨與本書的內容無關。寫作本書時，亦參考其他許多書籍及網站。此外，爲配合作品的世界觀，對文獻內容做了修改，若作品中有任何錯誤，文責歸屬作者。

責任編輯森亞矢子女士曾登上普門館，感謝她提供作者許多管樂方面的具體建議。

〈行星凱倫〉裡出現的「Digital Twin」一詞，在新聞報導中介紹爲「Digital Twins」。由於要眞正實現還有一段距離，是未來的科技，所以用現實中存在的技術「Digital Twin」來表示。原本是工業用語，爲「在數位空間中再現的另一個雙胞胎」的意思。

NIL 18／行星凱倫

原著書名／惑星カロン
原出版者／角川書店
作　　者／初野晴
翻　　譯／王華懋
責任編輯／詹凱婷・陳盈竹
編輯總監／劉麗眞
總 經 理／陳逸瑛
榮譽社長／詹宏志
發 行 人／凃玉雲
出 版 社／獨步文化
城邦文化事業股份有限公司
104台北市中山區民生東路二段141號5樓
電話：(02) 2500-7696　傳眞：(02) 2500-1967
發　　行／英屬蓋曼群島商家庭傳媒股份有限公司
城邦分公司
104 台北市中山區民生東路二段141號2樓
網址／www.cite.com.tw
讀者服務專線／(02) 2500-7718：2500-7719
服務時間／週一至週五：09：30～12：00　13：30～17：00
24小時傳眞服務／(02) 2500-1900：2500-1991
讀者服務信箱E-mail／service@readingclub.com.tw
劃撥帳號／19863813
戶名／書虫股份有限公司
香港發行所／城邦（香港）出版集團有限公司
香港灣仔駱克道193號東超商業中心1樓
電話／(852) 2508-6231　傳眞／(852) 2578-9337
E-mail／hkcite@biznetvigator.com
馬新發行所／城邦（馬新）出版集團
Cite (M) Sdn Bhd
41, Jalan Radin Anum, Bandar Baru Sri Petaling,
57000 Kuala Lumpur, Malaysia.
Tel: (603) 90578822
Fax:(603) 90576622
email:cite@cite.com.my
內頁插畫／NIN
封面插畫／Rum
封面設計／犬良設計
排　　版／游淑萍
印　　刷／中原造像股份有限公司
●2017（民106）7月初版
售價350元
WAKUSEI KARON
 ISBN 978-986-94754-2-6

國家圖書館出版品預行編目資料

行星凱倫／初野晴著；王華懋譯．–初版．–
台北市：獨步文化，城邦文化出版：家庭
傳媒城邦分公司發行，民106.07
面；公分．--（NIL；18）
譯自：惑星カロン
ISBN 978-986-94754-2-6
861.57　　106008427

獨步文化
APEX PRESS

廣	告	回	函
北區郵政管理登記證			
台北廣字第000791號			
郵資已付，免貼郵票			

104台北市民生東路二段 141 號 2 樓

英屬蓋曼群島商家庭傳媒股份有限公司
城邦分公司

請沿虛線對摺，謝謝！

獨步文化
APEX PRESS

書號：1UY018 **書名：**行星凱倫 **編碼：**

請於此處用膠水黏貼

獨步文化 APEX PRESS

讀者回函卡

謝謝您購買我們出版的書籍！

請費心填寫此回函卡，我們將不定期寄上城邦集團最新的出版訊息。

姓名：________________ 性別：□男 □女

生日：西元________年________月________日

地址：________________________________

聯絡電話：________________ 傳真：________________

E-mail：________________________________

學歷：□1.小學 □2.國中 □3.高中 □4.大專 □5.研究所以上

職業：□1.學生 □2.軍公教 □3.服務 □4.金融 □5.製造 □6.資訊

□7.傳播 □8.自由業 □9.農漁牧 □10.家管 □11.退休

□12.其他________________

您從何種方式得知本書消息？

□1.書店 □2.網路 □3.報紙 □4.雜誌 □5.廣播 □6.電視

□7.親友推薦 □8.其他________________

您通常以何種方式購書？

□1.書店 □2.網路 □3.傳真訂購 □4.郵局劃撥 □5.其他

您喜歡閱讀哪些類別的書籍？

□1.財經商業 □2.自然科學 □3.歷史 □4.法律 □5.文學

□6.休閒旅遊 □7.小說 □8.人物傳記 □9.生活、勵志 □10.其他

對我們的建議：________________________________

____

____

為提供訂購、行銷、客戶管理或其他合於營業登記項目或章程所定業務需要之目的，家庭傳媒集團（即英屬蓋曼群島商家庭傳媒股份有限公司城邦分公司、城邦文化事業股份有限公司、書虫股份有限公司、墨刻出版股份有限公司、城邦原創股份有限公司），於本集團之營運期間及地區內，將以mail、傳真、電話、簡訊、郵寄或其他公告方式利用您提供之資料（資料類別：C001、C002、C003、C011等）。利用對象除本集團外，亦可能包括相關服務的協力機構。如您有依個資法第三條或其他需服務之處，得洽詢本公司服務信箱cite_apexpress@cite.com.tw請求協助。相關資料不提供亦不影響您的權益。

□我已詳讀權利義務之相關條款，並同意遵守。

請於此處用膠水黏貼